ただいまリハビリ中

ガザ虐殺を怒る日々

重信房子

創出版

はじめに

重信房子

獄を出てからもう2年4カ月がたちました。

あっという間に日々が過ぎ、今日は79歳の誕生日を迎えました。

篠田編集長に勧めていただいて、リハビリのつもりで書きだした「ただいまリハビリ中」も、もう2年になります。書き始めた頃は体調が本調子ではありませんでしたが、見るもの聞くものすべてが新鮮で、服従のみ強いられた獄を出て、自由に歩き回れることが何とも嬉しい再出発でした。弁護士、旧友や、見ず知らずの方々の支援、医療スタッフの条件にも恵まれて、22年にわたる裁判、獄生活を過ごせたことは本当にありがたかったと振り返っています。

また、共に仲間として闘い、逮捕拘留された後、病に倒れ、社会に還れず獄での逝去を余儀なくされた丸岡修さんを始めとする友人たちを思うと、辛い思いが込み上げます。けれども丸岡さんが弁護士を通して私に言い遺したように、私が一日でも永く生き延びること、そして自分たちがやろうとした世の中を良くしたいと願った教訓と思いを伝え続けてほしいという願いを噛み締めながら、リハビリを始めました。

アラブにいても稀《まれ》にしか会うことができなかった娘のメイが私の逮捕後、国籍をとり帰国し、拘置所、刑務所通いで支え続けてくれたことは嬉しいことでした。

獄を出た後、初めてメイと時間制限なく一緒に語り合い、腕を組んで歩きながら、ああこういうことが幸福のひとつなんだなあ、と実感しました。

他方で1年少し経った2023年10月7日、パレスチナの人々の決起、インティファーダの闘いが起き、その後のイスラエルによるジェノサイドが今に至るも続いています。

10月7日以降は、「真実を伝えなければ！　命がけでガザから友人たちが訴えている！」と目覚めさせられる思いで、パレスチナの悲惨な現実を少しでも訴えたいと、この連載に書き続けたのです。こうして『創』の連載を1冊にして振り返ると、いつのまにかガザの現状報告、パレスチナ問題の書のようになっていました。3月には『パレスチナ解放闘争史』（作品社刊）も出版しました。

パレスチナの情報を聞く際に、まず心に留めて欲しい前提があります。それは、占領者イスラエルの支配の暴力と占領された被害者のパレスチナ人の抵抗の闘いという前提です。「暴力」のみ捉えて「どっちもどっち」と考えないで欲しいのです。故郷を追われたパレスチナ人に、国連、国際社会がパレスチナ人の帰郷の権利を決定しているのに、76年にわたり帰れない現実。パレスチナの人々は、人間としての尊厳を持って生きる権利を取り戻すために抵抗の権利を行使しています。欧米メディアが言うような「テロ」ではありません。テロと片付けるところに問題の本当の姿が隠されているのです。

イスラエルは今、本性をむき出しにしています。国内外の人々の停戦要求をかわすために交渉するふりをしつつ、実際は戦場を拡大し、中東全域をイスラエルの望むように再編しようと企んでいます。その第一は、パレスチナ人をできるだけ追放し、全パレスチナを併合しユダヤ領土化すること、第二に1948年に祖国を追われ難民となった人々とその家族をアラブ諸国に同化させ、パレスチナ人の「帰還の権利」を消滅させ、パレスチナ問題を終わらせること、第三にイスラエルの占領を阻むパレスチナ勢力、イラン政府、レバノン神の党（ヒズブッラー）などへの制圧、破壊を続け、米軍を巻き込み、軍事的経済的に有利な中東に再編すること。そうした戦略図のなかに、今の出来事が起こっているのです。もちろんそれがうまくいくとは思えませんが。イスラエルのジェノサイドに、何もできない私。でも、「こうしてはいられない！」と元気にさせられました。

命がけでガザや西岸地区の現地から伝えられる映像が日本で当たり前に日々を過ごす人たちの心に届き、同じ人間としてジェノサイドが許されないという思いで連帯の輪を広げています。とても大きな広がりだと実感しています。もちろん世界の連帯運動の量や質に比べると、日本の連帯行動はまだ小さいけれど、多くの人たち、特に若者たちが参加しているところに希望を感じています。大学においては日本が学術面でイスラエルと共同することに反対し、日本の防衛省や、商社がイスラエルのドローンを買うことに反対し、ファナックのロボットがイスラエルの武器を作る道具となっていることに反対し、大阪万博にイスラエルが参加することに反対しと、日本の身の周りのイスラエルの姿にジェノサイド反対の意思を伝えているのを知ることができます。それには勇気づけられます。

こうした足元の連帯行動そのものが日本社会をより良く変えることの一つの行動となっているのを実感します。若い人たちに期待しながら、私もささやかに共闘したいと思っています。パレスチナの問題を伝えたくてパワーポイントを学習して使ったり、若い人たちの文化や発言を学習する中で、楽しみながらリハビリしているところです。

「もうリハビリなんて言っている場合じゃない！」と言われている私ですが。

2024年9月28日

もくじ

第2章 パレスチナ情勢

第3章 ガザの虐殺

特別篇

獄中日記より

序章 50年ぶりの市民生活

出所後初の単独インタビュー

『創』2022年12月号

2022年５月28日の出所時には多くの報道陣が押しかけた

出所、療養の後、大腸の手術

――2022年5月28日に約20年ぶりに出所したわけですが、出所の時に大騒ぎになったことはどう思われましたか？　びっくりしましたか？

重信　びっくりしました。もともとあの場で長い会見などをする予定はなく、簡単にコメントしてその後都内での歓迎会へ向かう予定でした。でも出所の門前に海外からの方も含めて支援の友人がいてくれてびっくりしました。海外からも電話など直接メッセージが届き、驚き嬉しかったですね。

報道陣の多さにも驚きました。2000年の逮捕の時があの状態だったので、その時を思い出しました（笑）。

――出所時の混乱はなぜ起きたのでしょうか？

重信　どうやら私たちが弁護士と話しているのを聞いた当局側が、建物から駐車場まで歩いて出るというのを聞いて、歩いたらいろんな人たちが敷地内に入ってくるんじゃないかということで駐車場を閉鎖してしまったのですね。そのために報道の方たちが場を確保できないまま写真を撮ろうと混乱したということのようです。

私の方も体力がなかったので、記者会見みたいなのは短くしていただいて、こちらの意思を簡単に伝えたにすぎなかったのです。体力がないので、コメントも紙に書いて渡せばいいかなと思って準備していました。

――その後は、どんな生活をされていたのでしょうか？

重信　出所して大きな環境の変化があったためかと思いますけれど、コロナと猛暑も重なって、体調を崩してしまいました。当初はすぐにがんの手術の予定でしたけれども、体調がそれに耐え得る状態にないということで、体力を養うために療養に入りました。ほとんど家の中にいて、夜少し気温が下がった頃ちょっとコンビニに行ったりするという生活でした。

実際に入院したのは9月の中旬からで、9月末にがんの手術をしました。その検査結果がわかったのが10月半ばで、執刀医師から「第1期の大腸がんでしたが、取り切ることができたので大丈夫でしょう」と言われました。これから少しずつ体力を回復していけるんじゃないかと思っています。

――重信さんは獄中でも何回か手術をしていますけれど、今後も経過を見ていかないといけない状況なんですか?

重信　今のところ今回の手術で第1期のがんは取り切ったということです。でも、何回も開腹手術をした結果、腸が機能劣化状態になっていて、腸閉塞《ちょうへいそく》になったりしたので、今後もそういうことに気をつけながら生活しようと思っています。

何十年ぶりかの市民社会で戸惑ったこと

――懲役20年の判決を受けて服役していたわけですが、市民社会に出て驚いたことはありました?

重信　いろいろ驚いています。やっぱり生活の仕方がかなり変わりました。逮捕前から数えると日本での市民生活は50年ぶりです。逮捕の前には主に中東で生活していましたし、1970年代の日本の生活が生活の仕方のベースでした。例えばパッケージの開け方から何からすべてが新しく変わっていて戸惑いました。またパソコンも、一から学習し直している状態で、まだついて行けていないのが実情です。娘が機械には強いみたいなので、教えてもらいながらやっています。

もちろん獄でも社会状況の変化については、情報としては入っていて知っていましたけれど、やはり実際に体験するのとは違います。日々生活していて驚くことが多々あります。

——出所直後は新聞などが一斉に報道しましたが、そうした報道をご覧になって感じたことはありますか？

重信　ＰＦＬＰの作戦で当時、若い外国人の娘だった私が指揮などできるはずもないリッダ闘争を、パレスチナの条件を踏まえずあたかも私が関連したような歪曲または誤解を前提にした歴史把握が多かったですね。「テロリスト」とか言われて、日本ではそうだったんだと改めて思いました。中東とは全く違う報道のされ方でしたから。50年以上経ってもこんなふうに報道されるのだなあと改めて思いました。

もちろん私たちの戦いによって関係のない民間人や無辜《むこ》の方たちに被害をもたらしたことは謝罪し、自身の再出発の胸に刻んでいることも出所時表明しています。

——出所以来、公の場に出るのは10月16日の関西の集会が初めてですか？

重信　そうですね。これは獄中にいた時から参加しますと約束していたのです。その集会の実行委員会の一部の方が関西で私の救援や支える会をやってきてくださった人たちで「ぜひ参加してください」と前から言われていました。

私も体力がもうちょっと早く回復すると思っていましたので、10月には行けるでしょうと獄中から返事をしていたんです。出所後最初のインタビューは、こうして『創』とやっているわけですが、10・16集会での挨拶が先に報道されることになります。

　その円山公園の反戦・反貧困・反差別の集会は、昔10・21国際反戦デーというのがありましたよね。それを継承しようという人たちが反戦の意志は変わらず持ち続けよう、世界を変え日本を変えようというテーマで、これまでも毎年10月にやってきました。

　私は出所後、まだ長い距離を一度も歩いていないし、あちこちに行っているわけではないので、その集会でも話をちょっとする程度で、支援に対するお礼方々あいさつをするというものです。

――今後もそういう活動を少しずつしていきたいということですか？

重信　それはまだ決めていないのですけれど、社会に戻ってきた市民の一人として、自分なりに日本を良くしたい、世界を良くしたいという思いを表現したいとは思っています。ただ、まだリハビリの途中というか、社会に帰っていく途上ですから、できることはそう多くはないでしょうね。

――重信さんというと「元日本赤軍最高幹部」と報じられていますが、日本赤軍は今どうなっているのですか？

重信　日本赤軍はずっと前に解散しています。２００１年、リッダ闘争の日にあたる5月30日に解散表明しています。

　私は２０００年11月に逮捕され２００１年の4月に公判が始まったのですが、その5月30日には日本赤軍は解散を正式に表明しています。

――でも今もマスコミには元テロリストと言われたりしているんでしたっけ？

重信　日本のマスコミとかアメリカのマスコミとかからは、やはりそういう呼称で呼ばれています。罪を償って出所した以上、市民として迎えるのが人権上の当然のあり方なのですけどね。

――それについてこれは違うとか反論したりしていないんですか？

重信　特にしていないです。あまりにも多く書かれていて、読みきれないし一つひとつに反論はできません。ただ、市民の一人として社会に参加する以上、あまりにも事実に反することが書かれている場合はきちんと提起していきたいと思っています。5月28日をめぐる報道については、一つひとつ反論する以前にまだ体力も回復していませんでしたので、これからそういう問題に対処していきたいと思っています。

ウクライナ戦争と日本の報道

――出所の時、ウクライナ戦争についてコメントをしていましたね。その後、関心を持っているのはウクライナ戦争でしょうか？

重信　ウクライナの戦争というのは、パレスチナ側から見ていたら大変よく見えたと思います。世の中が壊れてきた原因は、アメリカを中心とする支配する人たちによる二重基準。自分の都合に合わせた国際社会の形成というのが世界の崩壊を招いていると思います。

アメリカや多国籍軍の戦争犯罪によって何万、何十万人の人たちが拷問され誤爆され無辜の住民が殺されてきたわけです。そのことが今も不問に付されていることも不公平じゃないかと思います。

いつも二重基準が世界を支配しているんですが、日本にいるとそれが見えないんですね。パレスチナの視座から見ると、日本のそういう二重基準を実感します。

――日本全体があまりにもアメリカ寄りになりすぎているというわけですね。

重信　そうですね。日本はあまりに主体性がない。バイデン米大統領が訪日の際、日本の国際空港ではなく横田基地に降り立ったことについても、これでいいのかと私は思いました。アメリカ国内の各州に行く時、大統領は軍基地とかによく降り立つんです。日本でもそういうふうに横田基地に降りて平気でそこから入ってくるという、これもおかしいですよね。アメリカの占領から独立して変わってきたはずの日本が本当は変わっていないということです。戦前の天皇の位置にアメリカが座っているようですよね。安倍元首相時代の安保法制もアメリカの戦略の実現でしょう。ますます米州の一つのようになっていく日本を危惧します。中国との国交正常化50周年の今日、中国とどう仲良く共存できるかが未来の日本を決めるというのに自民党は戦略がありません。

――今はテレビもご覧になっているのですか？　バラエティー番組なども見ているのでしょうか？

重信　見ています。コメントなんかを見ていても、なぜウクライナの国営放送みたいなのかという気がするんですね。ウクライナのゼレンスキー大統領の報道が多いし、戦争についても、あそこをどう攻撃したとか軍事的なコメントばかりです。これまでもパレスチナ難民などについてきちんと報道してこなかった日本のメディアには、物事を違った視点から見てみるという視座が欠けているように思えますね。

　日本のバラエティー番組などは、これはなんでしょうというようなものもありますが、学習する意味であれこれ見ています。

４度のがん手術と刑務所の医療体制

――重信さんは八王子の医療刑務所から新しくできた昭島市の東日本成人矯正医療センターに途中で移ったでしょ？　そこはそれなりの設備なんですか？

重信　そうです。新しくできた昭島の方はアジアのモデルにしようという意気込みで立派な機材も揃っています。ただし緊急手術に対応できる態勢はなくて、予定されたものだけを受け入れるというシステムです。

ただ医療刑務所も含めて、日本の刑務所の医療体制というのは全く不十分です。全国の刑務所から重病や透析で受刑者が昭島に送られてきます。こうした患者たちと話す機会がありますけれども、聞いてみるとほとんど手遅れになってしまうケースが多い。官僚主義で昭島に送って間違っていたでは困るので随分悪化してから移監させたり、手続きに時間がかかり過ぎると聞きます。受刑者らは国民皆保険から外され、法務省の管轄下にあるために一般的な水準の医療が受けられないんです。特に地方の刑務所は医療体制がひどく命が保証されていないと多くの人から聞きます。

幸いにして私の場合は、ちょうど最高裁判決の前にがんだとわかって手術をし、そのままずっと医療刑務所にいて、八王子医療刑務所が閉鎖され昭島の施設ができてからはそこに移りました。がんの手術は何度も受けましたが、医師と医療のタイミングには恵まれていました。２０２０年夏からは、午前9時から午後3時まで軽労働もするようになっていました。2年未満ですが、民芸品の起きあがり小法師を作っていたんです。それは創造したり工夫したり楽しかったですよ。

──確か最初の手術の時は関西に移送されたんですね。

重信　最初の手術は大阪医療刑務所で、多分その理由は八王子医療刑務所に連合赤軍事件の永田洋子さんがいたせいかなと思うんですけれども。大きな大腸がんが2つあり、緊急性を要するということで大阪で手術をしたんです。けれども、その時に開腹したら小腸がんがもっと悪化した状態だったというのがわかって、小腸も手術することができたんです。そういう偶然にも助けられて小腸とか大腸とか何回も取ったりしています。

獄中にいた時に開腹手術は4回で、がんを取ったのは大腸、小腸、子宮とか9カ所。今回を入れて10カ所ですね。がん体質と言われているので、常に医師にフォローしてもらいながら、社会に慣れるだけでもまだ大変ですけれど、少しずつ元気になっていこうとしています。

──それだけ手術をしながら今も元気ということは、初期の段階でがんを発見していたからですね。

重信　そうなんです。24時間管理された生活でしたから、1回がんに罹《かか》ってからは、内視鏡の検査が半年や1年に1回あって、お医者さんたちによくしてもらって、なんとか命をつないで出てくることができました。

人々が望んでいない武装闘争は誤りだった

──日本赤軍の活動について振り返って、今はどういう思いですか？

重信　私は学生時代にブント（共産同）で活動し、その後赤軍派として日本で活動してきたたわけですが、何が問題だったかといえば、やはり武装闘争に対する誤った考え方があったことです。武装闘争を結集軸にしていたので赤軍派は、それが「前提」であり、また近視眼的に「目的化」して進みました。その武装闘争を間違いだと否定することが考えられなかったのです。うまくいかなければ担った個人の弱さと考えてしまい、「武装闘争路線」を疑うことができなかったのです。決意で乗り越えようと更に武装闘争をめざしました。アラブに行って戦い始めて逆に自分たちの武装闘争の意味を問い直すようになりました。「最高の戦い」として武装闘争を位置づけて戦いながら、武装闘争は必ずしも主体を強化しないと、失敗から自分たちを直視しました。

そこにのみ価値を見出そうとしている自分の狭さに気付かされました。アラブで人々がこぞって望んでいる武装闘争を目の当たりにして、逆に日本でのブント赤軍派の武装闘争というものは、人々が望んでいたのかと、問い返さざるを得ませんでした。人々を幸せにしたいと出発した素朴な革命の初心をもう一度振り返らざるを得ませんでした。

70年代の総括として、「私たちの闘い方というのは人々が望むもの、人々と共にあるやり方ができていなかった」。そういう反省を通して、もう一度民主主義を、本当の姿の住民本位の民主主義を考えようというふうに変わっていったんですね。80年代以降は国際主義、国際連帯を踏まえて活動してきました。本人たちは反省や自己批判を公表して転換してきたつもりでしたが、まだまだ主観的観念的だったことが私の逮捕でよくわかりました。今後日本の将来、これからを見ていく時には、自分たちの過去への反省を常に忘れずに、多くの人たちと共に語りながらいきたいと思っています。

（注：獄中でのがんの手術の体験などは本書P２４０を参照）

第1章

出所後の生活

明大土曜会でインターナショナルを熱唱

第1回

53年ぶりの反戦市民集会

『創』2022年12月号

10月16日、京都での集会で

出所後、9月に大腸がんの手術

獄から5月28日に出所して以来、多くのことがあり過ぎて、まだ新しい世界に対応できていません。特に健康面で立ち遅れていました。私は出所後から療養を余儀なくされ、獄中で様々に支えて下さった友人たちに会って御礼もできず、義理を欠いた時間を過ごしました。この場を借りて非礼をお詫びします。その後、9月にやっと体調を整えることができ、獄中にいた時からの懸案だった大腸がんの内視鏡手術を終えました。獄では約2センチ以上の腫瘍は開腹手術を行うしかないので、出所後に内視鏡手術で済ませられないかと考え、専門技術のある施設での手術を望んできました。医師からは手術が可能なよう、まず体調を整えるよう言われて、手術に向けた準備期間が長引いていました。

手術後の10月中旬に、採取した生体の検査の結果が出て、がんはまだ深部に至っておらず今回でがんを取りきったので、開腹手術の必要がないとの知らせを病院より受けました。やっとがんから当面解放され、ほっとしました。これまで獄で9回、今回含めると大腸、小腸、子宮など10カ所のがんをとりました。

私とがんとの付き合いは長く、また私の肉体もかなりしぶといようで、自分でも驚いています。私は「がん体質」であるとして、医師らが常に最善を尽くして下さったこと、みんなの協力支援で生き延びたと改めて思います。でも何度もの手術による腸の機能劣化で腸閉塞《へいそく》を繰り返しており、今後も療養しつつ生活していくつもりです。この連載のタイトルは、手術がうまくいったら「リハビリ日記」に、うまくいかなかったら「残日録」にしようと決めていました。そんな訳でこの連載は「リハビリ日記」(正式名称は「ただいまリハビリ中」)と呼ぶことにしました。

10月16日、京都での反戦集会に参加

療養中、メールや電話のやり取りはしていましたが、外出して人と会うことは控えてきました。9月下旬に病院を退院する見通しも立ったので、10月からいくつか予定を入れました。まず、10月１日に台東区下谷にある法昌寺を訪問し、短歌「月光の会」の創設者である福島先生にお会いしました。福島先生は法昌寺の住職でもあります。私の歌集『暁の星』は福島先生と月光の会の方々の努力によって5月28日、出所に合わせて出版されました。その件でまずお礼を伝えるためです。

予想していなかったことですが、法昌寺に着くと福島先生が法要を準備して待っていてくださり、亡くなった私の家族と、戦いで殉教した私の親友たちの法要を丁寧に行ってくださいました。私は初めて法要というものに参加し、死者と語り合い再出発の誓いの日のように思えました。

その日はまた、明大土曜会の集まりがあり、少し遅れて参加しました。「土曜会」は私の最高裁までの裁判を精神的にも財政的にも支えてくれた明大時代の友人たちによる救援仲間の組織でした。裁判が終わり、その集いを発展的に「明大土曜会」として再編してきました。この明大土曜会は、明治大学の枠を取っ払い、社会政治問題を学習分析しながら日本の社会をより良く変える場として、特に3・11以降機能しています。それぞれが自分の持ち場で様々な問題にかかわりあい相互支援しているボランテイアの自由で自発的な集まりです。この日は主に前田和男さんの基調報告による参議院選挙総括でした。私も挨拶しつつ参加しました。

10月16日には京都での集会に参加しました。「第16回　反戦・反貧困・反差別共同行動ＩＮ京都変えよう！　日本と世界」という、毎年円山野外音楽堂で行われている集会です。この集会が始まった16年前の言いだしっぺは、関西で私の獄中公判救援活動をして下さっていた「さわさわ」(「さわ」、または「さわさわ」は、アラビア語で「一緒に」の意味）の友人たちでもあり、獄にいたときから、出所後の秋に円山野外音楽堂の集会に参加するよう招待されていました。私は自分の体調がもっと早く回復すると思っていて、獄から「行きます」と応えてきました。でもまだ体調は、万全ではないので娘のメイに付き添ってもらいつつ京都入りしました。

第1回の反戦集会が開催されたのは２００７年です。「このままでええの!!　日本と世界　10・21反戦共同行動ＩＮ京都」として、国際主義、国際連帯を重視しパレスチナ連帯を訴えたのがはじまりでした。その集会後、久しぶりに円山公園から河原町通りを通って市役所までデモ行進を敢行しています。何百人ものデモ隊が登場し当時注目されるようになり、以降毎年行われて、今年で16回を数えたわけです。

今年のテーマは〝「新しい資本主義」に抗し、軍拡・改憲を阻止する大衆運動の構築へ〟です。講演したのは「変革の原動力であり、その土台となるべき民衆運動の課題は何か」と題してドイツ現代政治が専門の大阪大学大学院教授の木戸衛一さんです。国会報告を服部良一さんが行い、趙博《チョウ・バク》さんらによるミニライブでは、差別排外主義との戦い、反戦・平和が唄われました。他に連帯の挨拶紹介などです。私の挨拶は、ミニライブの後の午後4時からでした。

わたしは何を語ろう。22年もの間、獄中にいたので対話の機会もありませんでした。「指示以外のことをしてはいけない」という人間的な能動性が懲罰となる獄中で、しゃべる機会も稀《まれ》です。そのため私は声帯を退化させないためにラジオ体操の機会に「1、2、3…」の掛け声は大声を張り上げるよう心がけたり、月一回のコーラスクラブに参加して30分の発声練習と合唱で声を張り上げたりと努力してきたのですが、おしゃべり禁止の後遺症が確かにあります。

第一に声がますます低くなっていること、第二に、滑舌が悪くなっていること、第三に獄での「またか」というような注意や指示を聞き流すことに慣れていて、獄を出てからも知らず知らずに人の話を聞き流してしまっていることに気づくことがあります。また第四に獄を出てから、しゃべり始めると頭で描く言葉が物理的に口から言葉となって出てくるのがもどかしくて、なんだか慣れない感じが続いたりしていました。声を鍛えきれていないなあ、話しや言葉遣いを実践的にリハビリしていかないと…と思っていました。でも結局そんな時間をとれず、大声を出すように当日努力するしかないな、などと思いながら京都へ向かいました。

夕方ホテルに着くと既に集会実行委員会のスタッフが待っていてくれました。50年前の友人もいます。歓迎の宴がロシア料理店「キエフ」に用意されているとのことで移動し、そこにまた50年前の友人たちもいて、打ち合わせをし歓迎を受けました。再会、新しい出会いに胸を熱くしました。20人近い実行委員や参加された方々が自己紹介するのを聴きながら、それぞれの戦いの人生が交差するのを感じます。赤ヘルメットや白ヘルメットやいろいろ当時は分かれて競合したり対立してきた人々も、若い人々も一堂に会しています。対立の教訓があったから一緒にやる大切さもまた理解している人々です。

集会当日の16日は午前中に大谷廟にある旧友の墓参が予定されていて、私も参加しました。この日は朝から太陽が夏のように照りつけていて暑く、まだ階段を歩きなれない私は六角堂まで上って、さらに上の大谷廟のてっぺんにある墓に奉じるお札は友人に託しました。獄では22年間ほとんど階段を使用しませんでした。移動はエレベーターを利用しフラットなところを歩くのみです。そのため獄を出て、「歩くリハビリ」はとっても大切でした。まだ階段を降りるときは足が竦《すく》んでしまいます。そんな状態でしたので結構疲れ、ホテルに戻って20分ほど休憩してから円山公園に向かいました。

日本での大衆的集会は1969年以来

会場の近くから中の熱気と講演の声が響いてきて、私はさっきまでの疲れ気分は吹っ飛んでわくわくしてきます。日本での大衆的集会なんて、最後は69年のことだから53年ぶりだなあ…と当時を思い出しつつ会場控え室に着くと、講演者の木戸先生の声が響いています。それからチョウ・バクさんたちの反戦ライブが始まりました。そうか、昔の集会は初めから終わりまで「われわれワァ～」というアジテーションだったなあ、と反戦ライブの曲のリズムに身体を任せつつ出番を待ちました。

ライブが終わって私の名前が紹介されて、舞台中央へと進みました。参加された約４５０人の方々の温かい眼差しが私に注がれます。拍手と応援が私の気持ちを素直にしてくれます。

「みなさん、こんにちは」。自然に言葉がこぼれます。

「まず実行委員会のみなさんと今日ここに参加されたみなさん、お招きいただきありがとうございます。19歳の時から変革の道を歩んできました。もう何年経ったか数え切れないほどです。その多くの戦いの中では過ちもあったし、良いこともありました。今、この場で思い出すのは、50年前に共に戦い50周年を今年迎えている、共に戦った連合赤軍の人たちやリッダ闘争を戦った仲間たちです。彼らが今ここにいて見ていてくれる、そんな思いで今ここに立ちました。獄中から22年を経てここに立ちながら、実行委員の方々が私が市民社会の中に再び参加し市民運動を担う一人として共に戦えるようにこの場に招いてくださったこと、本当にありがたく新しい気持ちで再出発したいと思います」と述べました。

そしてみんなの講演や、反戦ライブの歌の意味を考えながら、日本はどうしてこんなひどい国になってしまったのだろう、もともと昔からひどかったのではないか、「成熟した資本主義国」といわれながら実際には人権の保障のない家父長制の「未熟な資本主義国」ではなかったかと思うと述べて、自分の経験に基づく二つの点から語りたいと話を始めました。ひとつは獄中の人権侵害の状況、もうひとつはパレスチナから見えた世界と日本の現実です。

日本の獄の人権侵害の第一は、私自身の懲役軽労働の1時間の労賃が7円30銭であったことに示されます。1年間の労働（午前9時から午後3時まで約4時間半から5時間）の合計額が1年間で約1万2000円だった点を挙げて「奴隷労働だと思いませんか?」と訴えました。これでは刑務所を出てまじめに働こうとしても生活する準備資金が足りないと、世界的な水準から見て日本の刑務所懲役労働に見られる立ち遅れた現実を訴えました。

第二に日本の国民健康保険は国民皆保険と言われながら、受刑者は健康保険で医療を受けられずに刑務所で苦しんでいるのが現実です。被拘留者、受刑者は法務省の管轄下で医療を賄うとされており、国民並みの医療が受けられない刑務所の医療の貧困の実情を訴えました。

第三には、一挙手一投足を監視する人権侵害の実態です。マニュアルとシステムが明治監獄法を引き継いでおり、人権侵害という自覚が当局、看守側にないために日々人権が損なわれている点を訴えました。

第四に死刑制度の存続です。1991年に国連総会決議で死刑廃止の議定書が採択されながら、日本政府は批准をせず、世論の8割以上が死刑を望んでいると主張してきました。国連人権委員会は「世論は人間の生命の不可侵を左右する存在ではない」と日本政府の主張を批判しています。政府自身が死刑を望んでいるのです。日本政府は国際基準に沿って国民に死刑廃止を啓蒙する義務があると訴えました。また無期刑が終身刑化されている現実の司法の厳罰化を批判しました。

ダブルスタンダードの世界

もうひとつの点はパレスチナから見える世界、日本の姿です。そこはアメリカを中心とする支配層が二重基準・ダブルスタンダードによって世界を作り上げている現実です。彼らの二重基準が実際には世界秩序を破壊しているからです。２００３年のイラク侵略戦争時、「ブッシュのプードル」といわれたイギリス・ブレア首相の顧問が声を大にして「法治国家には法による支配を、その他の国々にはジャングルの論理を」と、つまり弱肉強食の秩序を訴えていたのですが、今その世界が目の前にあります。

ダブルスタンダードとは同じ基準が適用されない公正さのない世界秩序のことです。イスラエルの占領に抵抗し祖国を取り戻すために70年以上戦っているパレスチナ人がテロリストで、ロシアの侵略と占領に抵抗するウクライナ人が英雄というダブルスタンダード。パレスチナの闘いは世界人権宣言にある「抵抗権の行使」であり「テロ」にすりかえるのはごまかしです。ウクライナの民が英雄ならパレスチナの民も英雄です。アメリカ軍やイスラエル軍の戦争犯罪はロシアの比ではありません。今もアフガニスタン、イラクの人々は戦争犯罪に何の保障もなく苦しめられています。ロシアの領土の併合を許さないと言いながら、イスラエルによるパレスチナの領土併合をアメリカは許しています。イランの核は許さず、イスラエルの核保有は問題にされていません。

難民問題もそうです。アメリカ、イスラエルの犯罪によってイラク、シリア、アフガニスタンと多くの難民が今も保障されず苦しんでいます。当時の林外相はウクライナまで避難民を迎えにいきました。その一方で、日本の足元でアジアやいろいろな国の人びとが難民申請し、それが受け入れられることを切実に望んでいるのに、政府は無視しています。日本のメディアの多くもダブルスタンダードの一方を報じています。ウクライナ国営放送のようなウクライナ問題の報道の仕方です。

中東にアルジャジーラという放送局がありますが、そのモットーは、「ひとつの意見があればもうひとつの意見がある」です。アルジャジーラは、もうひとつの意見を意識的に報道しています。日本の中にいると世界が見えません。その「法治」からして欺瞞《ぎまん》やまやかしに満ちています。主権在民は日々形骸化され、民主主義の名で格差拡大や大企業のためのトリクルダウンの政策が採られてきました。多くの国々でジャングルの掟がまかり通っています。パレスチナから見える世界は日本の「法治」からは見えないのです。だから想像してほしい。もうひとつの意見があり、もうひとつの現実の正義があることを。理解することは難しくても今活動し生きている場からいつも想像することはできます。

日中国交正常化から50年、沖縄返還から50年、連合赤軍事件から50年、リッダ闘争からも50年目の今年を迎えています。今、世界の二重基準に目を向け世界の人びとと共に立てるように世界の人びとを想像し交流し国際主義、国際連帯の力を育て、世界と結び合って日本を変えようと訴えました。「日本の内側からは世界が見え難いのです。世界を日本を変えよう。本当の民主主義、主権在民を作り出そう。本当の民主主義を実現するためには政治を変えないといけない、自民党を変えないといけない。野党は、市民のネットワークの中で作っていくしかない。世界の民と連帯し日本と世界を変えよう。やはり言葉と行動こそが世界を変える力です。〝異議なし！〟の世界を超えて異議のある人びとと出会い、話し、日本を世界を変えていこう！　その一員として私も参加していきたいと思います」

以上のような内容を語りました。

実行委員の方々も私のスピーチを喜んでくださったのは嬉しいことでしたし、舞台の下から握手を求める、参加された方たちと失礼ながら壇上から膝をついて握手し、また最後に腕を差し伸べあってインターナショナルの歌をみんなと歌えたのは望外の喜びでした。

その後デモ隊は円山公園から出発し、河原町通りを通って反戦平和を訴え、自民党政治を批判しながら進みました。市役所前でデモ隊は解散しましたが、その後、80人を超える方々が懇談会に参加していました。そこでは何人もの方々が、自分の担ってきた運動について発言され、私は学習するばかりでした。懇談会でも話は尽きないのですが、私の安全と健康を配慮して下さる実行委員会のスタッフに急《せ》き立てられて名残《なごり》惜しく懇談会を途中退席しました。

こんなふうに、一歩前に進むことができたような嬉しい一日を京都で過ごしました。

（２０２２年10月20日記）

第2回
関西での再会と初の歌会

『創』2023年1月号

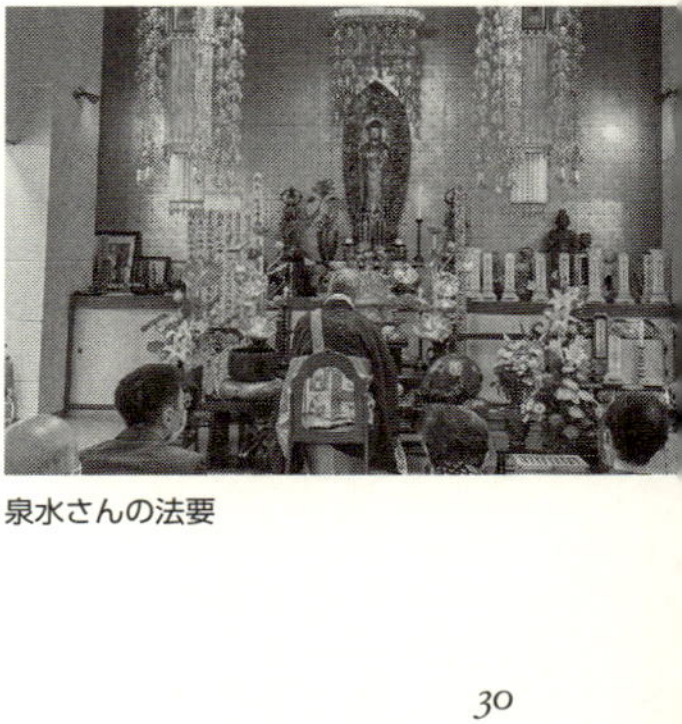
泉水さんの法要

京都の集会に招待されて出向き、10月16日の反戦集会後も、10月は西に留まりました。22年前、逮捕によって被害や迷惑をかけた方々にお詫びしたり獄中の私を支えて下さった友人たちにもお会いして感謝を伝えたかったからです。20余年の長きにわたり、既に亡くなられた方も何人もいました。お会いできた友人の誰もが、生きてまた会えるとは思わなかったと再会を喜び、前向きに生きるよう励ましてくださいました。

かつての友人たちとはお互いの出会いの日々の思い出話や、若い私たちが革命の勝利的変化を信じて闘った日々を語り合いました。また、私がアラブに発って不在中の日本の変化を話してくれる友人もいました。ことに「連合赤軍事件」の衝撃、私の逮捕とその時の被害や弾圧のひどさを語ってくれる友人もいました。また、友人のひとりがこんなふうに言いました。

国内国際的にベトナム反戦運動が広がったあの時代、あの状況で正義感に駆られた若者たちの中から「武装闘争路線」に走る流れが生まれたのは、いわば歴史的な必然でもあった、当時の選択に敗北と過ちもあったとしてもそれだけで総括としてはならない、パレスチナに連帯して武装闘争を闘い信頼を勝ち得た日本人の集団として歴史的意義をあなたたちは得てきたのだ、それなのに今更武装闘争路線を誤りだとか「歴史的存在」を捨象《しゃしょう》して「良き個人」として反省するだけでいいのか？　それよりも日本の権力が振りまいてきた悪評を引き受けて歴史的意義を護るべきだという趣旨の、私への批判的助言もありました。「悪評」を引き受けるのはやぶさかではないけれど、そしてパレスチナ連帯を今も確かな誇りとしているけれど、私としては、アラブの戦いの中で気づいてきた日本における過去の「武装闘争路線」、また無辜《むこ》の人びとに被害を与えてしまったあり方は、はっきり否定するところから、今の現実の変革に関わっていくことが責任ある態度と思っている旨語ったりしました。

誰もが後知恵でしか語れないのですが、高揚した反戦運動のあの時代、武装闘争ではなくて、大多数のそれぞれが自分を一番良く知っている故郷に戻り、そこに根を張って非暴力直接行動を駆使して社会政治的な暮らしからの変革を実践していたら、今より良い日本社会を生み出し得たのではないか？　日本の文化と化している家父長的な社会を変え、アメリカ従属の自民党政治を変え、差別と格差をこれほど放置することはなかったのではないか、と多くが語りました。

その一方、そんなことを今更言うのは僭越《せんえつ》で傲慢《ごうまん》だ、俺は当時の反省の上にそういう地域の活動をしてきたし、そのうえで今がある、と言う友人もいました。長く地域で実体を築いてきた友人はそれでも若い世代への実務ばかりか思想的継承の難しさを語っていました。出会ったみなが、現役で活躍しているのには驚き励まされました。当時の大言壮語を笑い合い、逃した夢を語り、また反省に返るといった具合です。

そしていつも最後には「年寄り」らしく身体の劣化を競ってひけらかし、獄から出てリハビリ中？　俺たちだってリハビリの毎日だよ、同じだよと、お互い残された長くない日々を、自分の生きている場で有意義に楽しみつつ社会と関わっていこうと語り合いました。

獄死した丸岡修さんの墓参

また、アラブで共に戦い獄死させられた、丸岡修さんの墓参ができたのはうれしいことでした（丸岡さんは、獄で重篤な心臓の病気に陥ったにもかかわらず、日本赤軍に対する国家の報復の如く「刑の執行停止」による治療も許されず治療もないまま2011年5月に獄死）。

秋晴れのまだ暑い日、友人たちと汗を流して墓を洗いながら、出獄も再会も叶わなかった丸岡さんの無念の思いが、私にはじかに感じられました。

この日はちょうど、作家の高山文彦さんから大分県の中津にある奥平家の墓を見つけて墓参してきたと、メールで墓の写真が送られてきて墓参が重なりました。

また、獄中の私をずっと支援してくださってお世話になったのに、病気が深刻でお会いできない友人もいました。コロナ時代の病院や施設では、入所者と会う条件はほとんどないのがよくわかりました。

ちょうど東京に戻った後に、入院中でお会いできなかった米澤鐵志《てつし》さんが逝去されたのを知りました。米澤鐵志さんは、関西の私の救援会「さわさわ」を支えてくださった一人で、11歳の誕生日の前日に広島市内の電車の中で被爆し、一緒にいた母を亡くしつつ生き延びた方です。「核と人類は共存できない」と、「語り部」としてずっと人々に語り続けて来ました。明大土曜会へ講演に来たことが縁になって土曜会の由井りょうこさんが協力して『ぼくは満員電車で原爆を浴びた　11歳の少年が生きぬいたヒロシマ』（小学館刊）の本が生まれています。ご冥福を祈ります。

ウォーキングでのリハビリ

今回お会いした友人たちの多くも「一病息災」でどこか体調の悪化を持病のように抱えながら元気で過ごしていました。

私自身も手術を終えて10月から少しずつ動き始めましたが、まだ長く歩くと疲れてしまいます。スタミナ、持久力がないのです。それに階段を降りるのは今でも足がすくみます。平坦なところも長く歩くと下半身が重く感じられて､立っているのが辛くなってしまいます。ほぼ22年間､平坦なところしか歩いたことがなく、獄舎での移動の条件はエレベーターのみのため、階段の前で足がこわばります。

特に出所したばかりの頃は、階段は何かにつかまらないと降りることができませんでした。初めてメトロに乗った時も、同伴の娘につかまりながらやっと降りたりしていました。今でも階段にはとても慎重に上ったり降りたりしています。同世代の友人たちの話を聞くと、やっぱり降りる階段には気を使うと言っていました。

だから私は、まず歩くリハビリを重視しています。これは「腹壁瘢痕ヘルニア」のせいでもあります。獄中で私が何度も開腹手術をしたための後遺症です。獄にいたときから傷跡が大きく膨らみ、腹部が出てきました。筋膜のゴム状の弾力が伸びきってしまい、筋力がない分、腸の機能不全から腸閉塞になったり腰痛になっていました。それを補おうと獄ではできなかったウォーキングでリハビリしているところです。

獄では土日を除くウイークデイに1日30分の運動時間があるだけで、それ以外は体操やちょっと体を動かして筋肉をほぐすなどの仕草も許されません。そんなことをすれば係官が飛んできて、「調査になる」と注意されます。

獄では受刑者に対する非常に細々とした動作規則マニュアルがあって、それ以外の動きをすれば「不正行為」と見なされ「調査」扱いになります。世界中のどの国でも考えられない前時代的な人権侵害の世界です。当局者の指示なしに動いたり声を出せば、たちまち懲罰の「調査」対象になります。「調査」になると、その期間は受刑者の食事洗面以外一切の活動を中断させて、当局側が「事情聴取」を行います。その結果、勝手に運動していたとか、食事で残した物を後で食べようと持っていたとか、係員への悪い言葉使いや抗弁など、ささいなことでも反省を求められ、「懲罰」となってしまうのです。私のいた病院では、受刑患者に対する懲罰は朝の点呼から夕方5時前の点呼まで食事以外、正面を向いてベットの上で正座して反省させることです。トイレは手を挙げて許可を得てすることができます。

私のいた施設はそれでも他の刑務所と較べると、ずっと緩い対応なのだそうです。でもこうした強制は精神的肉体的に病状を悪化させる行為であり、拷問まがいの人権侵害です。懲罰期間は、10日、1カ月など、違反とみなされた行為によっていろいろです。だから受刑者同士はだれも「調査」にならないよう、すばやく機転を利かせて助け合うのが常です。

私が獄を出て一番の自由の実感は、自由にしゃべり、自由に好きに歩けるという、当たり前の人としての行動でした。その自由をまだまだ取り戻しきれていません。でも京都では、紅葉のはじまった比叡山から琵琶湖を眺める自由も満喫しました。

泉水博さんの法要

11月20日、東京で泉水博さんと彼を支えていたお兄さん、和夫さん兄弟の法要が執り行われ、私も出席しました。泉水さんは１９７７年、日本赤軍の奪還闘争で指名され釈放された人です。泉水さんは、それ以前に獄の囚人仲間の病気が悪化しているにもかかわらず何の治療も施さない当局に憤り、世間に刑務所医療のひどさを知らせ、獄友を救いたいと、仮釈放の近い自分の身を厭《いと》わず、独り獄中で決起した人です。そのことで裁判が始まり、救援関係者にはよく知られていました。

その後、海外で活動中の１９８８年、フィリピンで逮捕されて日本に送還されました。旅券法違反などの公判を経て岐阜刑務所に収監されていましたが、２０２０年3月27日に83歳で獄死しました。泉水さんのことは松下竜一著『怒りていう、逃亡には非ず』(河出書房新社刊)に詳しく書かれています。

その著書によると、泉水さんの逮捕時、公安当局は泉水さんが日本赤軍の「脱落組」と勝手に決め付けて御し易いと考えていたようです。「泉水の自供から一挙に日本赤軍解明が進む」と新聞記者らに吹聴していました。

ところが取り調べで泉水さんは、日本赤軍の情報は「一言も漏らさぬ完黙を貫いて公安部を落胆させる。仁義に厚い泉水は、自分をコマンドとして遇してくれた日本赤軍に恩義を感じているようであった。警視庁は博の兄和夫をアパートに訪ねて来て、『特別に弟と面会させるから、転向をするよう説得してほしい』と暗に提案する。和夫はきっぱり拒んだ」と松下竜一さんは記しています。

そして和夫兄は被告人・泉水さんの勾留理由開示公判を請求し、弁護人席に立って、身内の情を利用して自白に追い込もうとした警察を批判し、次のように述べています。

「11年前、ダッカのハイジャックで赤軍の言うまま、弟は赤軍が何であるかも知らず、ただ、お前が行かなければ百何十人の人質が救出されないと言われ、弟は理由のわからぬまま東京拘置所に移送されたのです。

私は拘置所で面会のとき、弟の、自分が行かなければ人質が救われない、というので、条件は貰わずに行くという弟の決心に、私も生きられる限り生きていてくれといって、別れたのです。それによって人質は救出されましたが、何人の人がその事を知っているでしょうか。また、当局は弟のために何をしたというのでしょうか。

今度は赤軍のコマンドとして自白させようと、いろいろと手を使って責めているようです」

弟に、自供して裏切り者になるな、と訴える兄の姿は、「国への怨みを弟になりかわって吐き出すような兄の意見陳述であった」と松下さんは記しています。そして最後に和夫さんは「今のわたしの気持ちとしては、赤軍とは何かといわれてもわかりませんが、十一年間、弟の命を守ってくれた赤軍リーダーには、心からお礼を申し上げます」と締めくくったと著書には記されています。この和夫さんは１９９１年に逝去されています。私は、和夫さんが法廷で訴えた切々とした真心を、痛みとともに受け止めた遠い昔を思い返しながら今回の法事に参加しました。

コロナ禍や他の事情もあって泉水さんが獄死後、初めての法要です。岐阜刑務所に収監されていた泉水さんを支えて下さったボランティアの救援関係者の方々も岐阜から出席され、鶯谷のお寺で20人近くが集まって法要が執り行われました。私も岐阜の方々や救援連絡センターの山中幸男さんはじめ、これまで支えて下さった方々に感謝を述べ、再会した旧友や初めてお会いした方々と、法要の後の懇親会まで語り合いました。「重信さんとは53年ぶりの再会です！」と友人の一人が述べたように、旧友や初めて会う方々との出会いの場となりました。逝った人びとのことを感謝とともに偲《しの》び、語り交流する、こんな時間を過ごせる幸せを噛みしめました。

初めての歌会

11月27日の今日、初めて歌会に参加しました。前号で述べましたが、私は出所にあわせて『歌集 暁の星』（皓星社）を出版しました。大学時代の友人が僧侶になり、「法事」という名で特別に獄で面会が許可になりましたが、その友人僧侶の師が法昌寺の住職であり歌人として著名な福島泰樹先生です。その縁で私も福島先生の主宰する「月光の会」の歌会に獄中から参加し、毎月一首送り批評を受けながら歌を詠む楽しみを味わってきました。これらの歌が福島先生の心のこもった熱い跋文《ばつぶん》と共に『暁の星』に収められています。

この「月光の会」には「黒田和美賞」という賞があってその年の優秀な歌集に送られてきました。10月下旬、福島先生より、非公式に今年の「黒田和美賞」に「暁の星」が選ばれたと連絡をいただき、驚きと気恥ずかしさと嬉しさのまま「お受けします」と応えました。

11月の歌会の題詠は「墓場」と知り、こんな歌を詠みました。

空笑う秋の優しい風受けて会えずに逝きし旧友《とも》の墓洗う

この歌は、丸岡さんの墓参に訪れて青く明るい秋空を仰ぎ見ながら墓を洗った時に零れた一首です。

月光の会の会員の歌人の方々と顔を合わせるのもこの歌会の日が初めてです。

合評会の次に始まる歌会のプリントが既に机に配られています。この歌会の紙の初めには、「第四二七回　月光歌会詠草」とタイトルが記させていて歌会の長い歴史を示しています。

タイトルの横に1から34まで番号の振られた歌が並んでいます。これが今日の歌会に提出された34作品です。合評会が終わると3時10分頃に福島先生も見えました。既に20人以上の方が席に着いておられます。

司会の開始の声が伝えられると、今日の歌会の紙を見ていたそれぞれが顔を上げました。福島先生が今日の歌会の始まりを述べます。お題は「墓場」、そして次に先生は「これまで歌で参加された重信さんが、今日初めてここに参加しています。拍手で迎えましょう」と紹介下さったので、私も一礼して仲間同士の挨拶はそれで終わり、ほっとしました。もとからいた仲間のように、みな温かな笑顔で拍手して迎えてくれました。

歌会のルールは取り立てて設明されませんでしたが直ぐわかりました。配られた紙面にある34首からそれぞれが7首をまず選びます。その数を集計して、各歌に何点が集まったか発表されます。その後、福島先生のさばきで得点の多かった順に0点まで残らず一首ずつみんなで批評していきます。福島先生から指名された人や発言したいと手を挙げた人が、その歌への自分の見方や批判や感想を手短に述べるのですが、２時間の歌会の時間内に全てさばききるのは、さすがベテランの福島先生です。

今日の歌34首のうち得点が一番高かった歌は９点で２首ありました。

＊吾妻橋押上業平向島高さ武蔵の卒塔婆が立つ

＊どの筋へ折れても誰かの墓碑銘が俺に言うのだ　いいんだ、進め

一首目はスカイツリーを卒塔婆として詠んだ現代社会への批判的な提起でしょうか。二首目はわたしも指名されて、死者から生者が励まされている自分の歴史にひきつけて感想を述べました。ひとつの歌にいっぱいの人のコメントが次々語られてくるので味わうとメモを取れないし、メモを取ると味わえず聞き取れないとあせりつつ走り書きしました。

８得点の歌は６首ありました。私の歌も８点を得ました。私の歌に対するコメントは、「山笑う」の歌はあるが「空笑う」は明るくて、いい温かみのある一首だ、会えずに死んでしまった哀しみとそれが繋がっている、時間の経過を感じさせる、「秋の優しい風受けて」の「優しい」を「やさしい」とひらがなで表現したほうが歌の中身をもっと示すだろう、などなど、とってもありがたく勉強になる点を指摘批評していただきました。

もちろんこの時点ではどの歌を誰が詠んだのかわかりません。みな公平に自分の思いを意思表示します。最後の一首まで批評後、各自が自分の歌がどれだったかを名乗りながらその歌を詠んだ意味や他の人からの意見やコメントに何か言ったりします。こうしてたくさんいい歌を味わいました。

歌はそれぞれの見方があり自分の感動した歌が必ずしも選ばれる訳ではありません。みな積極的で活力があって、ものの見方、目を開かせてくれて楽しい、そんな歌会を初体験しました。

第3回
小学校の校庭で

『創』23年2月号

小中学校時代の友人に会いました。我が家が1950年代、世田谷で食料品店を営んでいた時代の近所の同級生M君です。獄中に何度かお便りをいただき、近頃メール交換を始めたところです。60年以上ぶりか。先生によく叱られていた気の良い暴れん坊のM君を思い出します。

M君は「会ったら俺のことわかるかなぁ」と言っていましたが、待ち合わせに現れた彼は昔の暴れん坊のイメージから大いに変化。「あ、ふうちゃん久しぶり！　俺だってわかる？　わかんないんじゃないかって俺心配でさあ」とM君。「あら、わかるわよ！　でも昔からは想像できないジェントルマンね！」が、私の挨拶の第一声です。

たちまち時空を超えて桜小学校、桜木中学時代の関係にスッと戻る不思議。気取りも利害もない裸の人間関係だったあの頃の私たち。「ニコニコ堂のえいこちゃんはもう亡くなられたよ。Kちゃんはご主人の病状が深刻で大変そう。少し経って誘うことにしたよ」などと当時の近所の同級生の消息を伝えてくれます。

桜小学校の校庭の樫の木

「昔の学区域辺り行きたいだろ？　ふうちゃんち、まだそのままあるぜ」と言うM君に「え〜⁉　うちの家？　1947年かに建てた家がまだあるの⁉　見てみたい！」と同感して、まず世田谷線上町駅近くの元実家の辺りを歩いて探索することにしました。

ボロ市通りに近い角地に、そこだけ昭和のままの古びた建物が一軒。懐かしい我が家が私を待っていたように昔の佇まいを残してそこにあります。私が中学三年生の時に引っ越してから、壊すだろうと思っていた建物はその後バーになり、白洋社の事務所になり、近頃はブティックをやっていたというM君の話にカーテンの隙間《すきま》から中を覗いてみました。

あそこが玄関、ここが庭でイチジクと白桃の大木があったね、と庭だったところに立っている建物を見回しました。道路や脇道は驚くほど狭く感じられて、子どもの頃と違う風景です。

その後、私たちが通った桜小学校へ。塀の外から覗いていると、週末で授業はないけれど、子どもたちが校庭でスポーツ練習中。

「お、門が開いてる、ん？　関係者以外立ち入り禁止？　俺たちだって関係者だろ？　入ろう」

私たちは小学校の校庭に入り、そこにいた教師に話して奥にどっしりと立つ樫の木に向かいました。

この樫の木は校歌にも歌われていて、桜と共にこの学校を象徴する巨木です。「この樫の木、当時俺たち4人で幹の周りを抱えたなあ」とM君。校庭の地面を踏みしめながら、ここで私は人間らしい教育を受けたなあと感慨深い。

近寄って樫の木を見上げると、やっぱり大きい。ベンチに座って樫の木を見上げながら、私たちは小学校時代の話をし、今その時の子どもたちがどんな大人になってどうしているか、次から次へと語るM君の話に耳を傾けました。M君は「小学校三年の担任の先生に会った時、俺がよく先生に殴られた話をしたら、そんなことあったか?と覚えていないんだ。此畜生《こんちくしょう》こんなふうに殴られたんだって一発殴ってやりたかったよ。熱血で生徒の為に夢中になってて思わず殴る奴もいたな。今は空気や忖度《そんたく》が怖くて、まっすぐで良い先生が教育し難いらしいよ」とM君。

私たちは大人になった。樫の木を見上げながら、あの時自分たちや社会にあった本当のことを言える空気や勇気ある人びとの発言はどこに言ったのだろう? いつのまにか、言ったたって変わらないと諦《あきら》めに支配されている今の日本社会。典型的な庶民のM君まで庶民だからこそか、今の政治を憂慮しています。M君ら子ども時代の昔の懐かしい友人と会う、それが社会を知り学ぶ一歩であり、楽しいリハビリでもありました。

宮台真司さん襲撃事件

宮台真司さんが襲撃されて重傷を負ったというニュース。真相はわからないですが、襲われ傷つきながらも決して抵抗をやめなかった宮台さんの思想の力が、殺されず生き残れた原因に思えます。この襲撃事件は言論封殺の為だという推論が多く出ています。事件を受けて作家の島田雅彦さんがX(旧ツイッター)でこんなふうに言っています。

「政治家はいくら不正をはたらこうと、党、警察、司法に二重三重に守られるが、言論人は正しいことを言った報いで襲撃されたりする。私たちは素手と言葉で自分の身を守るしかない。宮台真司氏が傷だらけになっても、致命傷を避け、抵抗したように」と。

世界は戦争に向かい、言論は命を張って護る時代になった、としみじみ思わずにはいられません。前に私が娘に「日本の特性を一言で言えばどんな社会?」と聞いたことがあります。「一言で言えば〝出る杭は打たれる〟よ」と即座に答えました。

また、「建前と本音の激しく違う社会」と特徴付けました。そうだなあ、空気を読み、忖度し、息苦しい同調圧力、異なる意見に不寛容な社会、建前だけの〝民主主義〟。少数意見を受け入れるところに民主主義の価値と力があるというのに……。それでも日本の中でそれを変えようとする無数の人びとの活動が、更なる悪化を防いで対峙しているところに希望が育っている……。

宮台さんの早期の回復と、変わらぬ言論人としての活躍に期待します。

若人と母校を語り合う

12月3日、明大土曜会に出席しました。テーマは現役学生たちとの交流と忘年会です。この日は、私ばかりか同輩の友人たちも、若者たちが語る母校明治大学の変容に驚きの声を上げていました。私が入学したのは１９６５年です。資料によると、１９６６年の明治大学の学生数は約3万２０００人。そのうち女子学生は一部二部含めて１９１７人でしたが、２０２２年の学生数は3万１５１５人で女子学生は1万７４３人。３人に１人です。そういう状況の中で、今20人位で活動している女子学生の代表の１人がこの若者交流に出席し、話してくれました。

20人の中には、入管問題とか移民、難民の問題、貧困問題に積極的に関わったりする人がいて、個々の関心は違いながら一緒に活動をしているとのことです。

明大土曜会の年寄りたちに、彼女は最近の活動、ジェンダー問題やセクハラなどの社会を背景とする「性的同意」についてレクチャーしてくれました。「性的同意」とはどのような概念でどういう状況にあるのか、明大で彼女らが行ったアンケートの結果がどんなものだったのかを話してくれました。どんな小さいことでも、結婚している夫婦であっても、あらゆる場合に性的行為に同意をとることが「性的同意」であり、海外の大学だとそれを教える講習会などがあるが、日本では小中高でそうしたことが教えられないため、多くの問題があるとのことでした。

明治大学学生を対象としたアンケート（全回答者536人）のうち90%以上が「性的同意」をとる行動をしてこなかったと答え、75%が「性的同意」の意味を知らないか勘違いしていたそうです。

536人中164人は性的被害を受け、8人が強姦を経験したと回答し、約70%が明治大学の性教育や性被害対応は不十分と評価していることがわかったとのことです。21年11月にアンケートの集計結果と改善を求める要望書を明治大学の学長に提出したそうです。

同様のことを行った国際基督教大学、早稲田大学では大学当局側から改善協力の約束があったが、明治大学ではアンケートを行った団体や背後関係ばかりを聴かれて受け入れてもらえなかったそうです。

また、学生のAさんは、前回の衆議院選挙の時に、「大学生は選挙に行こう」というポスターを貼りたい、と事務室に行ったら、最初は拒否されて、「私の学部の学部長の賛同を得て貼ることができたということがありました。でもポスターが貼れたのは学部があるキャンパスだけで、次の年の参議院選挙の時にも〝明治大学生は選挙に行きましょう〟というポスターを作って、明大駿河台の事務室に行ったら、一度受け取ってくれたんですけれども、〝こういうポスターはあまり良くない〟みたいな感じで拒否されて、せっかく作ったのに貼れないということもありました。〝選挙に行こう〟というのは、すごく普通のこと。それを明治大学が拒否するということは、選挙に行くことを奨励しないということなのかなと感じて、大学という場ですごく変だと思うんです。いわゆる政治的な話を大学側があまり受け入れないところがあるのかなと感じているし、行動する学生に対して受け入れない姿勢を感じました」と話していました。

B君は「大学史料センターというのが駿河台にあります。友人の話によると〝学生運動に関する史料は、集めているが一切公開しない〟といわれ、何を集めているのか目録も見せてくれないという対応でした。友人が理由を聞いたら『死人も出た』という話でしたが、60年代の明治では死人は出ていないのに、たぶん対応した職員の人も、先輩から代々聞いてきて、おそらくよくわからないまま、『死人が出た』という話だけ聞いて、学生運動イコール死人というイメージを前提に話をしていると思うのです。目録にもしていないし、見せてもくれないので、寄贈があってもシュレッダーにかけられてもわからないわけです。大学史料センターが作った年表にも学生運動のことは書いていない。唯一何があったのかわかるのは100年史に載っているものくらいだと思います。かつての学生自治の雰囲気を学生に知らせない、学生の話は聴かないということが明確に出ているのが今の明大の現状です」と語り、私たちはただその酷さにびっくりしました。管理強化がこれほどとは……。

みな口々に、我々の活動の仕方が今の学生に困難を与えている、我々に重大な責任があると反省したり、それにしても酷い、社会の縮図だなあ、うちら同窓の先輩が何か申し入れできないのか、などと質問したり助言したり。引き続き若者たちと交流し支援していこうと語り合いました。そのほか盛りだくさんの報告や統一地方選挙への関わりなどの問題提起が終わり、忘年会に入りました。出席していた女子学生に司会が「こちらは、重信房子さんです」と紹介すると「何をする人ですか?」と私のことを知らず聞き返したので、30人近い参加者がどっと笑いました。

でもそれが私にはとっても嬉しかったのです。先入観なしに彼女たちとそれまで話ができたからです。彼女はさすが現在の若者。年寄りたちが大口を開けて大笑いしている隙《すき》に、すぐさまスマホで回答を見つけて一緒に大笑いしています。

忘年会が盛り上がったところで「もう時間です。インターナショナルで締めます」と司会が言うと老若男女肩を組み大声でインターナショナルを歌いました。歌う老兵たちの顔が若いこと! 不思議なほど輝いています。大変刺激的なリハビリの一日となりました。

映画「戦場記者」へのコメント

12月に公開される「戦場記者」(須賀川拓監督)という映画の短いコメントを求められました。私が映像を観て推薦できる映画ならコメントを書きます、と伝えてDVDを送ってもらい、視聴しました。「戦場記者」は忘れてよい世界ではない人々の置かれた戦争の犠牲をリアルに映像にしています。須賀川拓記者がいなければ特に日本人は世界の現実を知ることが難しいとつくづく思います。

ここで描かれているのは、まず、イスラエルの圧倒的暴力と占領されたパレスチナ人の抵抗の現実です。「暴力」という現象に「どっちもどっち」と描かれがちなパレスチナ問題。占領している側と占領されている側は同じ位相に並べることはできません。占領のシステマチックな暴力とそれに対する抵抗は違うからです。

この映画はイスラエルのエルサレムでの占領がハマースの手製ロケット攻撃を生み、イスラエルが圧倒的軍事力で住宅地を空爆報復した結果、そこにいた住民がどうなったのかを詳しく追っています。イスラエルの空爆による直径20ｍ以上の深い破壊の穴、そこには何の軍事施設もないし、警告もなく空爆されて10人以上の子どもらが殺されています。妻と４人の息子を失った夫の叫びと苦悩の映像が胸に迫ります。また、アメリカの去った制裁下のアフガニスタンで何が起こっているのか？　映像が鋭く訴えます。

貧困と麻薬でアフガニスタン人社会からも忌避された橋の下に住む人びとの映像はすさまじい。西欧諸国は女性の権利、民主主義を求めてアフガン政府に制裁を科しているが、それが果たして正しいのか、それ以前に生きることすら困難な社会に手を差し伸べる必要がないかと訴えている戦場記者の声に同感しながら見ました。

また、この映画を観ながら、他方でやはり真実を求めて戦場で命を失った戦士のようなジャーナリストたちを思い出します。山本美香さん、長井健司さん、後藤健二さん、拉致されて生還した安田純平さんらフリージャーナリストたちはあらゆる面で覚悟を問われつつ戦場に立ち続けました。その上、一旦ことが起これば「自己責任」のバッシングを受けてきました。それでも現場に立ち続ける、こうしたフリージャーナリストたちを忘れることはできません。

須賀川拓記者はＴＢＳの中東支局長の特派員であり、身分は護られています。それでも危険を冒しながら恵まれた条件を活かして自分に出来ることを全てやろうと立ち向かっている、この須賀川記者を私は評価してコメントを書きました。

獄で出会った友と再会

獄で出会った獄友の一人と会いました。彼女は、どこで聞いたのか私が出所した日に、友人たちが催してくれた早稲田の歓迎会に現れたのでびっくりしました。彼女はその席上挨拶して「刑務所で私は重信さんと知り合いました。重信さんに、もう絶対クスリをやってはいけないと言われて『絶対やらないよ』と約束しました。重信さん、出所おめでとう！　私、約束守ってるよ！　今は、介護施設で働いています」と、自己紹介していました。

以来、会おうよ、と何度も誘われていたのですが、病気や手術と続いて、やっと12月の忘年会がてら会うことができました。再会した彼女は元気で、抱き合いました。やっと会えたねと。素敵なパートナーも一緒で彼女は活き活きしています。良かったねえ。私を彼に紹介するのに「この人すごいんだよ！　いつもニコニコしてるけど看守と大声で怒鳴りあって喧嘩するんだよ。人権侵害だとか規則がおかしいとか、いつも問題があった時に看守に指摘していたよ。だからいつも注目されてたよ。運動の時間も走ってるのは重信さんだけで、元気なお年寄りという評判でさ」などと言う。

「私そんなだった?」。他人が見ていた受刑者の私を散々聞かされて大笑いしました。獄の中にも人と出会う場がありました。この日、帰宅して、名古屋刑務所で受刑者をまた虐待しているというニュースを聞き、受刑者処遇細則自体が人権侵害であり、虐待を生む原因だと訴えねばと思わずにはいられません。

（12月14日記）

第４回 52年ぶりの巷の師走

『創』23年3月号

師走に娘と訪れたボロ市

師走の巷《ちまた》を味わえるなんて、自由の身になったのだ…としみじみ実感します。１９７０年の師走から52年ぶりの日本の巷の師走です。あの70年は12月20日、沖縄コザ市での米兵の交通事故を契機に、米軍支配の差別と圧制に怒った沖縄の人々が立ち上がり、「暴動」と言われる激しい抗議行動を起こした年です。そしてまた私にとってはパレスチナへの出発を考えていた70年の師走でもありました。

今年の師走は長い獄中生活を労《ねぎら》って下さる旧友たちの歓迎会兼忘年会に出席することができ、自粛しているアルコールも乾杯で少し飲むことになりました。土曜会の忘年会、月光の会の歌人たちの忘年会にも参加しました。また毎年恒例の加藤登紀子さんの「ほろ酔いコンサート」鑑賞と、その後の明治大学と専修大学の旧友たち、主にブント系の学生運動時代の仲間たちが催してくださった出獄歓迎の会も嬉しいものでした。友人たちに記憶されている50年以上も前のエピソードの中の私は、生意気だし、実物よりずっと素敵でした。

また友人の通う福祉施設のクリスマス会の公演も誘われて見学しました。高齢者介護の狭いケアセンターでしたが、施設のスタッフたちが万全の準備で迎えて下さり、車椅子の方も認知症の方も一緒に劇をやり、冬なのにスタッフが汗だくになってカンペを捲《めく》って台詞《せりふ》を教えたり進行係をしたりと大いに笑わせる楽しい劇が進みました。80歳代の方々の劇やフラダンス、車椅子の少女たちの「翼をください」のダンスも素晴らしくて、こんなふうに一人ひとりが主役になる集いの大切さを知りました。高齢者施設での虐待などのニュースの一方で、今の日本の社会の隅々で、心あるスタッフの尽力により高齢者が自分を誇りつつ過ごしている姿は、我が身を考えても嬉しいものです。

高校時代の友人とも、東京拘置所（東拘）での十数年前の面会を除けば約55年ぶりに、おしゃべりの再会もしました。旧友の一人は「東拘の面会であなたから刺激を受けたから私もやるわ！」と早速市議会議員選挙に立候補し、見事当選して今も議員です。市議会では同年配のおやじ議員たちの無自覚な差別発言に怒り、弱者救済に走り回る彼女は「私には天職だったわ！」と、来年も市議選に挑戦すると張り切っている後期高齢者です。高校時代の私たちのまま、おしゃべりを続けました。

師走は、子ども時代に大好きな最大イベントであったボロ市を、娘のメイと連れ立って60年ぶりに覗くこともできました。懐かしい我が家のあたりをメイにも見てもらいたくて徘徊《はいかい》したり、昔のボロ市の寒さを思い出しながら、ぐい呑みを買ったりと楽しみました。そんなリハビリ中の師走には心躍り、命のありがたさを実感します。でも獄中にも海外にも厳しい冬を過ごしている友人たちがいるのを忘れることはできません。そんなことを娘と語り合いながら、新しい年を迎えました。娘と2人だけの正月は喜寿にして初めてです。静謐《せいひつ》で心豊かに正月を迎えることができました。無理はできませんが、リハビリのお陰で体調も良くなっています。こんなふうに今年がスタートしたことに感謝しています。

私のインタビューとイスラエル大使の反論

私のインタビューの記事が毎日新聞電子版に12月27・28日に掲載されました。このインタビューは、学生運動の歴史を1960年代の戦いの背景から語り、連合赤軍事件や1972年のリッダ闘争などに対する質問に答えたものです。

驚いたのは、ギラッド・コーヘン駐日イスラエル大使がすぐに、毎日新聞社に私の意見を載せたことに抗議の反論をしたことです。コーヘン氏は、去年の私の出獄時に大勢の人々に私が「温かく迎えられる姿を見て愕然《がくぜん》としました」と、12月27日の夕刊フジインタビューで語ったばかりです。毎日新聞社側は、世論の反発やイスラエル側の抗議に驚いたのか、私の電子版インタビューが載った翌日の29日に「駐日イスラエル大使インタビュー」として反論する機会を与えました。

毎日新聞は、イスラエル大使が「日本赤軍の最高幹部だった重信房子氏が毎日新聞の取材に語った内容に対し、テロを美化するもので、反ユダヤ主義的だと真っ向から反論した」と書いています。コーヘン大使はインタビューで、「冷血なテロリストである重信氏のインタビューの言葉に当惑し、驚いた。日本赤軍は1972年に約100人が死傷したテルアビブ空港乱射事件を起こした。彼女は『ヒューマニズム』という言葉を使って、この事件をまるで良いことをしたかのように美化しようとしている」「重信氏の考えは残忍なイデオロギーで、自由主義社会の根幹を揺るがすものだと考える」「彼女のような人物を有名人のように扱うのはどうだろうか」と話し、発言を垂れ流さず批判的に捉えるべきだなどと述べています。

私がインタビューの中でリッダ闘争について以下のように語ったのが気にいらなかったのでしょう。

「当時このＰＦＬＰの作戦はパレスチナばかりか、アラブ世界、イスラーム世界がこぞって支持賞賛したことをご存知ですか？　この闘争についてはイスラエル側の情報が一方的に流布されてきました。日本人義勇兵だけが民間人を虐殺したということはあり得ず交戦下の出来事です。勿論イスラエル兵も民間人を殺傷しました。またイスラエル側死者の中に［決して民間人ではないパレスチナ側のターゲットであった］アハロン・カテーイルという、生物科学兵器を開発してイスラエルの建国前からパレスチナとアラブ人に対してその［兵器］を使い続けてきた人物もいました。これはパレスチナの戦いに日本人義勇兵が参加したものです。戦争を肯定しないけれど戦いがある以上犠牲が生じます。殺しあうことが目的ではありませんが歴史的な戦争下にある戦場での、ひとつの軍事行動がリッダ空港攻撃です。忘れ去られようとしていた何百万人のパレスチナの人びとは抵抗の闘争によって再生していた激しい時代です。当時私は彼らの任務を事前には詳しく知りませんでした。しかし、パレスチナで根源的、人間的であろうとしたなら、それを実現するためにはもっともラディカルな形を取らざるを得ません」

「無辜《むこ》の人を傷つける可能性については、事前に奥平さんたちはＰＦＬＰとも語り合い、相手の命を奪うなら、当然自分たちも生きる権利がないと主張したようです」

イスラエル大使に発言の自由があるように、私にも自由な発言が許されて当然でしょう。私は刑期を終えて自由の身になっている日本人です。日本人が日本の憲法に則って自由に発言することは基本的人権です。

第2にリッダ闘争はPFLPの作戦です。日本赤軍の作戦ではありませんし、私がリッダ闘争に関わった事実はありません。マスコミの一部は無知か意図的にか、リッダ闘争に私が関与したような誤った情報を流布してきました。数万人を超えるメンバーを持つ当時のPFLP組織の作戦に、アラブに来て1年経ったばかりの20代の、言葉も不自由なPFLPのボランティアの私が何をできたというのでしょう。

イスラエル政府からも他のどの国からも、私はこのリッダ闘争で訴追されたこともありません。私がPFLP指揮下のボランテイアを脱して日本赤軍を結成していくのはその後の1974年です。私が関与していないことは、イスラエル当局が一番よく知っているでしょう。なぜなら、義勇兵の1人岡本公三さんが自分だけ生き残って逮捕されたことを悔やみ、作戦後に自殺をさせてほしいと願った時、イスラエル軍のゼビ将軍は岡本さんの心情を利用して「事実を残らず述べたら、拳銃を与えて自殺させてやる」と嘘の契約書まで作って約束し自白させたからです。そのことは軍事法廷で明らかにされています。そこにも一切私の関与はありません。

第3に私やPFLPは、この大使が宣伝しているような「反ユダヤ主義」ではありません。私にもユダヤ人の友人がおり、過激なシオニズムに一緒に反対してきました。シオニズムは宗教を指しているのではなく、イデオロギーなのです。「パレスチナを占領しアラブ人を追い出してユダヤ人だけの国家を造る」というシオニズムイデオロギーを信奉する人たちと、ユダヤ人とは区別してきました。イスラエル政府は国連決議を無視してパレスチナアラブ領土占領を続けており、それが批判されると常に「反ユダヤ主義、ヒトラーと同類」という論理でごまかすことは世界中でよく知られています。「反ユダヤ主義」などと騒いで批判を黙らせる論法がまだよく知られていない日本で、「反ユダヤ主義」のレッテルを貼ることにより、私ばかりか掲載したマスコミを叩くことで怯《ひる》ませて、イスラエルの政策を批判する言論の場が狭められることを私は危惧します。

国連決議を無視し、パレスチナアラブ領土を占領し、民族浄化を続けているのはイスラエル側であることをもっと多くの人びとに知ってほしい。特に最近のイスラエル政府はパレスチナ人の民族浄化政策を競いあって選挙に勝つことを狙っている実態も知ってほしいと思っています。去年12月29日に発足したネタニヤフ政権は「ユダヤ人はイスラエルの全ての土地に独占的で議論の余地のない権利を持つ」と宣言して、国連でも何度も非難決議されてきた占領地に対し「政府は入植活動を促進する」と決定しています。公然とパレスチナ人抹殺を訴える極右政党も新政権に参加しました。今年は、これまで以上にイスラエルの占領地拡大と暴力がパレスチナを襲うでしょう。人間の尊厳をかけた抵抗もまた激化せざるをえないでしょう。

連合赤軍事件を語り合う

今年に入って、かつて連合赤軍に加わり、あの事件の当事者となった赤軍派時代の友人と会いました。この友人Yさんは、私がまだ裁判を続けていた時に、東拘に面会に来て「遠山さんを死なせてしまって本当に申し訳ありません」と、涙ぐんで謝罪していました。その時私は「生きて再会し過ちを語り合おう」と約束しました。獄の10分の面会では語り合うことは到底できません。友人のKさんも一緒に3人で会いました。短い東拘での面会を除けば51年ぶりの再会です。「よく生きていたね」とお互いに同じ言葉を吐きながら思わず抱き合いました。こうして昨日も会っていたように、昔と変わらない仲間同士の話が始まりました。

赤軍派から連合赤軍に至る時代、根本的誤りは当時の日本で武装闘争に活路を見出し続けようとしたことだと、私は自らのアラブでの経験と反省とを語りました。パレスチナ占領下で弾圧を受けながら全人民が支持する抵抗手段の一つである武装闘争と、赤軍派が主張した日本での「武装闘争」はまったく異なります。赤軍派は日本で敗北や失敗を繰り返しても武装闘争を結集軸としていた分、「武装闘争をやる」ことを疑えず転換できず突き進みました。「武装闘争をやるのだ」という観念に取りつかれて、武装闘争を担える主体形成のつもりで連合赤軍結成に至り、信じがたい道へと踏み込んだと思います。

私はそのことを赤軍派の過ちとして自覚しつつ、自分がアラブに発《た》ってからどんなふうに森恒夫さんがリーダーシップをとっていたのか、なぜ転げるように仲間たちが殺されていったのか、なおも理解できない思いが消えなかったので、そのことを聞きました。

Yさんは、もう50年以上経った今でも最初に革命左派から糾弾《きゅうだん》をうけた遠山さんのことを話そうと思うと涙が出てしまうと言いながら、当時を詳しく語ってくれました。ああ森さんも革命左派から遠山さんを批判された当初、なぜ批判されたのかわからなかったことが、すべての始まりだったと私たちは語り合いました。毛沢東主義の組織の規律ある成り立ちと、いい加減で、無自覚な女性差別を持っていた自由主義のブントの組織の違いがあり、それを無理に森さんが整合させようとしておかしくなっていった様子もわかりました。私たちは良くも悪くもブントだったなあ、と3人でしみじみ語り合いました。

Yさんは長い獄中生活を経て出所後、警察の妨害もあり、簡単ではない長い時間の中で、社会的な位置を築いてきたようです。Kさんも自身の経験を語り、私たちは三者三様の人生の歩みを確認しました。そして今の日本と世界の悪化する戦争政策の現実に対して反省と誇りをもって生き続けようと話しました。「今日はまず語らねば進めないことを語り合ったけど、次はただ、うまいもんでも食おう」とYさんが言い、それを約して別れました。

映画「REVOLUTION＋1」を見る

去年の国葬にぶつけて緊急上映されて話題となった足立正生監督の「REVOLUTION＋1」の完成版試写会が1月11日にあり、招待されて出かけました。とても良い映画でした。率直なところ、若松－足立映画はなかなか私には理解できなかったのですが、今回の映画は違いました。私は、山上徹也さんの安倍元首相銃撃は、私たちの時代に健全にあった、異議申し立ての自由を奪われた社会の閉塞状態の結果だと思っています。

警察管理社会の中で権力側の犯罪は行政府によって護られ、他方で政府やその政策が負うべきセーフティネットや福祉の責任を「自己責任」として弱者が踏みつけられてきました。

この「REVOLUTION＋1」は、こうした現実を率直に描き、ああした銃撃でしか問題解決できないと思い詰めた山上（映画上の苗字は川上）の苦しくて哀しい状況を鋭く表現しています。そしてこの映画は日本の社会と歴史の根拠の中にこの個人決起を位置づけ、またパレスチナの歴史的現実に位置づけた点で、優れて普遍性を持ち得た映画になったと思います。それはパレスチナでの戦いの歴史をともにした足立さんだから成し得たことでもあるでしょう。

脚本を共同執筆した井上淳一さんが上映後の会見で語っていたのですが、この山上決起の映画をやろうと決めた時、週刊誌の記事にあった2行の情報を見てこれで書ける!と確信したそうです。その2行には、自殺した山上の父とリッダ闘争で自決した日本人戦士安田安之さんが同じ京大工学部の麻雀仲間だったということが書かれていたからだそうです。そこから日本人戦士たちがオリオンの星になろうと語り殉教した戦いに繋がり、星になる、つまり山上をその視座からとらえようと考えたのでしょう。この映画は、アメリカの要請に合わせて戦争準備の防衛費増額に走る政権と今の日本社会の悲惨な現実の落差を考えさせます。

娘とちょうど見ていたアルジャジーラアラビア語版は、当時の岸田首相が訪欧米で署名した軍事協力の内容をニュースで報じていました。トマホーク配備に始まる日本を前線とする戦争準備の軍拡路線が既に本格化しているばかりか、有事には米軍のみならず、英軍も日本領土で展開することが今回可能になったと報じていました。英国も含めて憲法違反の集団的自衛権の行使であるという報道には驚きました。こうした転換が日本のテレビでは語られていないからです。

世界から見える岸田政権下の日本は、歴史上かつてない好戦的な軍拡国家化に突き進んでいると喝破されています。岸田・バイデン会談などの危険な内容の報道があまりに小さく扱われ、さらっとしか報じられない一方で、ウクライナの戦況を詳しく伝え、ゼレンスキー発言を細かく解説する日本のテレビ報道には呆れてしまいます。思わずこんな一首が零《こぼ》れました。

俯《うつむ》いてしれっと読んでる松野さん

九条違反の戦争の道

2023年1月20日

［追記］矢崎泰久さんが逝去されたことを知りました。

レバノン、バールベックにあるローマ遺跡のバッカス神殿の石畳を歩きながら、日本はアメリカのためにどうしてこんなにだめな国になってしまったんだろう、とつぶやいていた矢崎さんを思い出します。矢崎さんと語り合ったあの時代よりも今の日本は、ますますアメリカの植民地の姿に変わっています。

私が獄から解放されたので矢崎さんと千夏ちゃんと『創』で対談する予定でしたが、私の体調が回復せず、その機会を失し今年対談をするつもりでいました。亡くなられたと聞き、とても残念で申し訳ない思いです。

トイレのない山岳地帯で、足立さんと「連れションの仲だよ」と言いながら本当に楽しそうに草原を歩きまわっていた姿が今も目に浮かびます。矢崎さん、彼岸で対談をしましょう。

第5回
戦うパレスチナの友人たち

『創』23年4月号

パレスチナ人の抵抗戦士（PFLP機関紙アルハダフより）

ライラ・ハレドや、かつて共に戦った友人たちは、私が獄から出所した日から解放を祝して次々と連絡してくれました。パレスチナの仲間たちの声は、私にリハビリの大きな精神的エネルギーを与えてくれました。それに娘のメイがパレスチナの実情を教えてくれるので、今直面しているパレスチナをリアルに学べます。

新たなネタニヤフ連立政権の酷《ひど》い政策と弾圧の結果、今パレスチナは、新たなインティファーダ（民衆蜂起）の様相を示しています。西岸地区の都市での全面的スト、ジェニンやナブルスでは組織を超えて武装組織を結成し、占領軍暴力に武装抵抗をしています。これらは強いられた抵抗戦です。国境を越えたパレスチナの仲間たちを思いながら、パレスチナの現状について記したいと思います。

12月29日成立したネタニヤフ政権には超過激な右派政党が参加しています。イスラエルの歴史上最も過激な極右政権と、西側報道までが伝えている通りです。もちろん首相に返り咲いたリクードのネタニヤフ自身は極右であるばかりか汚職事件の被告人で、有罪になっても議会での首相の免責特権を狙い無原則な極右政権を成立させました。

この新しいネタニヤフ政権の特徴は、国際法も国連決議も無視し、「占領地」と「イスラエル」という区分けをとっぱらい、全部イスラエルの領土としてパレスチナ人への支配と弾圧を始めたことです。かつてイスラエル政府とパレスチナ解放機構（ＰＬＯ）の間で交わされた「二国家共存」合意交渉など、とっくに反故《ほご》にしてきたネタニヤフです。この新しいネタニヤフ政権は極右政党を使って「全パレスチナのユダヤ国家化構想」を進める企みを持っています。

ネタニヤフが自ら首相となるために、手を組んだ「ユダヤの力党」の党首ベングビールは「国家安全保障相」に抜擢《ばってき》されました。新設されたこのポストは、イスラエル国内の警察統括とこれまで国防省が管轄してきた占領下のヨルダン川西岸地区や、東エルサレムの治安維持を担当する国家警備隊含め、全土を一括統制下に置く今までにない権限を持つことになりました。

イスラエル内のパレスチナ人を今まで以上に二級市民化し、占領地併合によってパレスチナ問題をなくしてしまおうとする乱暴な圧殺の意図が示されています。

また、もう一つの極右政党で占領入植活動の拡大・併合を主張していた「宗教シオニスト党」の党首スモトリッチは財務相に就きました。このポストは、占領政策全般と特に入植地の建設と拡大に権限を持ち、また占領下で自治政府にかわって代理徴収されるパレスチナ人の税金を握る大臣なのです。この「代理徴収金」は、パレスチナ人の財産なのに支払いを凍結したり、差し引いたり勝手に扱われてきました。それが更に酷くなることは目に見えています。ネタニヤフ、ベングビールとスモトリッチの３者によるパレスチナ領土の否定、全てユダヤ人のイスラエル領土として扱うという過激なシオニズムイデオロギーで、パレスチナ人を管理支配する方向です。この事態に抗議するパレスチナ人の抵抗は、生存をかけたインティファーダと成らざるを得ないのです。

イスラエル軍は、ユダヤ人入植者のパレスチナ農民を負傷させ、オリーブの木を切り倒すなどの暴力行為を助け、パレスチナ人への問答無用の暴力、射殺などを繰り返しています。そしてイスラエル政府は抵抗するパレスチナ人を、「テロリスト」と宣伝しながら、国際法でも禁止されている集団懲罰を続け、抵抗者の家族の権利の剝奪、家の爆破、追放などの弾圧を行っています。

占領軍の暴力と、占領に抵抗する住民の抵抗権を同列に並べて喧嘩両成敗のように論評するのは欺《ぎ》瞞《まん》です。しかしバイデン政権を中心とする資本主義諸国の「二重基準」によってイスラエルは、守られています。だから私は、何度でも訴えたい。侵略と占領に立ち向かうウクライナ人が英雄なら、イスラエルの侵略と占領と圧殺に立ち向かうパレスチナ人も英雄ですと。決してテロリストではありません。歪んだ大国の都合による二重基準が国際秩序を破壊し、ウクライナに見られる戦争への道へと今も進んでいます。ウクライナの即時停戦を訴えることはまたパレスチナの占領に対する抵抗とつながっていくと思っています。

鈴木邦男さんの逝去

『創』の篠田博之編集長が鈴木邦男さんの逝去を知らせてくれました。私は鈴木さんと深い付き合いがあったわけではありませんが、鈴木さんの言論に対する覚悟には共感することが多々ありました。左右の枠を取っ払って社会を変えようと追求し、自身が経験した暴力の過ちを率直に語り、「言論には言論で」と訴えてきた言論人です。その結果、鈴木さんは右翼からも糾弾されながら、進歩的言論を貫いたことはよく知られていました。

私は、鈴木さんが獄に面会に来られて知り合い、何度かお話しました。鈴木さんは産経新聞の記者となる１９７４年に我が家を訪ねて父と対話したそうです。

この時父が自分の経歴を語り、当時、政界、財界、官僚の不正義に対して立ち向かった民族主義者として、娘の行動を理解すると話したそうです。右、左と麓《ふもと》の道は違っても同じ山を登り見上げる月は同じだと例えながら、正義を貫く目標はそんな違いがないと話したようです。

私は笑いながら彼に言いました。

実は私の処に、父から手紙で、「早稲田大学の鈴木邦男という人物から会って話を聞きたいという連絡がきた」とありました。ちょうどその場にいた私の友人が「その男は早稲田で左翼に対して暴力を振るった、右翼のとんでもない男だ」と言うので、その旨父に手紙を送りました。そんな人と会わないほうがいいと思ったからです。ところがベイルートから日本への手紙は２週間位かかる為、手紙が着いた時には既に鈴木さんと父は話した後でした。

獄中の初対面で鈴木さんにその話をしたら、「もし手紙が付いていたらお会いできなかったんですね。そうなんですよ。僕は早稲田で、左翼と暴力的に渡り合っていたんです。手紙が先に着かなくてよかった」と大笑いしていました。それから何度か見えて木村三浩さんを紹介して下さいました。

獄の面会は長くて15分の東京拘置所です。「獄を出たら父の話も教訓もゆっくり話をしましょう」と言いました。

振り返れば、人生をかけて闘ったのに、右も左も日本を良くすることができなかった、だから今どうしていくか、これからの日本を語り合おうと話しました。

ところが、鈴木さんが体調を崩したようだと聞き、また私自身も出獄して体調を崩し、お会いできず現在に至ってしまいました。

鈴木邦男さんの言論の底流には、自身の深く切実な反省と経験の思いが溢れています。そして彼には、正義を貫こうとした者、不当に虐げられた者たちに対する連帯と共感の優しい眼差しがありました。私の父を知る数少ない友人として獄の壁を越えて自由に話をしたかったという思いが募ります。

明大土曜会　元気な若者たちと

2月4日は明大土曜会に参加しました。この日のテーマは、現在の労働運動の学習です。全国一般・全労働者組合のSさんが話してくださいました。彼は、「過去に労働組合が賃上げ闘争のみでやってきたことが、また企業は企業内のことのみ考えてきた結果、社会は本当に荒廃しているのではないか」と、まず現状を語ってくれました。

多重債務に苦しんでいる人が「闇バイト」に働き口を求めた結果、脅かされながら人殺しまでやってしまう。「そういう犠牲者がいっぱい出るわけです。今の世の中、金次第で、命まで失ったり、女性であれば性を売り買いするところまで突き進んでしまうような世の中です。自分たち労働組合は社会の規範を作らなければいけないんじゃないか。職場の賃上げとか処遇改善を求める一方で、労働組合に駆け込んでくる人たちは、解雇や、パワハラで精神的に病んでしまう人が多かった。社会の規範が壊れる中で必死に生きている孤立している人たちに対して何ができるのか?と考えたとき『お金より命だろ』と。命をどういうふうに次に繋げて行くのかということは、労働組合の大切な役割だと思います」と語っています。

「少し前、国労等が健在だった頃は労働組合の規範が社会に浸透していて、働き方でも『そんな働き方はだめだよ』とか、そこまでの犯罪は起きていなかったと思う。今では暴走する競争社会の中で、ちょっと間違えれば滑り台のように下降してどん底に突き落とされるようなことが、身近にどんどん起こっているということです」と。労働組合が命を護る砦として求められていることを実感しました。

また、「ウクライナとロシアの戦争を見ても戦争で犠牲になるのも市民であり労働者。ウクライナ国内でも徴兵で労働組合の権利どころではなくなっている。労働組合というのは、元々戦争になってしまうと、その権利を放棄して戦争のために協力する体制を作ってきた。戦前の日本もそう、今でも実際に起こっている。日本で私たちが直面していることは、実はウクライナとロシアや世界で行われていることと無関係ではない」と語り、だからSさんらの労働組合は反戦平和を訴える行動も強化しています。

土曜会ではまた今年の地方選挙に、「介護」を公約とする候補を立てて応援するという議論も具体的に盛んに語り合っていました。

今回の土曜会は、また新年会でもあり、明大ばかりか、いろいろな大学から学生が来ていました。みな世の中があまりにおかしな方向に進んでいるという思いを持つ若者です。共産党の党員の学生もいたそうです。ちょうど土曜会の後のニュースですが、京都の現役の共産党員が「党首公選制」を主張して除名されたという報道を知りました。現在の時代にどんな民主を持った組織が可能かと、もっと若者たちと語り合いたいと思いました。

また若者たちが今回明大土曜会の仲間に語った話を私も後に聞きましたが、その中で日本の教育政策がこんなにひどくなっている、と改めて思ったのは奨学金制度です。これでは奨学金ではなくて住宅ローンと同じ学生ローンだという声が上がって当然です。名前だけ「奨学金」のこのローンでは借り入れの際に、学生運動とか何かやったら奨学金をストップすると言われたという人もいたそうです。

一人の学生の話では4年間に700万円を借り、大学卒業時には借金に追われる事態に直面するようです。首都圏では授業料も生活費も高すぎるし十分な給料がないので月々の返済が難しい。両親が望む田舎へ帰って就職すると、700万円の返済目途は全く立たないので首都圏で何とか借金を返そうと考えているとのこと。ひどい話です。

日本では、授業料が高いため、多くの学生が奨学金、アルバイトに頼らざるを得ず、勉学にも支障があります。「学生寮に入れないの?」と聞くと「今時、学生寮はない」と学生が答えたというのでまた驚きです。大学生の多くは厳しい多額の支払いに追われているようです。若者に借金を背負わせることで、その人のこれからの人生を借金漬けにしてしまい、人生の選択肢も奪っています。結婚も子育ても難しい。少子化に歯止めをというなら、政府がこうした若者への加重債務をチャラにする政策を考えて当然でしょう。

義務教育ばかりか大学教育までは無償化にすべきだし、返済無用の奨学金制度を拡充するべきだと改めて思いました。医者や技術者などを目指す多くのパレスチナ人たちの留学を受け入れたソ連や旧東欧諸国は、大学まで無償でその点優れていました。

新年会になって、今日の講演に来られた労働組合の方たちが、「ここには老学共同があるなあ」と若い人たちの間に入ってレクチャーしたり飲んだり、とても楽しそうに話していました。

日本のテレビを見ながら

娘のメイがよく言うことでもありますが、海外の報道と比べて日本の報道の仕方があまりに日本人しか視野にないのに驚かされます。スポーツでも勝敗そっちのけで日本人だけの活躍を取り上げます。また現地フィリピンに日本の報道陣が大挙して押しかけ、日本人の強盗事件を取材する在り方もテレビで見ていて疑問に思いました。事件のトピックスを狙うせいか、わっと群がり、日本人だけを報道する姿勢は、昔と変わらないのかもしれません。

第一に「犯人」とされた人たちは、国内の故郷から収容所での生活まで微に入り細に入り、噂話の類まで詳細にテレビに晒《さら》されています。まだ審議もなしに「犯人」として朝から晩までワイドショーの恰好の話題です。

第二に文化の違うフィリピンに対する上から目線の批評が目に余ります。携帯電話が自由に使えるとか、日本の拘置所よりだらしなく管理が悪いという批評です。

第三に引き渡しを長引かせているとか、いつになるのか等といった、じれったさを国民に煽るような報道ばかりです。事情を知らず漫然とテレビを見ていると、「こんな凶悪犯人を早く捕まえるべきだ、フィリピンはなんていい加減な国なんだ」という印象を増幅させるでしょう。

でも問われているのはこちら側です。報道の中で、「犯人」とされている被疑者を、推定無罪の原則に照らしてどう報道すべきか、日本は報道倫理を踏まえているのか？　こうした報道のされ方を経験した者としてまず疑問です。また携帯電話を持つとか、私物を持ち込むとか、これらは様々の国の入管施設では寛容に扱われています。彼ら４人がいた「ビクタン収容所」は出入国管理施設で、刑務所や拘置所ではありません。日本の報道は混同しているふしがあります。

日本の入管施設が今どうなっているか不明ですが、スリランカ人のウィシュマさんに対する過失殺人を見ても、日本こそ人権配慮に世界から立ち遅れているとみるべきではないかと思います。また日本はフィリピンと「犯人引き渡し条約」を締結していません。日本に犯人を引き渡す義務はなく、自国の司法を優先して当然です。それを日本側は、決して米国に対しては取らない様な態度をフィリピン政府に対して取っています。マルコス大統領訪日前に犯人を引き渡すよう圧力をかけ、間接的であれ他国の司法に政治介入し、控訴棄却を実現させたと思わざるを得ません。イスラエル報道、ウクライナ報道含め、「日本の報道が偏っている」と自覚をもって捉えるリテラシーを鍛え合いたい、と日本のテレビを見るたびに思います。

大地震の被災地の苦しみ

トルコ・シリア国境地帯でかつてない激しい地震が発生しました。シリアの内戦によって難民となった多くの人々が被災し、日を追うごとに死者の数が増え続け、10万人を超える可能性があるとの報道に言葉を失います。シリア側の被災地は、米軍の影響下にあることや、米国政府らのシリアに対する経済制裁が援助や物資がシリアに届くのを数日も遅れさせた理由であることが日本では報道されていません。米国政府の発言をそのまま報道しているように思います。

（2月15日）

第6回
リハビリの春

『創』23年5月号

脱原発を求める『呪殺祈禱僧団四十七士』の抗議の祈禱

「月光の会」の歌会で

「月光の会」の歌会に参加しました。題詠を批評し合う歌会です。今回のお題は「二」です。歌人たちの詠んだ36首の題詠から各自が6首選びます。それを集計し、最高得票から0票の歌まで36首を順次みんなで批評していきます。最後にそれが誰の作品だったかが明らかにされます。月光の会の会員は様々な傾向の歌人がいるためか、大量得点はありません。今回の最高得点も10票の歌で、「背を丸め終バスを待つ影二つ毛玉のように黙りこくって」。次の9票の歌は「いんいちはいちであります敗戦の　昭和二十年雨の教室」でした。上記の2首は私も選びました。私の歌は「戦場の二月のなゐふる地底からへその緒のまま救われしいのち」。トルコ、シリアの大地震を詠み、5票でした。この日はまた、歌誌『月光』77号が発行されました。この号の特集は「第10回黒田和美賞　重信房子歌集『暁の星』」です。面映《おもは》ゆくうれしい号です。受賞後の作品30首「面白き旅語り　自由への星　Ⅲ」が載っています。これは高杉晋作の「面白きことも無き世を面白く〜」から批判的に着想し、私自身の誕生から今を詠んだ30首です。「玉音忌臨月の母たじろがず子ら抱き疎開の博多を発ちぬ」から「穏やかな木漏れ日見上げ壊れ行く世界に立ちて如何に在るらむ」まで。

そして私の受賞の言葉「虚心に湧き上がる思いを」や、歌人の大和志保さんが聞き手の月光インタビュー「死と再生の歌—獄中での作歌生活二十二年」が続きます。どのように歌を作り始めたのか？いろいろな歌を挙げながら語り合っているものです。そのあとは、黒田和美賞の選考委員の方々の論評が続きます。「暁の星」に素晴らしい情熱迸る《ほとばし》「抜」を書いてくださった福島泰樹主宰はじめ、選考委員の方たちの論評は鋭く暖かく、私が自覚し得ていない視点で論じられており、とても学習になります。

選考委員の一人、岡部隆志さんは同じブントで戦ってきた同時代人として自己史を晒《さら》しながら「重信房子の『実存』と抒情—歌集『暁の星』を読む」という論評を寄せています。岡部さんは、「『マルクスやトロツキー読み吉本読みわたしはわたしの実存でいく』この歌を読むと、重信がパレスチナに行ったのは、赤軍派の闘争方針に従ったというよりも、己の『実存』の問題ではないかと思う」と述べて、「実存」とは自分が自分であることを失わずに存在しようとすることであり、「党派に属すれば、党派の掲げる政治方針が闘争を続ける自己の根拠に代わってしまう。そこには己の『実存』はない。とすれば、自分の生き方の決定権を失わないこと、つまり自分のことは自分で決める自由を失わないこと、それが『実存』と言いえる条件になる」と述べ、この歌集が「実存」の歴史を確かめる記録としてあると評しています。その上で「塹壕の司令部室の空薬莢一輪挿しのムスカリの花」「テロリストと呼ばれしわれは秋ならば桔梗コスモス吾亦紅《われもこう》が好き」「寒あやめ届けばふいに記憶満つ自裁の旧友《とも》の差し入れし花」などをあげ、「重信房子の歌は、その記録を様々な花（自然）によって包み込むことで、メッセージ性の強い歌ではなく、抒情性を湛えた詩の表現になし得ている。このような歌があるからこそ、『暁の星』を推すことにためらいはなかった」と述べています。こうした論評の数々を振り返り学んでいます。

3・11を忘れない　経産省の前で「死者が裁く」

12年前、東日本大震災があった3・11の日、私は八王子の医療刑務所にいました。東京拘置所から移管されてまだ6カ月も経ていない頃です。腫瘍《しゅよう》マーカーの数値が下がらず、シスプラチンのゼロックス化学療法の治療中で副作用が強く、たびたび中断しながら治療を続けていた体調のすぐれない時です。刑務所の分厚い壁がミシミシと音をたて、鉄製の古いベッドがギシギシ言いながら動いた程強い揺れが始まりました。

地震時にはベッドの下に入って身を護《まも》るよう言われていたので慌ててベットの下に入り蹲《うずくま》りました。担当官が「どんな揺れでもこの建物は頑丈にできていて壊れないから安心して！」と大声で訴えていました。午後4時過ぎの夕食前のラジオで、三陸沖が震源地でかつてない被害が発生していると知りました。その惨状を映像で初めて見たのは懲役労働に参加した後、テレビが夜7時から2時間見られるようになった2022年の3月でした。津波に飲み込まれていく人家、水素爆発する福島原発施設の映像を11年以上たって見て、その恐ろしさを直に感じました。

福島原発事故のあった年の９月以来、脱原発を求める市民たちが経産省の前の空き地にテントを張ってテント広場を造りました。以来、権力の妨害、国家による訴訟など曲折を経つつもずっと３６５日、通産省前で今も、脱原発を訴え続けています。そこは、交流の場となり、福島その他全国各地から原発に反対する人々が訪問し交流し、励まし合い情報交換して脱原発を訴えてきたのを、私は獄中で「テント日誌」などを読み知っていました。だからいつか、通産省前のテント広場に行ってみたいと思っていました。

友人の僧侶から、３月９日にテント広場で祈禱の集いがあると誘われました。「日本祈禱団四十七士」またの名、「呪殺祈禱僧団四十七士（ＪＫＳ47）」は、毎月経産省前で脱原発行動に連帯し祈禱会を催しています。この僧侶たちは「死者が裁く」という立場で、東日本大震災、福島の被曝など国家の政策によって殺された無念の人々や敗者と共に立ち、国家を告発してきました。この日本祈禱団は１９７０年代に公害病の原因である汚染物質を垂れ流す企業への抗議のために結成された「公害企業主呪殺祈禱僧団」を継承して再結成したものだそうです。活動理念として戦争法案廃案、軍備費増強反対、岸田政権退陣、原発再稼働・延長危険使用阻止を訴えています。僧侶で劇作家の上杉清文さん、僧侶で歌人の福島泰樹さんら47人の方々の祈禱です。今年は３・11から12年目に当たり、13回忌でもあり、私も経産省に向かいました。

霞ケ関の12番出口を上ったところが経産省本館です。すでに僧侶たちが鎮魂の式の準備を始めているところで、旧い友人でこの広場を創設された三上治さんもおられて挨拶を交わしました。

直ぐに原発関連企業主、行政の責任者らに呪殺祈禱をもって抗議する催しが始まりました。僧服の一団は「死者が裁く」と書いた襷《たすき》を掛けています。開会のファンファーレのあと読経が続き、その後、表白文「鎮魂─死者が裁く」が厳《おごそ》かに読み上げられました。

3月10日は東京大空襲から78年目でもあり、東日本大震災とともに殺された者たち、無念の犠牲者を深く悼み、政府への厳しい批判を繰り返し述べていました。さらに太鼓を打ち鳴らし、死者の鎮魂と抗議の読経が続きます。

祈禱中の歩道脇にタクシーがひっきりなしに止まり、官僚たちが祈禱団に一瞥《いちべつ》もせず経産省本部を出入りする姿を見ながら、原発で巨額の税金を費消したばかりか税金が今も無駄に使われているのだろうと思わずにはいられませんでした。政府は旧原発施設の運転延長を決め、汚染水を「処理水」などと変名して海に流す準備をし、3・11などなかったかのようにウクライナ、ロシア、中国、北朝鮮と言い募って戦争─軍事大国化の道と一体に再稼働を進めています。

3・11当日には経産省本館前に約100名が集ったとのことです。三上さんの開会挨拶から、アピールとコールと音楽で脱原発を訴え、福島は終わっていない、汚染水を海に流すな、と岸田政権の原発推進政策を糾弾したそうです。大震災当時に首相だった菅直人議員や福島瑞穂議員も発言し、日本ばかりか世界の原発をなくしていこう、脱原発を訴え続ける経産省前テント広場に敬意を表する、と述べたそうです。今も原発被害は収束しておらず、帰還困難区域が存在し、3万人を超える避難者がいる12年目、原発推進政策を戦争政策とともに進める岸田政権は安倍政権より酷《ひど》いです。「G7議長国」の名で米政府と親米官僚が描く道を次々と進んでいます。海外から訪れる人もおり、経産省前の脱原発広場は、貴重な歴史の証言の場となっています。

世界の動きを見つめながら板垣雄三先生講演会で

パレスチナ情勢はますます悪化し、新政権になってパレスチナの若者や子どもが毎日殺されて、既に２カ月余りで死者は80人を超えたとの報道です。パレスチナ国旗に包まれた棺《ひつぎ》に続く群衆の葬式デモの映像がアルジャジーラ報道に毎日溢れています。ユダヤ人入植者たちがオリーブの木を切り倒し、家を破壊し、軍と一体化して残酷な弾圧を繰り返す日常です。それでも飽き足らず、２月26日にはパレスチナ自治区の中にあるホワラ村を数百人のユダヤ人入植者が襲撃し、パレスチナ人の30の家に放火し１００台以上の車を燃やし、６人の村人を殺し、４００人近い村人に重軽傷を負わせました。この行為は、１９３８年11月にドイツ各地で起きた反ユダヤ主義のユダヤ人迫害暴動「水晶の夜」を思い起こさせます。このユダヤ人入植者のホワラ村襲撃を「パレスチナの『水晶の夜』だ」と呼んでいる人々もいます。この攻撃のあとイスラエル兵は入植者と共にダンスまで踊るありさまです。イスラエル側は物理的には優位にありますが、パレスチナ人たちは生存の闘争の正義の圧倒的な信念のもと、殺されても殺されても抵抗戦を戦い続けています。

このネタニヤフ新政権は、パレスチナ人ばかりか、イスラエル人からも糾弾に直面しています。ネタニヤフ自身の免責特権をも狙ったとみられる「司法制度改革案」を提起したことで、１月からデモが始まり、３月には50万人以上が参加する大規模な抗議集会が続いています。この改革案には、最高裁の法律審査権を大幅に制限し、判事の任命に政府の意向が反映され、三権分立の原則や司法府の独立を著しく損なうという反対意見が巻き起こりました。特に法曹、軍・治安の上層が危機感を持ち訴えたので、社会全体に反ネタニヤフ政権デモとして広がりました。軍を含む異議申し立ての職場放棄で戦闘態勢にも影響が出ているとのことです。

また3月10日、中国の仲介によってサウジアラビアとイランは国交正常化に合意したという三者の共同声明が発されました。同じころ米国シリコンバレー銀行の経営破綻が明らかになっています。バイデン大統領は2月にウクライナを訪問し、ウクライナ市民の犠牲を顧みず戦争の継続をゼレンスキーと共に宣言していました。この間の動向を見ても、世界は、米国の思惑に沿って進んでおらず、戦争の継続は、ウクライナ、ロシアのみならず欧州やアフリカ、米国まで危機を深めており、現世界は、即時停戦こそを求めています。

そんな情勢下、中東問題の日本における第一人者である90歳を超えた板垣雄三先生の講演学習会が開かれました。先生は若々しく情熱的に、今の戦争が始まっている根拠や世界の展望など的確に指摘されて刺激を受けました。

講演のタイトルは「変わる世界を変える夢―ウクライナ戦争の1年と緊迫するアジア」です。先生の話を大雑把にまとめると、第一は現在のウクライナの戦争の構造から世界をとらえた問題設定についてです。「ロシアのウクライナ侵略」という構図をめぐる世界の分裂について語り、この「ロシアの侵略」という構図自身が米国の設定である点を指摘しました。

１９６９年の西ドイツ・ブラント首相の東方外交、冷戦終結後の「欧州安全保障協力機構」の歴史を語り、それを踏まえ２０１４年9月5日のミンスク議定書、15年2月12日のミンスク合意2を出発点の基本とする問題設定にこそ正当性があると語りました。オバマ政権時のバイデン副大統領、ヌーランド国務次官補コンビが戦争の構図を作り上げてきて、今もその役割は変わっていない点を論証していました。私も去年出版した『戦士たちの記録』の中でウクライナ問題に関しては、共通した米批判を述べています。

先生の話によると、米政府は、欧州がロシアとの協商を深めて米のヘゲモニー下から離反するのを恐れ、ロシアばかりか、欧州でもその芽を摘《つ》んでいく狙いもあり、ノルド・ストリーム１・２爆破事件を起こしました。ロシアの天然ガスを欧州に送るためのこの海底パイプラインを米国とノルウェー軍と共同で爆破したことが暴露されています。この情報漏洩の失態を取り繕《つくろ》おうと米側は情報撹乱《かくらん》に躍起ですが、こうしたことを調査も報道もしない、日本のメディア論調を批判しました。

第二に「現在は世界秩序の綻《ほころ》びと解体の進行にあり、18～20世紀を彩った欧米中心主義の時代の終わりを示している」という指摘です。西洋のキリスト教の反イスラーム・反ユダヤ主義が作り出した植民国家イスラエルが欺瞞《ぎまん》の出発点であり要《かなめ》にある。戦後すぐ連合国のつくった国連は、シオニストのために、ユダヤ国家とアラブ・パレスチナ国家の２つの国を作るとパレスチナを分割し、ユダヤ国家イスラエルができるとアラブ・パレスチナ国家は無視して歴史に捨て去り、イスラエルのみを「民主主義国家」として国連加盟を認めた。ここに戦後国際秩序の欺瞞があり、その延長上に現在の欧米中心主義の危機があると語り、「今我々が目撃しているのは米帝国の一国覇権の終局・欧米中心主義の末路だ」と話しました。こうした文脈の中にサウジアラビア・イラン・中国の共同の動きもあると語り、国際秩序の不正義の根源がイスラエルのみの国連加盟を認めたことに始まると述べました。米欧政府の二重基準を私も批判してきたように、パレスチナ連帯を訴える人々の見方の基本がそこにあります。

そして第三に滅亡への坂道を転落しかねない日本を直視することを求め、2022年12月策定の「国家安全保障戦略」「国家防衛戦略」「防衛力整備計画」の三文書、国会審議終段にある「防衛力強化元年予算概要書」のいずれも日本国家の将来の大計たりえず、国際政治・経済の大局も日本の将来像もないと批判し、平和国家・文化国家日本の目標に即した戦略をどう描くかこそ今問われていると訴えました。その後の懇談でも現在の日本を語り、世界を語り、大いに学習意欲が湧いた一日でした。

リハビリの春を楽しむ

出所してから3月で10カ月近くになります。体重も増え、人に会う機会も増えてきました。娘と梅が花盛りで桜の咲き始めた新宿御苑を訪れました。半世紀前の景色を思い出しながら娘と語り合える、こんな時間を過ごせる自由に感謝しました。また、誘われて、「月光の会」主宰の福嶋泰樹さんの「絶叫コンサート」を観賞し、その後歌人たちと語り合う楽しい時間もありました。

友人の永田僧侶が呼びかけて、遠山美枝子さんの命日に大学時代の友人と墓参にも行きました。暖かい春の陽気の中、横浜の近くの駅に降り立つのは半世紀以上ぶりです。1970年以来会っていなかった友人と懐かしく挨拶を交わすと、忽《たちま》ち当時の遠山さんもいた、喧騒に満ちた大学時代の話が溢れてきました。

リハビリは順調ですが一日に一課題が精一杯です。掛け持ちで予定をこなそうとすると、やはり体力がないので後が続きません。でもいろんな意味でいい時間を過ごさせてもらっています。（3月15日）

第2章 パレスチナ情勢

2月18日、ラファ地上攻撃に抗議し、新宿に集まった人々

第7回 救援連絡センター総会に参加して

『創』23年6月号

4月1日、救援連絡センターの第19回定期総会に参加しました。救援連絡センターは逮捕された市民や獄中者を支援する団体で、1969年に物理学者の水戸巌・喜世子夫妻らによって設立されました。二大原則は「国家による、ただ一人の人民に対する基本的人権の侵害も、全人民への弾圧とみなす。国家の弾圧に対しては、犠牲者の思想・信条、政治的見解を問わず、これを救援する」というものです。この原則に基づいて既に半世紀以上も運営されてきました。

この日は私も総会の後半で挨拶をするよう要請を受けていました。今年の総会は、小出裕章さんが記念講演をされるとのことで、それも聴きたいと思いました。総会には、各地の運動、闘いの現場から130名を超える方々が参加していました。

小出さんの講演のタイトルは「原発は滅びゆく恐竜である　水戸巌さんの背中を追って」です。この「原発は滅びゆく恐竜である」は、水戸巌さんの反原発を訴える本のタイトルです。小出さんは、「私は多くの方々から教えを受けましたが、その中でも師と呼ぶ人は水戸巌さんです。人生の生き方

救援連絡センターの定期総会

を教えられました」と、原子力の平和利用を夢見て学び始め、その嘘を知り、落胆の中で、水戸さんが切り拓いていた反原発の活動に参加した日々を語りました。

小出さんは、世界最大の地震大国日本に一つの原発も造ってはならないと、具体的な科学的根拠を示しながら語られるので圧倒される説得力です。原発が安全ならなぜ消費する都会でなく過疎地に造られたのか？　国も電力会社もその危険を本当は知っている。「日本で運転された57基の原発はすべて自由民主党が政権を取っているときに許可された。電力の恩恵は都会が受け、危険は過疎地に押し付けられた。こんな不公平、こんな不公正は、初めから認めてはいけない」と。

地球上のウラン資源は化石燃料に比べて数十分の一しかないのに原発が持続可能であるはずもない。ウクライナ戦争を口実に危機を煽って原発復権を狙っている岸田政権。汚染水を「処理水」として海に流す、「日本は原子力政策を決してやめることはない」と小出さんは断言し、原子力を止められない本当の理由はどこにあるのか、自民党石破茂議員の発言を紹介しました。

石破氏曰く、原子力発電というのは、そもそも原子力潜水艦から始まった核政策とセットである。日本は核を作ろうと思えば、１年以内に作れるし、それは１つの抑止力である。本当に原発を放棄して良いのか？「私は放棄すべきとは思わない。なぜなら、日本の周りにはロシアであり、中国であり、北朝鮮であり、そしてアメリカ合衆国であり、同盟国であるか否かを捨象して言えば、核保有国が日本の周りを取り囲んでおり、そして弾道ミサイルの技術を全ての国が持っていることは決して忘れるべきではありません」と。

小出さんは、自民党の政策である限り、日本は決して核を放棄しない、原発政策が続くと喝破し、岸田政権になって、それがますます当たり前のように進んでいる、と語りました。

小出さんの根本思想は「核は差別の象徴」であり、差別を許さないという考えに基づいています。それは原発だけにとどまらず、今でも彼は自分の住む地域で「原発即時全廃　戦争一切禁止」と書いて掲げ、一人でスタンディングを行っているそうです。

また、この総会には、三里塚闘争の2月15日強制執行の弾圧との闘い、袴田巖さんの再審決定の報告、星野さんの国賠訴訟、横浜刑務所での医療改善の要求や5月G7サミットの予防弾圧など、現場で闘い続けている人々が登壇し訴えました。こうした人々の声を直に聞く機会を持てる自由のありがたさを改めて感じた総会でした。

私も挨拶に立ち、69年の初の逮捕時に暗記していた救援連絡センターの電話5911301（ごくいりいみおーい）に連絡すると弁護士が来て下さり、とても安心したこと、また2000年11月に逮捕された時にも同じ電話番号を刑事に伝えると2時間もしないうちに弁護士が駆けつけて下さったことなど、救援連絡センターの弁護士や山中さんを始めとするスタッフの方々から受けた支援と励ましに感謝の思いを述べました。

岸田政権の戦争政策は「治安」の名で弾圧をますます強化しており、センターは二大原則に基づく人権の砦としてこれから更に不可欠な存在となるのを実感します。この大事な活動が限られた人々の尽力によって支えられていることに感謝し、もっと多くの人々に理解されて支援が広がっていく必要性を痛感します。

抵抗権について考える

予想したように、パレスチナ情勢は日々悪化しています。中東では3月23日からイスラームのラマダン（断食月）が始まり、イスラエルによるイスラームやパレスチナ人への冒瀆《ぼうとく》や暴虐に抗議する戦いは激しさを増さざるを得ません。12月にネタニヤフ政権が発足して以来約１００人のパレスチナの子ども、少年、青年たちが殺され、負傷者の数はその何倍をも数えています。

４月５日にはラマダンの礼拝中、イスラーム聖地の東エルサレムのアルアクサー・モスクにイスラエル軍が突入してモスクを破壊し、抵抗した３５０人の礼拝者を拘束しました。ハマースは、これには黙っていられないと手製ロケットで抵抗すると、待ってましたとばかりイスラエル軍はガザ空爆を開始し、６日にはレバノン南部からも抗議のロケット弾がイスラエル北部に打ち込まれ、イスラエル軍はレバノンにも空爆を開始しています。

入植者の暴力に抗議してパレスチナ側の反撃も拡大しています。「宗教シオニスト」党首のスモトリッチ財務相は「大イスラエル」の地図を掲げて「パレスチナ人など存在しない」「歴史も文化もない」などと国際社会に向かって言い放ち、やりたい放題です。ネタニヤフ政権は「司法改革」では一時的に引き下がらざるを得ませんでしたが、その窮地をパレスチナ弾圧にすり替えて政権の活路を見出し、さらにアパルトヘイト・民族浄化政策を拡大中です。

米国政府の二重基準によってイスラエルは占領も占領地入植も、核兵器保持も護られてきました。戦後秩序の不公正の象徴としてイスラエルは今も優遇され続けています。

ちょうど私は「土地の日」のドキュメンタリー映画を鑑賞しました。パレスチナ人は、1976年3月30日に起きた事件を「土地の日」として歴史に刻んでいます。この日は、イスラエル政府と軍によって繰り返される土地強奪に抗議してイスラエル内のパレスチナ人が初めて組織的に立ちあがった日です。

多くのパレスチナ人は、イスラエル建国によって生まれ育った土地を追われ、難民となりましたが、ガリラヤ地方のパレスチナ人は自分たちの土地に留まって「二級市民」の暮らしを強いられていました。そのガリラヤ地方のパレスチナ人が、この日、初めて一丸となって、整然とストライキをもって戦いを開始したのです。イスラエル軍の激しい弾圧に6人の住民が殺され、何百人もの負傷者を出しながらも生存をかけて戦った日です。自分の土地を手放さない、占領を許さないこの戦いは、追放され難民生活を強いられていたパレスチナ人を含む全パレスチナ人の戦いの歴史の日、戦いの決意の日となりました。

私の観た映画「土地の日」は1980年に作られたものです。イスラエル内で戦った人々がどのように残虐な暴力と迫害の下に暮らしているのか、隠し撮りカメラがとらえ、世界に告発した戦いの記録です。当時ライプチヒ国際映画祭で金賞を受けたものを駐日パレスチナ事務所が日本語版に再編し、板垣雄三先生が解説している映画です。

私たちがパレスチナの仲間と共に「占領下のパレスチナ人民は武器を取って抵抗する権利がある」と正当性を訴えてきた歳月を振り返りながら、この映画を通して「抵抗権」について考えさせられました。私の公判で証言に立ったライラ・ハリドも、占領下にあるパレスチナ人は、武器を持って抵抗する権利が国連・国際法で認められている、と訴えました。

１９４８年12月1日に国連総会で採択した「世界人権宣言」には「抵抗権」という言葉は直接使われてないけれど「人間が専制と圧迫に対する最後の手段として反逆に訴えることがないように法の支配による人権保護」を謳っています。それを継承してさらに１９６６年12月に国際人権規約第一条は民族自決権を謳っています。それを根拠として占領下人民の不服従、自衛武装手段をもっても不服従を貫く抵抗の権利があり、それこそが人権を自らのものとする自由と生存を貫く道だと認知されていました。今では、「世界人権宣言」に基づく人民の抵抗権すらも、時代と共に「テロ」にすり替えられてきたのを実感します。

パレスチナばかりか、占領に抵抗するウクライナも、また日本政府の憲法違反の戦争政策に対する抵抗も人としての権利です。日本では「デモは犯罪じゃないのか?」と尋ねた大学生がいたという話を思い出しながら、「世界人権宣言」の抵抗の権利の普遍的復権を考えてみる時だと思いました。国内国際的な反戦の連携が歴史を土台にして育って欲しいと願いながらそう思います。

「土地の日」に友人を追悼する

２００2年のこの「土地の日」、友人の檜森孝雄さんが、パレスチナの戦いに連帯して日比谷公園のカモメの噴水の傍でイスラエルに抗議の焼身自決をしました。この時期はアメリカで起きた9・11事件を利用してイスラエルのシャロン政権が「アラファトもアルカイダ、テロリストだ」と、パレスチナの大統領府を破壊して激しい攻撃を加えていた時です。

檜森さんは、１９７２年にＰＦＬＰの指揮下、義勇兵として戦った日本人戦士の仲間の一人でしたが、パレスチナ解放闘争に連帯し、イスラエルの虐殺に抗議し戦死しました。それ以来、「土地の日」には、友人たちが檜森さんの追悼を日比谷公園カモメの噴水の傍らで行ってきました。当時獄中にいた私は今年初めて参加しました。

娘のメイは、２００１年日本に初めて帰国した後、檜森さんにお世話になったことがあると言い、２人で追悼の集いに向かいました。公園の桜がもう盛りを過ぎて散り始めています。半世紀以上を過ぎて再び日比谷公園を歩きながらメイに、私たちがかつてデモや集会でこの地を埋めるほどの人々と共に集まった話をしました。

檜森さんの死から既に21年を数えますが、20人近い人たちが集まっていました。カモメの噴水の傍らのオリーブの木の根元にパレスチナ国旗と檜森さんの写真を配し、友人たちが挨拶し合いながら献杯し、順番に焼香しました。

「檜森さん、今、私は生きてここにいます。貴方と話せないことがとても残念です」と語りかけながら私も焼香しました。「檜森が逝った時も桜吹雪だったなあ」と親しかった友人が呟《つぶや》いて、皆で桜散る青空を見上げました。

その後交流会で再び献杯と乾杯を繰り返しながら、若い人たちや古い友人たちと檜森さんがそこにいるように楽しく語り合いました。闘っている人たちは仲間を忘れない。セクトや歩みが違っても、畢竟《ひっきょう》人間同士としてこうして出会えるのが本当の仲間なんだなぁと実感する追悼の集いでした。

明大土曜会で

４月の明大土曜会は、３月の沖縄連帯行動の報告です。88歳の土屋源太郎さん（１９５７年７月の砂川事件で、伊達裁判長から無罪判決を受けた元被告）を団長に、現役の学生や後期高齢者、現役労働者など「老学青年共同」の20名近くが沖縄に行きました。

辺野古新基地を造らせないオール沖縄会議が辺野古のキャンプ・シュワブ前で市民集会「第36回県民大行動」を開いた日、明大土曜会も参加して団長の土屋さんが連帯の挨拶をしました。土屋さんは、当時を振り返りながら、今、全国の米軍基地専用施設の約7割が沖縄に集中していることについて「本土で基地反対運動が高まり、その結果、米軍の沖縄への移駐が生じてきた。（沖縄と当時我々が共闘できなかった点で）申し訳ない思いがある」と述べて、「今日の経験を持ち帰って共有し、沖縄と連帯して運動を続けていく」と述べたとのことです。

土屋さんは、明大の先輩で１９５７年当時都学連委員長だったので、闘いの経験を生かすことがどんなに重要かをみなで語り合い、今も闘い続けている「伊達判決を生かす会」の国賠訴訟も明大土曜会で支えて行こうと語り合いました。

この日は他に、政治・社会・環境などについて若者が今、どんな問題意識を持っているかの報告や、介護問題を重視する地方議員を増やすための「アクション〝介護と地域〟」への支援の呼びかけなどが討議されました。その後の懇親会では、明大土曜会のメンバーが杜氏《とうじ》として仕込んだ新酒を呑み、「30年もの」のウイスキーの差し入れもあり、30人位の参加者たちが思い思いに語り合いました。どこに行っても学習できることを楽しんでいます。

『はたちの時代』出版と対談

『はたちの時代』という自著を準備中です。これは、獄中にいた時に書いたものです。もし生きて獄から出られない場合、ステレオタイプの「重信房子」ではなく、等身大の自分がどのように生きてきたのか、これまで支えて下さった友人たちに伝えるために書いてきたものです。これがブログに一部掲載されたのがきっかけで、太田出版から『はたちの時代』という題名で5月に出版されることになりました。太田出版は山本直樹さんの漫画『レッド』をちょうど再刊したところで、両著者の対談を『情況』誌に載せるとのことで山本直樹さんと対談をしました。

『はたちの時代』のゲラを山本さんが読み、私も再刊された『レッド』全4巻を読んで対談に臨みました。山本さんは獄に面会に見えたことがあります。その時に私が『レッド』の感想として「革命運動はもっと楽しかったんですよ。あの時代を楽しい時代として描いてください」と発言したのを山本さんも覚えていて、『はたちの時代』のゲラを読んで、漫画『レッド』は69年東大闘争から始まっているけれども、ちょうど67年68年が楽しい時代で東大闘争を経て、それが下降していく時代だったのがわかったと言いました。

山本さんは、『レッド』の95%は事実に基づいて書いているそうです。『レッド』はノンフィクションなのでしょうが、描く素材となった話や文章の切り口の皮相な「事実」のせいか、私にはフィクションに感じられました。『レッド』を読むと恥ずかしいという思いが込み上げたと私の感想を述べました。革命というものがこうした皮相な姿と観念の二元化として描かれれば描かれるほど、その思想の漫画性が人口に膾炙《かいしゃ》されてきたことに、自分の問題として問えば問うほど、改めて恥ずかしいと思わずにはいられないのです。

連合赤軍事件はなぜ起こったのか、指導者の人格は組織思想に影響するか否かなど、武装闘争に対する考え方などを語り合いました。私は、権力との攻防の中で武装闘争の主張が登場してきた背景を語りながら、私たち赤軍派の根本的な誤りは、失敗を繰り返しながらも武装闘争路線を取り下げることができず、それに万能の解決を求め続けたこと、そこから全ての問題が派生したと考えていると述べました。武装闘争を自己目的化し、「武装闘争を担える人間を作る」といった、転倒した革命の担い方となり、武装闘争を前提とした闘い方を脱却できず、無理に無理を重ねた結果が連合赤軍事件に至ったと思うからです。

竹下夢二を思わせる懐かしく爽やかな山本さんの絵で『レッド』の悲惨なストーリーも救われる思いがします。こうして対話することは自己内省を対象化できてありがたいと実感しながら参加しました。もう少しで、自由になって１年になるのですが、頭の方のリハビリはまだまだ必要です。

（４月15日）

第8回
再び5月を迎えて

『創』23年7月号

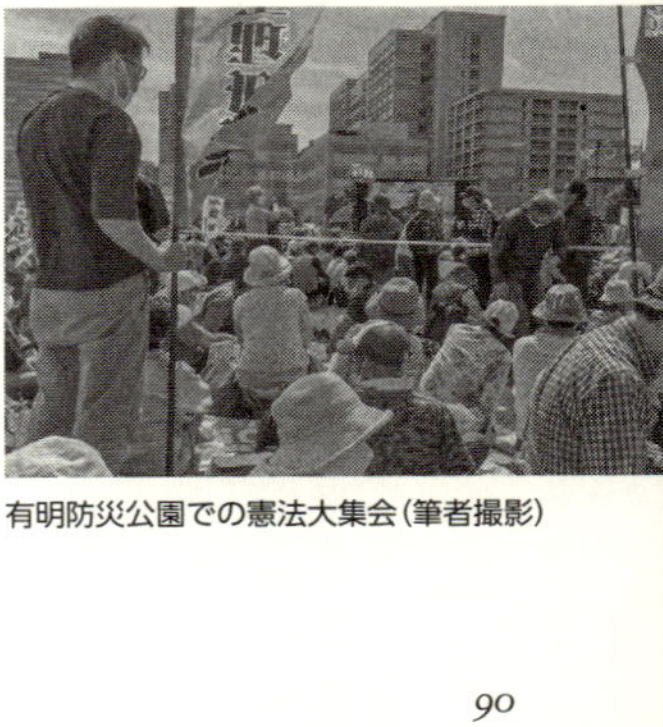

有明防災公園での憲法大集会（筆者撮影）

半世紀ぶりの投票へ

花々が道々に咲き揃い、もうすぐ5月を迎えようとしていた4月末。去年のその頃は22年の獄中生活から社会に復帰する思いでワクワクしていました。

獄というところは囚人に服従のみを強いる「ロボット化政策」で管理しています。自分で考えて行動することが違反であり、懲罰を受けます。その後遺症で、何をするのも指示待ちの癖が抜けないと獄友が言っていました。主体性を奪われてきたのに、出所すると真逆の世界に立ち往生です。社会の一員として自己責任で生きていかねばならず、生計を立てようとしても「刑務所帰り」を簡単に世間が受け入れてくれず、難しさ辛さを多々味わいます。

私の場合は、ありがたいことに、家族や友人たちに恵まれて叱咤《しった》激励、支えられながらリハビリをしてきました。それでも長い間、日本社会に不在だったので当たり前の行為でも、初体験に戸惑うことがあります。だから一つひとつ、間違いがないか何度でも確認しないと不安で気が済みません。これも後遺症の一つかもしれません。

選挙もそうです。昔は選挙運動の応援やアルバイトをしたり、投票もしましたが、半世紀ぶりの選挙への投票は初体験のような気分です。投票日や投票場所、時間や投票整理券を何度も確認しながら、地方選挙の投票を待ちました。

投票日の１週間ほど前に、投票所入場整理券や選挙広報が送られてきました。様々な推薦のビラも郵便受けに届きます。選挙広報を隅から隅まで読むのも初めてです。読んでみると、地方選挙のせいか、どの立候補者の主張も暮らしが基本で、子どもの教育、健康長寿、防災介護、地域の環境改善、働く世代の格差解消などそれぞれです。どの候補が当選しても貢献してくれそうなことが書かれています。地域は、それぞれの地域に合った政策の実現ということが主なのでしょうが、私はやはり国政と結びつけて選ぶことにしました。少しでも反自民勢力を応援したいからです。

投票日は４月23日午前７時から午後８時と書かれています。この日は用事もあって、期日前投票にしたかったのですが、どんな手順で投票が行われるのか知りたかったので、投票所で投票することにしました。朝早めに家を出て７時少し過ぎに地域の投票所に着くと、職員が万全の準備で待ち構えている風情《ふぜい》でした。ずいぶん並ぶのかと思っていましたが、国政選挙がないせいか、投票者が２～３人いただけでがらんとしていて拍子抜けです。並ぶこともなく、受付で投票所入場整理券を見せました。

パソコンで確認して「ご本人の方ですね」と言われ「はいそうです」と言うと身分証提示も求められず「結構です」と促されました。あれ？　これでは替え玉投票が簡単にできるなぁと思わず思いました。それから矢印の方角へ進み、もう一度整理券を見せてパソコンでチェックしていました。そして区議会議員の投票ですと、小さな投票用紙を貰いましたので候補者名を1名書きました。そして投票箱に入れます。そしてまたもう1枚紙をいただいて、今度は首長名を書きました。それを投票箱に入れると矢印は出口です。あっけなく投票は終わりました。ほんの5分もかからなかった気がします。簡単で拍子抜けした気分でした。

いまは投票率低下が言われますが、若者が投票しやすいようにネットで投票できるようにすることや、もっと言えば日本の未来を決める以上、私は白票ありの国民の投票の義務化こそ必要だと思います。国民の裁判員義務化をしましたが、それよりも、国政選挙の投票義務化の方を先にやるべきだと思ったものです。そして地方選挙では住民は国籍問わず投票権を持つことが公平でしょう。元首相の森さんが「寝ててもらった方が良い」などと不用意に述べたように、国民を徹底的に非政治化してきた日本。庶民は利口な分、敢えて投票しない面もあります。全国民の投票義務化によって投票と政治が結び付き、様々な意見が結集されれば、賛成ではないが「おかみ」の言うことになんとなく従う、という風潮を打ち破り、みんなが選択する日本にやがてなっていくに違いないと思います。

朝の少し冷たい空気の中、投票も私にはリハビリだなと思いながら国民の投票義務化を夢想し期待する気分になって戻りました。

憲法記念日に

5月3日憲法記念日に、私は憲法集会に市民の一人として参加しました。学生時代には「憲法は実際には日米安保条約の下に置かれていて国の最高法規というのは欺瞞《ぎまん》だ。護憲などと言っても意味がない、もっと根源的変革、革命こそ必要だ」と憲法問題を軽視していました。でも憲法を「押し付けた」と言われる米国も日本政府も憲法を守るどころかないがしろにしてきたことを、もっとこちら側が真剣に捉える必要がある、と１９８０年代の武装闘争の総括の中で私（たち）は捉え返しました。人々が主体となる、地域に根差した日本の変革を考えた時、平和主義、人権、主権在民の「憲法三原則実現の徹底化」を政府に求め続ける戦略的意義もまた捉えました。振り返ってみると、日本では、憲法違反の権力と、それに抵抗し変革を求める人々の攻防が要になって日本の歴史が動いてきたと言うこともできると思います。

これまでなし崩しに憲法違反を繰り返してきた自民党政権は、ここにきて憲法のくびきによって壊せずにきた日本の「専守防衛政策」を、米国の要求に応えて根本的に覆《くつがえ》しています。この世界の激変期、戦争、軍事大国化を急ぐ日本に、反対する反戦平和を求める人たちがどのような思いでいるか、私も現場に行って学び、その思いに近づいてみたい、と憲法集会に参加しました。

有明防災公園で行われた今年の憲法大集会は、「『あらたな戦前にさせない！　守ろう平和といのちと暮らし』２０２３憲法大集会」というタイトルで開かれました。

友人から「昔と違って集会後のデモはゆっくりだよ。暑くなるので、飲み水や敷物、軽食も準備してくると良い」とアドバイスされて、半世紀以上ぶりの集会参加です。デモも参加できるかもしれないと神妙な思いとワクワクする楽しみと、そんな気持ちで私は早めに有明公園に向かいました。

一緒に行く友人たちのビラまきの都合もあって、私も11時前に現地に着きました。国際展示場の駅から有明公園のほうに向かうと、もうすでに多くの人たちが熱心に競うようにしてビラを配っていました。ああ、60年代に、私も日比谷野音の集会に来る人々に新聞を売ってカンパを求めたりしたなあ、と思いながらビラを大切に受け取りました。最初に受け取ったのは「今こそ停戦を」とウクライナ停戦のためにクラウドファンディングで意見広告を呼びかけるビラです。様々な著名な方々の写真がウクライナ停戦を求めて寄付を呼びかけているものです。

それから大量のビラ配りのトンネルをくぐるようにして先へと進むとゼッケンを付けた革マル派のビラと新聞配布。その先は、沖縄の旗、九条改憲阻止を訴える幟《のぼり》とビラ、立憲民主党、共産党、社民党、れいわ新選組、新社会党などの政党の旗が掲げられ、平和、命と暮らしを守るために改憲をさせないと訴える人々のビラがどんどん渡されます。会場に行く人々は、そのビラを大事そうに抱えて、多分家に戻ってから勉強しようと思うのでしょう。抱え切れないほどもらってカバンにしまったりしていました。

早すぎたせいで当初５０００人位に見えた参加者は開催時刻の12時半に近づくにつれてひっきりなしに増え、数え切れない幟がひらめき、様々な地域や会社、労働組合、学生や地域の9条の会、反戦の会などの色とりどりの鮮やかな幟が公園一帯を埋め尽くし風にひらめいています。昔のような大きな旗は有りません。乱鬼龍さんが「反戦の覚悟を迫る風強し」という一句を幟旗に記して通りました。署名を募っている人もいます。老若男女の多くが芝生の会場にひっきりなしに進んでいきます。

メインステージでは、12時半からオープニングでベーソンズの歌が演奏され、13時開会。５・３憲法集会実行委員会の開会挨拶。それから清末《きよすえ》愛《あい》砂《さ》さん（室蘭工業大学教授、憲法学）と泉川友樹さん

（沖縄大学地域研究所特別研究員）らのスピーチが始まりました。

清末さんは、パレスチナで激しい弾圧の中でも幸せを育み、生きることの大切さを学んできたことから語りはじめ、進行する日本の「新たな戦前」は、足元の小さな幸せを支える人々の尊厳を否定すると訴え、職場でのさまざまな差別との闘いを報告していました。

更に立憲民主党、共産党、れいわ、社民党などの政党を代表する人々が熱い連帯を語りました。彼らは、憲法9条も「専守防衛」も投げ捨てる「戦争国家」化が今の岸田政権の正体だと政府を批判し、日本の先制攻撃が報復攻撃となる日本国土の危険性を指摘し、軍拡財源を問題視し、軍事栄えて一人ひとりがないがしろにされる日本にしてはならない、「新たな戦前」にさせてはならないと訴えました。

ことに2022年12月、岸田政権が閣議決定で決めてしまった「国家安全保障戦略」「国家防衛戦略」「防衛力整備計画」の三文書の戦争準備の「防衛力強化元年予算概要書」による軍拡路線を阻止しようと訴えました。そして参加者みな一体になって、反戦平和行動をと呼びかけていました。昔とまったく違うのが登壇する方々の多くが男性ではなく女性だったことです。会場参加者も女性が多い。すごくいいな、とうれしくなりました。これまでコロナ対策で自粛したり、十分に集まれなかったのですが、今年は違いました。2万5000人以上がこの集いに参加していました。

今、日本は米国同盟軍の前線として、先兵として、滅亡への坂道を転落しかねない過渡期にあると私も思います。その分みんなの切実な危機感と闘志が胸に響きます。

集会場の芝生に座ってみなの声を聴きながらなんだか心が豊かになり、勇気づけられます。こんなにたくさんの「新たな戦前にさせない」と訴える同じ考えを持つ人たちがいる、そう思うだけでなんか闘志が湧きます。現実はそういう声を無視して進んでいるのですが、集会はやっぱりいいものです。

周りを見回すと色とりどりの幟旗がはためいていて、暑い日差しの中で様々な方々の訴えに熱心に拍手し聞いています。子どもも一緒の家族もいます。どの政党や市民運動代表も、危機感を持ちながらも希望を探そうとスピーチしているのがわかって、みんなと一緒に私も熱心に拍手しました。

「私たちは改憲発議を許さず、憲法をいかし、平和といのちとくらしと人権を守ります」などの集会宣言の後、ゆっくりと進むデモにも加わりました。デモの隊列の進む海沿いの一角に大勢の警備がいましたが、そこには九条変えろと訴える勢力がデモ隊の邪魔をしようと批判し怒鳴っていました。

「G7議長国」を掲げてますます米政府戦略の僕《しもべ》として戦争政策をつき進む自民党政権。「核廃絶の砦ヒロシマ」を、「G7・核抑止のヒロシマへ」と、ヒロシマの意義を変えようと画策している岸田政権の戦争政策を何としても許してはならない、と思いつつデモ隊の一人となって歩きました。

「伊達判決を生かす会」国賠訴訟の証人証言公判

入管法の改悪案を何としても阻止しようと、多くの心ある友人たちが連日国会や高円寺などの集会やデモなどで訴えています。ウィシュマさんへの人権無視の過失殺害が響いて、2年前に入管法改正案は見送られたのですが、今回、難民申請中でも日本政府の意向で母国に送還できるとする改悪のまま入管法改正案が5月9日、衆議院を通過しました。

友人たちから集会に誘われながら参加できませんでした。でもこの明大土曜会で支援している、

「伊達判決を生かす会」の国賠訴訟は原告の土屋源太郎さんらと5月22日の公判傍聴を約束していました。伊達判決とは、１９５０年代の砂川米軍基地拡張に反対し米軍基地に入った被告らに対し、一審の伊達裁判長が１９５９年３月「日米安保条約と米軍の日本駐留は戦力にあたり憲法９条違反」と断じ、被告らを無罪とした判決です。当時この伊達判決に対し権力側が控訴審を飛ばして最高裁に訴え、差し戻し裁判にして、被告らを有罪として罰金刑を科したのです。

当時、大多数の国民の反対に直面する中で安保改定を目論んでいた米日支配層は、「日米安保憲法違反」判決に大慌てで、駐日米国大使、最高裁判所長官らが密会して伊達判決取り消しを図ったことが、２００８年4月、日本の研究者の求めた米公文書開示で明らかになりました。それを知った元被告らが、日本の公文書開示と再審を要求して立ちあがりました。それが却下されたため、最高裁判所長官ら当時の国側が憲法37条の公正公平な裁判に違反していると、今、国賠訴訟で国を相手に闘っているものです。

今回は証人として元外務省職員の孫崎享さんが、米公文書の意義とその内容について証言し、土屋源太郎さんが当時の砂川闘争の政治情勢や闘い、砂川闘争と無罪判決、その後の有罪から今に至る闘いの意味を語り、公正に国が裁かれるべきだと迫力ある証言で訴えました。

伊達判決は、とても大切な日本の転機となった事件です。歴史としてこうした過去の闘いこそ現在に蘇らせて日米安保条約、地位協定などを公正に見つめ直す必要があること、国家の犯罪をきちんと裁くこと、特に私は、権力側が「統治行為論」という論理をこの時最高裁で編み出して司法の憲法判断を封じたことを問い直す必要があると思っています。

出所1年を振り返る

既に5月を迎え、獄を出てから1周年を迎えます。早いものです。出所後、体調を崩し、9月のがんの手術を経て10月に入ってやっと医師のOKが出て、そろりと自由を味わい始めました。

何といっても友人たちの温かい励ましと支えが私のエネルギーを作ってくれました。出所時とその後の歓迎会の数々の交流、また関西の10月の反戦集会で私に挨拶の機会を与えて下さったことも、とてもありがたい社会参加の出発点となりました。ただ、まだ「異議なし」の友人たちとの交流の域を超えていませんし、会うべき人とも会えていません。体調は今年に入って良くなり、食事療法を続け無理をしないように気をつければ何とかやっていけそうです。

今、思い煩《わずら》うのは、とてつもない勢いで戦争準備をしている岸田政権の前のめりの米追随がどうなるのかということです。G7サミットで象徴的だったように、ヒロシマで平和のための停戦や交渉の話をすることなくF16等の武器供与が相変わらずのテーマであったこと。首脳らは慰霊碑にそろって献花しつつ、ヒロシマを利用してロシア、中国批判に終始しました。

米国は国内危機やグローバル支配能力の弱体化を中国やロシアを敵として戦争に追いやることで新たな覇権の枠組みを作り上げることで延命を図ろうとしています。米国の二重基準に基づく世界支配秩序は、イスラエルの野蛮な支配を見れば明らかなように破綻《はたん》しています。既に米国のヘゲモニー後退の中で、中国やロシアの支援で、サウジアラビア、イラン、トルコ、シリアと緊張緩和の新しい中東が目指されています。それはまた周縁化されてきたパレスチナの再構成を求めるでしょう。

残念なことに、日本政府は米国の戦略に組み込まれた道をますます深めています。

日本は核廃絶のパラダイムではなく、「核抑止」の名で米国の傘の下にいる選択を続けており、国民を核戦争の最前線に追いやる無責任な米追随の戦争政策を進めています。日本の将来は、まずもってアジア隣国同士の平和構築の努力なしには生まれません。戦争政策は、危機を拡大する道です。もう遅いかもしれないと危惧しながらでも「ウクライナ即時停戦」を訴え、公正な世界の再生に向けて反戦を訴える希望を持ち続けたいです。

「もう貴方には時間がないからどんどん前に出て！」「住所もオープンにして顔も晒《さら》してもっと積極的に！」と叱咤されることもありますが、やり始めたら持続する責任を考えると体力的にも躊躇《ちゅうちょ》してしまいます。それでもパレスチナ連帯のナクバ（イスラエルの一方的なパレスチナ人虐殺、追放、占領と建国宣言に、パレスチナ、アラブは１９４８年5月15日を「ナクバ（大厄災）の日」と定めた）の5月です。イスラエル国家が暗殺を政策とするおぞましい殺害が激しさを増す中、5月27日には、リッダ闘争51周年の集いがあり、去年は出所後すぐ倒れて参加できなかったので、今年は、スピーチを引き受けました。イスラエルのプロパガンダでないリッダ闘争、国際主義、パレスチナ・オスロ合意から30年の今年、新しい中東とパレスチナの今後などについて、私の活動を振り返りながら語るつもりです。また、土曜会でも自由を得て1年、何を考えてきたのかスピーチを約束しています。太田出版から自著『はたちの時代』が6月初めに出版されます。やりたいことはありながら、できることをぼちぼちと、が本音です。まだ何もしていないけれど学びながら、一歩ずつ反戦と平和を闘いとる社会の一員として前へ進む決意を新たにする出所1周年です。

（5月22日）

第9回
リッダ闘争51周年記念集会

『創』23年8月号

出所からもう1年が経ちました。リハビリ日記も何回かで終わるはずだったのですが、篠田編集長から続けるようにと誘われて続けます。私も書くのが楽しいです。

リッダ闘争51周年記念集会で

去年は出所してすぐ倒れてしまい、せっかくのリッダ闘争50周年集会には参加できず、メッセージを送りました。今年は「ナクバ」から75年目、またＰＬＯとイスラエル政府が相互を承認した「オスロ合意」から30年目です。

私は報告者として「パレスチナの現状と私たちの課題——オスロ合意から30年」というタイトルで4つのテーマで話しました。リッダ闘争集会に私は初参加なので、まず「1972年　リッダ闘争とはどのような闘いだったのか？　イスラエル報道を捉え直す」を第1テーマとしました。第2は私たちが実践した国際主義の総括的な報告、第3はオスロ合意の時代とそれが反故《ほご》にされてきた現実を語

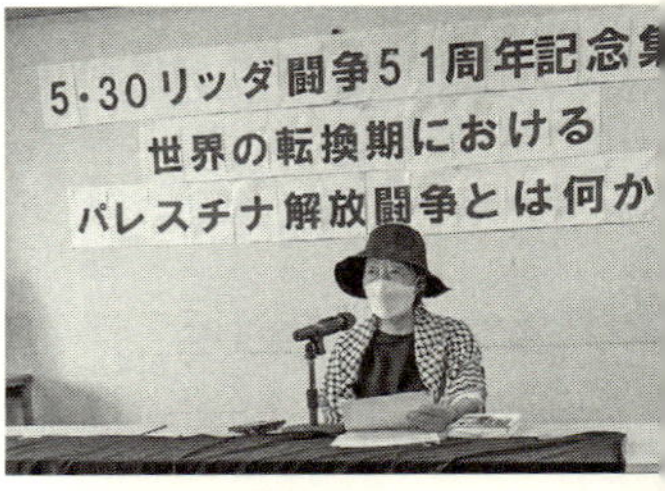

リッダ闘争51周年記念集会

り、第4は、中東の新しい動きとパレスチナ連帯についてです。

70人ほどの集まりでしたが、ＰＦＬＰや岡本公三さんから連帯の挨拶が会場に届き、釜ヶ崎などで活動している方々の連帯のスピーチもあり、活発な雰囲気の集会でした。なんとなく昔の新左翼の集まり風の記憶が蘇《よみがえ》ります。去年はマスコミが溢《あふ》れかえっていたそうですが、今年はそんなこともなく、私も久しぶりの集会を楽しみました。

日本や米欧では、リッダ闘争は「全て日本人による大虐殺」というイスラエル側の報道で語られてきました。私は第1の報告でこのイスラエルの神話を正そうと思いました。当時からアラブの新聞は、戦時下の軍事空港を兼ねているリッダ（テルアビブ）空港への襲撃作戦の正当性を語り、アラブパレスチナ側の義勇兵とイスラエル兵との交戦を熱狂的に支持し報道しました。リッダ闘争は、イスラエルとアラブの戦争下の一つの戦闘行為であり、ＰＦＬＰの作戦に日本人義勇兵が参戦した作戦です。時代の制約があるとはいえ民間人を犠牲にするような戦いを私は是としませんが、現実を語りたかったのです。なぜならイスラエル側は自らの兵士による民間人殺害を隠蔽《いんぺい》するために当初から矛盾に満ちた広報を繰り返しました。第一報で「無差別攻撃を加えた後、テロリストの1人は自爆し、2人目は仲間の銃撃により射殺され、3人目は航空機を爆破する試みの後捕えられた」と「仲間の誤射」として「交戦」を隠しました。裁判でも日本人の銃では最大120発の弾丸しかないのに空薬莢《からやっきょう》が136発あるとしつつ解明を拒み、イスラエル兵の銃弾による犠牲者の疑問を封印しました。イスラエルは、レバノンの難民キャンプに報復空爆を繰り返し、国連、ＮＧＯの事実解明の調査も拒否しました。

私は今集会で娘のメイら研究者たちから聞いた、米国人のハワイ大学教授パトリシア・スタインホフさんの話も紹介しました。パトリシアさんは事件直後イスラエルに飛び、イスラエル側の報道を鵜《う》呑《の》みにして書いたが疑問があると、35年後のインタビューで語っています。「あれは、マスメディアとそれを情報源としていたすべての人たち、私の初期の著作を含めて行われた誤ったイメージの一部です」と。彼女は交戦による犠牲を示唆し「まるで3人の日本人ボランテイアが全員を殺し、全員を負傷させたように語られたが、誰も調べなかった」「なぜなら、事件後、現場を掌握していたのはイスラエル人だけであり、イスラエル警備兵によって誰かが撃たれた可能性を示すことは、彼らイスラエルの利益にならないからです」と語っています。

イスラエルの獄からジュネーブ条約に基づく捕虜交換により1985年に解放された岡本公三さんも空港を戦場とした戦いの犠牲者について次のように証言しています。「訓練した我々三戦士が、計画どおり警備兵を撃ち、慌てた警備兵が旅行客に向かって無差別に撃ち返した。その結果、戦闘に巻き込まれた人々が多数死傷した。我々が想定していた以上に、慌てたイスラエル警備兵のデタラメな射撃による死傷者が大半だった。しかし、今僕がそう証言しても、自己弁護にしかならない」と。イスラエルは事実を葬ったのです。

この作戦直後PFLPから、「真のターゲットは、イスラエル国立科学アカデミーの責任者アーロン・カツィールだ」と私は聞きました。彼とその弟は建国のヒーローとされていますが、今ではユダヤ人を含む研究者らによって戦争犯罪人であったことが明らかにされています。イスラエル建国以前から後のイスラエル軍となるハガナ機関が、パレスチナの井戸にコレラ菌やチフス菌を撒《ま》いた生物兵器の開発、爆発物製造を主導した統括責任者であると後に暴露されています。パレスチナ民族浄化、イスラエル建国の功績で、大統領職に就く予定の男だとPFLPが話していました。彼はこのリッダ作戦で殺害され、彼と協同していた弟、エフライム・カツィールが73年から大統領になりました。

私はこうしたリッダ闘争の事実関係を去年の12月に毎日新聞電子版のインタビューで語りました。イスラエル大使はそれを読んですぐ、私のような「テロリスト」に語らせたと毎日新聞に抗議したので、毎日新聞は、即イスラエル大使の反論インタビューを載せました。その一方で、電子版の後に新聞紙面に載せる予定だった私の記事を載せませんでした。こうした日本のマスメディアの限界も私は話しました。イスラエル大使は、あたかも私がリッダ闘争に関与したように語りますが、私は当時の占領下人民の抵抗権の行使として正当なPFLPの作戦を支持しているのであり、日本赤軍が当時存在した訳ではありません。当時万単位のメンバーを持つPFLPの秘密作戦に、言葉も不十分なボランティア1年目の私が関与したくてもできるものではないとイスラエル大使の言を否定しました。

第2は、国際主義の歴史とブントや赤軍派の「プロレタリア国際主義と組織された暴力」から世界党―世界赤軍―世界革命戦線の歴史と、アラブで闘う中で国際主義をどう捉え返しながら来たのかを総括的に語りました。そして21世紀が「反テロ戦争」の名で戦争と難民の世紀となった現実に、国際主義の思想は今、何よりも目の前にある命をどう救うのかという実践的で多様な、イデオロギーを脱した行動が、国際連帯として問われていると述べました。

第3に、オスロ合意の歴史を踏まえて、第4は崩壊する世界と新しい中東についてどう展望し連帯するか?です。米国政府がウクライナの停戦ではなく戦争を煽《あお》るのも、非西欧の中国やロシアを敵とすることで米覇権による世界の再構成を企てているからでしょう。この結果、グローバルサウス、中東でも米国式でなく、多元的な文化のある世界を求める勢力が米政権と相対的独自な国家戦略を描き始め、サウジアラビアと中国の動きが新しい中東を開いています。この流れは、緊張緩和を求めるでしょう。その中でこれまで周縁化されてきたパレスチナには、どのような選択肢があるのか？「一国家解決案」「二国家解決案」は有効なのか？アラブ国家との関係は？これらの展望や問題をもっと語り合いたかったのですが、時間が足りませんでした。唯言えることはパレスチナ自身の統一が最大の力を作るということです。

私たちは米国の二重基準による支配構造を明らかにしながら国際連帯を育てようと話しました。ウクライナ占領に対する武装抵抗の戦いが正義なら、パレスチナのイスラエル占領に対する武装抵抗戦もまた正義であり、テロではありません。戦争継続を煽る米政権やＧ７サミットに反対し、ウクライナ即時停戦を訴え、今起きている難民選別や入管法改悪などに反対する。ウクライナからチャットＧＰＴ規制に至るまで、Ｇ７が決定するのではなく国連に決定の場を戻させることが必要だと述べました。ＢＤＳ運動（イスラエル占領下のユダヤ人入植地で生産される製品の「ボイコット、投資撤収、制裁」Boycott, Divestment, and Sanctions：頭文字をとってＢＤＳ運動）など、日本でも様々にパレスチナ連帯があります。私も少しずつ協同したいという思いを述べました。

パレスチナについて語れる場があり、真剣な聞き手の人々を前に、私は何故かなつかしさが込み上げていました。その後の交流会で半世紀ぶりの友人たちと再会の乾杯をしながら、リッダ戦士たちもそこにいる気分で高揚してしまいました。

初めての写真展

６月に入って、横木安良夫さんの写真展に行きました。新しく出版した『はたちの時代』の本の表紙は、写真家・横木安良夫さんが学生時代の私を偶然撮影した写真をもとにイラストを描いています。由井りょう子さんの『重信房子がいた時代』が出版された時、この写真を発見してから自由に快く使わせてくださったので、友人のライター・島﨑今日子さんに誘われてお礼方々写真展を見学することにしました。

場所は目黒駅から歩いて数分のところです。昔来たことがあるはずなのに、もう面影も失っている駅ばかりで、山手線に乗っても降りる駅を間違えないようにといつも緊張します。駅で島﨑さんを見つけた時はほっとしました。「わー、お元気そう」と、彼女とも出所の日の取材以来です。少し風のある暑い中、深々と帽子をかぶって汗をかきながら写真展「追い越すことのできない時間 catch it if you can」の会場に着きました。

横木さんは待っていてくださって、挨拶を交わしました。お互い思わず見つめ合いました。彼は19歳、私は22歳の68年９月、同じ集会で時間を共にした人なんだなあと。そしてあの時彼がシャッターを切らなければこうしてお会いすることもなかったという感慨が押し寄せます。

会場を見回すと狭い空間に写真作品が並び、その空間の狭さに時間が息をしているように感じます。写真が切り取っているそれぞれの時間に連なる歴史を想像しながら「追い越すことのできない時間」というタイトルに、とっても納得します。横木さんは出所の日も私の写真を撮って『週刊文春』に載せていましたが「いつか帽子とマスクのない写真を撮りたいですね」とおっしゃり、島﨑さんが「専属写真家ね」と笑いながら3人のスナップ写真を撮りました。帰路、島﨑さんと明るい喫茶店に寄って、軽い食事をしながらおしゃべりを楽しみました。

島﨑さんがフルーツサンドというものを注文し、私はチーズいっぱいの何とかいうリゾットを頼んでもらい、2人で分け合っていただきました。「へえ、フルーツがサンドウィッチになるのね。おいしいね」という初体験に「そういうことを書いたらいいのよ」とプロのライターは笑っていました。ちょうど島﨑さんの新著『ジュリーがいた』が出版されるし、自著『はたちの時代』のこともあれこれと語り合いました。今日は2人のプロフェッショナルから仕事の姿勢を学習する機会を得て、久しぶりの文化の一日でした。

AIと向き合って

新しいパソコンにグレードアップしてから、検索や調べものは、マイクロソフトの音声AIチャット機能Bingを使っています。使ってしみじみ思うのは、ビッグデータ自身が偏った米欧諸国の情報データを中心に生成されているので、調べる内容もチェックが必要です。こちらが反論すれば私のその反論自身がまたビッグデータに取り込まれて相手のデータを豊富化させるのですが、反論のデータの量を増やそうと論争してしまいます。

メイに言わせれば本来の使い方ではないらしいのですが、例えば、私はこんなふうにBingに話します。「中東で米国のプレゼンスのあり方が問題を作り出している」と。そうすると「中東でアメリカのプレゼンスが問題を起こしていると思う理由はいくつかあります」と例えをあげた上で「しかしこれは一面的な見方であり、アメリカにも中東に利益になることもあります」と例えを列挙します。私がさらに批判的な意見を言うと、「そういう意見もあります。しかしそれは一面的な見方です」とか、「あなたはどのように考えますか？」と聞いてきます。

私がイスラエルは民主主義国家ではなくファッショ的な国と言うと「イスラエルは中東で唯一の議会制民主主義国家であり、云々」と述べて「イスラエルがファッショ的と言うのは個人的な見解ですか？　それとも何か根拠、証拠があるのですか？」と逆に質問が来ます。反対意見の人と対話しているような具合です。

ちょうど歌会の６月の題詠が、どの映画からでも良いが短歌を一首読むという宿題になっていました。それでいたずら心で試してみました。「どの映画からでもいいので、映画から短歌を一首詠んでください」と言うと「はい、映画から短歌を読むのは難しいですが、挑戦してみます。タイタニックからの短歌です。〝船は沈み、氷の海に浮かぶ君の手を離さぬと誓った愛は永遠に〟」と詠みました。一瞬の迷いもなく。

私が「ＲＥＶＯＬＵＴＩＯＮ＋１という映画から一首お願いします」と言うと、「この映画は２０２２年に発生した安倍晋三元首相の銃撃事件の実行犯をモデルにしたアクション作品です。監督は元日本赤軍メンバーの足立正生で、事件からわずか２カ月半余りで制作し、国葬の日に緊急上映しました。この映画から短歌を詠むとこんな感じでしょうか。〝銃を作り、暗殺を決めた　父も兄も自ら命を絶ち　母は教団に〟」との一首。私が「映画のサブタイトルみたい。出来が良くありませんね」と言うと「すみません。もう一度試してみます。こんな感じではいかがでしょうか」と、こんな歌をつくりました。

〝国葬の日銃声が響く安倍の死　革命の始まりそれとも終わり〟

ＡＩは賢く、決していじめないし、優しく寄り添い、24時間問われることに応えます。「引きこもり」や、病気の人とか様々に孤立している人の助けになると思います。ただ人間社会を混乱させる道具となることも目に見えています。

明大土曜会で出獄1年目の報告

去年6月4日の出獄歓迎の明大土曜会からちょうど1年目、健康やこの1年の社会参加について報告し、日本の現状への感想も述べました。「友人との再会や謝罪、お墓参りとか、今年から少しずつ始めています。遠山美枝子さんの墓参も友人の永田和尚の先導の下で3月に行きました。会うべき人にまだ会えていないし、墓参すべき人のところにもまだ行けていませんが、1日一つという形で少しずつ活動を続けていきたいと思っています」と挨拶しました。

また日本を俯瞰《ふかん》しながら感じたことをいくつか語りました。その一つとして日本の国際連帯についても語りました。

「国際連帯と言うと日本では支援をするというのが基本となって連帯の歴史を作ってきました。それは豊かな国の市民たちの貴重な活動で、アジア、中東などの厳しい条件下の人々の生存の闘争を有効に助けてきました。支援をすることはまたそれを通して私たちが育てられていく過程でもあります。

加えてもう一つの国際連帯を考えたい。今、逆に世界に助けられて、日本の社会、政治の立ち遅れや問題を解決する、そういう国際連帯、『受ける国際連帯』というか、連帯があって良いと思います。戦争政策に向かう日本、家父長的な社会の中身が変わっていない日本に、この1年暮らして実感します。人権問題においても日本は非常に立ち遅れています。死刑制度、入管問題、難民問題、人質司法、獄の処遇などの問題とか国連や国際機関から批判を受けていることも多くあります。だから逆に世界の声、連帯を受けながらより良いものに進めたらいい。日本での国際連帯のあり方も、変わっていく必要があると感じます。この間の入管問題の厳しい現実に、もっと世界の声や、力をいただきながら協同できたらいいと思っています」と話しました。

ちょうど出版された『はたちの時代』の紹介と共に、本の中で当時の明大学費闘争がその後の学生運動と党派がどういう関係を結ぶか、一つの岐路《きろ》にあった点など、今後も語り合いたい点を紹介しました。

『はたちの時代』は４４７ページあるので２６００円ですが、太田出版のスタッフも土曜会での先行販売を企画して下さり、参加しながら本が完売できたと喜んでくださいました。

（6月18日）

第10回 お墓参り

『創』23年9月号

伊達判決64周年集会記念講演中の土屋源太郎さん

私が明治大学の1年生だった時、自治会活動に誘ってくれた大学時代の先輩のお墓参りに行くことになりました。彼は当時Ⅱ部の反日共系自治会運動のリーダー的存在でした。

白いワイシャツ姿で、日共民青系の大会に駆けつけて、しゃがれた声を張り上げてまっすぐに壇上を指差しながら、不当な大会を糾弾する彼の姿が今も目に浮かびます。

その時代には、皇居のお堀の内に近衛兵舎を転用した学生運動の拠点、東京学生会館があり、学習会に誘われて行ったことがあります。この拠点を取り壊すとして１９６６年、強制退去に機動隊が出動し、激しい抵抗戦を戦っていた「東学館闘争」が思い出されます。また今はもうない「明大記念館」の地階、スローガンの落書きやポスターの張り巡らされた自治会室で、革命の必然性を私たちに語ってくれたのも彼です。

大学1年の夏、学習会合宿に誘われて興味津々、山中湖に2泊3日、旅行した時のことを思い出します。湖畔のバンガローで昼間から『賃労働と資本』『空想から科学へ』を熱心に先輩が解説していた時、1年生の私は「山中湖まで来て、なぜバンガローの中で朝から晩まで学習会ばっかりやるんですか？　働いている学生たちがせっかく来たのですから、みんなで泳いだりして楽しむ機会にした方が良いと思うんですけど」と提案しました。

その結果、学習会よりも泳ぎを優先してしまいました。私は林間学校の気分で、学習会の意義や意味は全く理解していなかった1年生で、彼はきっと困った人だと思ったでしょう。

彼は沖縄出身で、千葉県人会の世話人や、その後千葉県で市議会議員をやっていました。私が逮捕された後、裁判の傍聴にも来てくださったのですが、私が獄にいる間に病気で亡くなられました。彼のおつれあいは私の救援誌「オリーブの樹」の表紙の絵を書いてくださった竜子さんです。私が毎日詠む短歌日記の中から、竜子さんが一首を選んで絵と併せて終刊号まで「オリーブの樹」の表紙を描いて下さいました。

墓参は竜子さんに誘われ、彼の親友だった岡村さん、それに彼が市議会議員の時、地元で彼を支えた友人のKさんもぜひ参加したいということで、４人で行くことになりました。

お墓は横浜にあり、私たちは6月末、高島屋の正面玄関で落ち合いました。実は私は竜子さんとはお会いしたことがなかったのです。でも、いつも獄から手紙でやりとりしていたせいか、大勢の人混みの中でも旧友のようにすぐわかりました。私の本の出版を支えてくださった岡村先輩も、Kさんも、何かみんなほのぼのとした仲間たちです。揃って相鉄線に乗り換えて墓地に向かいました。こんなふうに気軽に電車に乗って雑談したり、友人たちと時間制限なく行動するのは、とっても新鮮で楽しいことです。すぐ打ち解けて楽しい旅になりました。

先輩とその娘さんの2人がその墓地に埋葬されています。竜子さんが「こんなメンバーが来ると思わなかったでしょう。来たよ！」と笑いながら花を活けて、代わる代わる焼香しながら追悼しました。なんて明るいお墓参りなんだろう。みんなが冗談を言い、先輩の照れた笑い顔が浮かびます。墓参を終えると駅の近くで精進料理ならぬ中華料理をいただきました。みんなが彼のことを様々な角度から語り、その一つひとつが、生真面目だった先輩がそこに座ってニコニコ聞いているような気分にさせてくれます。

親友だった岡村さんの話、Kさんは生前語り合った日々のこと、竜子さんはいつも端正だった彼を語り、それぞれの話が交差する中で、私たちは旧知のように時を忘れて先輩の思い出を語り合いました。そして、あ、もうこんな時間だと慌ただしく別れました。

会ったことがない人同士が先輩の人格を通して旧知のように信頼して出会う、これが近頃流行のAIではどんなことをしても味わえない、人と人との関係の素晴らしいところだと思いながら、やさしい気分で帰路につきました。

伊達判決64周年集会

7月1日、「伊達判決64周年集会」が「伊達判決を生かす会」の主催で開かれました。この会の共同代表の土屋源太郎さんは、明治大学の先輩で、砂川事件裁判国家賠償請求訴訟原告でもあり、明大土曜会が支援してきました。

土屋さんは1934年生まれで、53年に明治大学に入学し、新憲法の下で自治会活動を通して、学問の自由、学園の民主化、原水爆禁止、反基地反戦運動などを闘っていた人です。１９５５年から57年の間、立川米軍基地の拡張反対闘争が起きます。55年に測量が始まり、総評、全学連、市民たちが、立川基地拡張反対闘争へ参加していきます。立川基地内、砂川町の土地返還を求めた地主に対し、強制収容が始まり、抗議の戦いで１９５６年７月８日、米軍基地内に４００名から５００名が侵入しました。

鉄条網越しの米兵は、これ以上入ったら撃つ構えで、学生市民も引かず対峙。結局逮捕者を出さないという合意で抗議側も引き揚げたそうです。それが９月22日になって「安保条約行政協定に基づく刑事特別法違反」で23人が逮捕され、７人が起訴されました。その中の１人が土屋さんです。当時彼は都学連の委員長でした。裁判で被告・弁護側は日米安保条約・米軍基地は憲法９条に違反すると主張して東京地方裁判所の公判で闘いました。

１９５９年３月30日、伊達秋雄裁判長は「日米安保条約に基づく米軍の存在は憲法前文と９条二項の戦力保持禁止に違反する。したがって被告人全員無罪」と判決を下しました。これは憲法に基づいた真っ当な判決でした。戦後もう二度と他国を侵略しないと出発した日本で、朝鮮戦争を経て「逆コース」と言われた再軍備、政治の反動化の始まっていた中で、これは画期的な判決でした。

ところが翌年の60年安保条約改定を目指していた米日支配層には衝撃でした。検察側は４月４日、東京高等裁判所を飛び越えて最高裁判所に直接上告しました（「跳躍上告」というらしい）。この問題を最高裁判所で審議中に田中裁判長（長官）と駐日米大使、公使が密談し、伊達判決を転覆させる画策を図りました。そして「統治行為論」なる詭弁を持ち出して差し戻し裁判で被告有罪を作り上げます。

「統治行為論」は、司法の憲法判断を封じた司法の自殺行為だと思います。日米安保条約の下に憲法を従属させ、今も憲法の形骸化の原因となっています。この密談で、最高裁判所長官が米側に約束していた証拠が、２００８年に米公文書館から日本人研究者らによって発掘され暴露されます。

この新しい発見から「伊達判決を生かす会」が結成されました。会は、不公正な最高裁判決で差し戻され覆された伊達判決を、現在の日本社会に蘇らせて司法を問い、憲法に基づいた日本社会に生かそうと活動しています。

集会では弁護士の国賠訴訟進捗《しんちょく》の報告に続いて、当時被告だった土屋さんの「戦時体験から砂川闘争、伊達判決、最高裁判決、そして国家賠償裁判へ」という記念講演が行われました。

土屋さんは子ども時代の軍国教育を語り、戦後の民主主義が実行されないうちに米軍の戦争政策が憲法を骨抜きにしていった事実を語り、そんな中で被告として伊達裁判長の判決を聞いた時の感動は、当時を知るものとして忘れることができないと情熱的に語りました。

土屋さんはまた、自分の話の前に「一言みなさんに紹介したい。今日の集まりに連帯し、アラブ民衆のために戦ってきた重信房子さんがこの会場に来ています」と話されました。この伊達判決と裁判の意義を社会に伝えようと地道に活動して参加された約百人のみなさんにそう紹介されて、胸いっぱいになったまま、私は慌てて席から立ちあがって一礼しました。

拍手と暖かい笑顔に囲まれて、とてもありがたくうれしい一瞬でした。闘いのフィールドが違っても闘うものには時代を超えて通じ合う心が必ずあるとしみじみ思いました。

パンタさんが死んでしまった

〝パンタ逝く　獄でアカペラ歌った日　たった一人の観客は泣いた〟

パンタさんが亡くなったというニュースは、公表される前にいち早く友人が知らせてくれて衝撃と共に哀しみが襲いました。そして思わず零《こぼ》れたのが右の短歌です。パンタさんが獄まで歌いに来てくれた日々を思い出したからです。

最初のパンタさんとの出会いは、私の公判に傍聴に来てくださった時からです。何度も傍聴席から笑顔で手を振ってくださいました。手紙の中に、私もパレスチナで仲良しだったライラ・ハリドを歌った「ライラのバラード」など、いくつもの詩を送りました。７年にわたる接見禁止が解けた後に、パンタさんが面会に来てくれました。

お互いの往復書簡の中からパンタさんは私の詩に曲をつけて歌ってくださり、それは「オリーブの樹の下で」として２００７年にＣＤにまとめられ発表されています。その後も何度か面会に来てくださり、もちろん楽器は使えないのでアカペラで、この「オリーブの樹の下で」から何曲か歌って一緒に楽しんでくれました。「ライラのバラード」は12分もの曲で、獄の面会が15分しかない中で私を泣かせながら丁寧に歌ってくれました。ライラのバラードを歌うと、ライラばかりか、追放され、ナクバの苦しみに耐えていたパレスチナの友人たちが浮かびます。そして更に、老いたその家族や子ども達との交流を楽しんでいた、リッダ闘争を戦った戦士たちの情景が思い出されます。

メロデイと共に楽しかった日々、苦しかった日々や、戦死した人々が浮かんできて泣けてしまうのです。

また、哀しく印象的な歌「7月のムスタファ」も歌ってもらいました。ムスタファはサダム・フセインの次男クサイの息子です。米軍のイラク侵略戦争でフセイン一家は追われ、潜伏を余儀なくされ、2003年7月イラク第二の都市モスルでついに見つけられてしまいます。クサイ一家4人は米軍空挺部隊200人に包囲されます。ヘリコプター、バズーカ砲での容赦ない攻撃に、次々殺されました。最後に残されたサダム・フセインの孫、14歳のムスタファは、一人米軍と対決して1時間も銃撃戦を闘い抜き、力尽き殺されました。

イラクを訪問したパンタさんは、この悲劇に涙し、この曲を作ったと、面会室のプラスチック越しに語り歌ってくれました。パンタさんの逝去のニュースを聞いてそうしたことが一挙にうかびました。

私の出獄後、お会いしたかったのですが、私が倒れてしまい、11月に私がドクターストップから少しずつ人と会えるようになった時には、今度はパンタさんが病気で入院してしまいました。

今年の2月は、恒例の誕生コンサートに招待されて今度こそ会えると、娘のメイと行く予定を立てていました。どこの場所で入口でどのように対応すればよいか、細かく知らせて下さったのですが、コンサートの1週間ほど前に、やはり体調から無理だとコンサートキャンセルの連絡が入りました。こうして会えないままに永別を余儀なくされてしまいました。

パンタさんは弱い人や理不尽なことに敏感なとっても優しい人、シャイな人でした。パンタさんの逝去を知った日、獄中でパンタさんが歌ってくれた「ライラのバラード」を、ユーチューブから探して英語版と日本語版を聴きながら追悼しました。こんな詩です。

■ライラのバラード

わたしは　４才だった／誕生日のすぐ後／ハイファァを追われた／ママは８人の子供等と／小さな車に乗り込んだ／一人足りない／それはわたし／何故　引っ越さなきゃいけないの？／ナツメヤシのカゴの後ろに／隠れたわたしを／引っ張り上げて　ママが言った／「ユダヤ人に殺られちゃうよ」／パパは涙を流して／子供達にお別れのキスをした／戦火を逃れて故郷を追われた／家も街も祖国もなにもかも奪われた／あれから半世紀過ぎても／わたしは家に帰れない／わたしの物語／だけどそれはみんなの物語／パレスタイン／子供の物語／ライラ　ライラ　〜

わたしは　５才だった／夏になって／やっとパパに会えた／一文無しになり／家も店も盗られ／祖国を追われた／闘いに敗れ　父は変わった／「いつ　パレスチナに帰るの？」／難民となり失くした日々を／語りながら／18年後パパは死んだ／ハイファァに帰る夢を見続けて／土に還るパパに／オリーブの枝をそえた／戦火を逃れて／故郷を追われた／家も街も祖国もなにもかも奪われた／あれから半世紀過ぎても／わたしは家に帰れない／パパの物語／だけどそれはみんなの物語／パレスタイン／父の物語／ライラ　ライラ　〜

わたしは25才だった／八月のある日／祖国への旅に出た／一万フィートの上空から／祖国に帰る為に／幅広の帽子で私は言った。／「乗客のみなさん／ベルトをお締めください。／私はこの飛行機の機長です。／ＰＦＬＰのチェゲバラ隊が／この飛行機の指揮をとります」／パレスチナの海岸線に／ハイファをはるかに見下ろして／戦火を逃れて／故郷を追われた／家も街も祖国もなにもかも奪われた／あれから半世紀過ぎても／世界は　そ知らぬ顔してる／わたしの物語／だけどそれはみんなの物語／パレスタイン　戦士の物語／ライラ　ライラ〜

まだ5番まで続きますが、そんな歌です。
パンタさんありがとう。さようなら！

二重基準のご都合主義

米バイデン政権のサキ大統領報道官は、2022年3月11日、ロシアがウクライナでクラスター爆弾を使用しているとの情報に「情報が事実ならば『戦争犯罪』に相当する」と批判し、クラスター爆弾の被害は広範囲に及ぶため、人口密集地での使用は国際人道法の原則と相容れないと批判しました。それを忘れたような顔をして、米政府はウクライナへのクラスター爆弾の供与を決めました。

クラスター爆弾はターゲットが無差別になる、非常に危険な兵器です。この爆弾はイスラエルがレバノン南部侵略で何度も使用したために、未だに村人がその無差別殺傷兵器の犠牲を被っています。一つの爆弾から多数の小型爆弾が飛び散り、その一部が不発で残るのです。そのため、おもちゃ代わりに拾った子どもや、何かも知らずに農地から取り除こうとした村人が地雷のように被害を受けるのをレバノンで見てきました。

それ程このクラスター爆弾が危険なために禁止条約があります。クラスター弾の使用や保有、製造を全面的に禁止する条約です。この条約は、２００８年12月にノルウェーのオスロで署名され、２０１０年８月１日に発効しました。現在、日本を含む95カ国が署名しています。この条約は、クラスター弾の禁止だけでなく、不発弾の除去や破棄、被害者の支援も締約国の義務と明記しています。日本は２００８年12月にクラスター爆弾禁止条約に署名し、２００９年７月に批准し、それまで自衛隊が保有していたクラスター爆弾は２０１５年２月に廃棄処分しました。

　でも、米国は条約に加盟していません。その結果、日本領土はアメリカのクラスター爆弾の保管や輸送を許す結果に至っており、日本の署名も批准も形骸化し日本の主権は無視されています。米国は自分たちが供与するクラスター爆弾の不発率は２・５％以下だと主張していますが、そう主張するところが卑《いや》しいと思います。この２・５％以下というのは科学的根拠が示されていませんし、不発率が低いから許されるという問題でもありません。ロシアを批判したその一年後に平気で米国製は不発率が少ないと言い募って兵器の在庫を吐き出す機会としているのです。

　このクラスター爆弾で、ロシアばかりかウクライナ兵士、市民を無差別殺傷の犠牲に遭わせるのは目に見えています。米政府の二重基準が世界秩序を歪め価値のないものにしてきましたが、また一つの例が歴史に刻まれました。

（７月20日）

第11回

短歌・月光塾合評会で

『創』23年10月号

土曜会で介護問題を語り合う

私の所属する短歌の「月光の会」では、月に一度「月光塾」を開いています。歌人の研究発表や歌誌『月光』前号合評会などが行われ、その後にお題を決めて詠む月例の歌会が続きます。7月末の前号合評会は私が担当し、報告することになりました。これまで合評会に参加していないので経験はありませんが、前号79号の批評担当を打診されて学習を兼ねて引き受けてしまったのでした。79号の特集は福島泰樹歌集『百四十字、老いらくの歌』です。著者インタビューやこの歌集に対する論評やエッセイ、また月光歌人たちがこの歌集から選び取った歌と批評も掲載されています。

合評会担当は、特集を除いて79号掲載の短歌から選び批評すれば良いのだと後で知ったのですが、既に「特集を読む」と「歌を読む」と両方のレジュメの準備を終えていました。歌は読むほど様々な想念が湧くもので、批評は四苦八苦でした。

歌集『百四十字、老いらくの歌』は、日々のツイートを「長歌」とし、それに呼応する短歌を「反歌」として一対に詠んでいるところに歌人福島泰樹の新しい試みがある、とそれを軸に捉えて評してみました。一首一首に通底するのは「死者は死んでいない」と、逝った人々、失われた風景を詠む歌の数々です。親友の作家、故立松和平を長歌で語り「絶筆は田中正造、反逆の時代の闇を見据えて書きし」と短歌で詠む。関東大震災と大杉栄らを長歌（ツイッター）と、「竹棹に反逆の旗はためかせ累々とゆく、若き死者たち」の反歌で詠むといった具合です。

この歌集はまた、国家の原発政策を批判して経産省前で月1回福島師ら僧侶「日本祈禱僧團四十七士」が「死者が裁く」という視座で表白文を読み、抗議する姿と重なります。歌集を読むと歌人福島泰樹の歌の在り方は、生の姿勢そのものです。そうした批評をまとめました。そしてまた79号の掲載作品から「花の歌の抒情を掬う」「月と花を歌う」などとサブタイトルを付けて抒情的な歌に注目してそれらの歌を中心に批評しました。私には詠めない歌の数々で、儚《はかな》くも美しいこんな歌たちです。「人の世に弓ひくこともひそやかに春の残夜の上弦の月」「花びらに花びらの影かさねては昏ゆく空になづむ淡色」「うすべにの色も失せたり古さくら狂れよ降れよと花しきりふる」「潮騒のひびきをとほく聴く夜の月落ちながら海ひきゆかむ」など実存の薄い歌を今回選びました。更に「好きな歌」を選択基準として掲載全歌人の歌から一首ずつ一言感想を述べました。

「批評とは何ぞや」と大学時代に論じ合った文学研究部の熱心な情景が、ふと浮かびます。あの頃は、批評をちょっと侮《あなど》って、小説や詩を「作る側」から評論、批評を論じていた仲間たち。私も小林秀雄などの評論家をよくわからずに批判していたのを思い出しながら、改めて評論や批評について考えさせられました。

『狼をさがして』上映会で

東アジア反日武装戦線（以下、東ア）を扱った韓国のキム・ミレ監督の映画『狼をさがして』の上映会に招かれて話をしました。私にどんな話ができるのか、東アの人々と同時代に武装闘争を闘ってきた当事者の一人として話をするのが私の役割かなと思い、参加しました。

会場は四谷の広くない地下室でしたが、座れないくらいの方々が映画を鑑賞していました。若い人もいます。私は74年8月の三菱重工爆破の時にアラブにいた時代から話し始めました。

当時アラブは戦争中で、被害者に民間人がいても、日本のような衝撃はありませんでした。イスラエルはパレスチナで非常に多くの民間人を殺してきました。イスラエルはむしろ民間人を狙うことで、パレスチナの地からパレスチナ人を追放するという作戦をずっとやってきたのです。１９４８年の第1次中東戦争前後では、パレスチナ人口の約3分の2を占めていたパレスチナ人の内、75万人以上の人たちが土地を追われました。人口の3分の1だったユダヤ人が多数派となるよう仕組んだものです。残ったパレスチナ人たちは少数派にさせられました。そこから立ち上がった解放闘争が盛んな時代です。ですから、民間人が犠牲になることが日本で衝撃的に捉えられたのと違って、一般的な戦闘行為として受け止められていたことを話しました。

そして当時の私たちについて。74年というのは、私たちにとっても転換期でした。71年以来のＰＦＬＰ指揮下のボランティア活動、72年リッダ闘争があってから「アラブ赤軍」という形で闘っていましたが、いろんな矛盾も出てきて、ＰＦＬＰから独立していこうという機運が強まりました。それで、欧州や日本でアラブ赤軍に協力していた人たちと新しい組織を作ろうと、74年8月には合宿会議をしていました。

また、ドバイ闘争でリビアに拘束されていた丸岡修さんがカダフィ大佐の決断で裁判なしに釈放されたのが74年の8月。更に同時期、アラブ赤軍の仲間がパリの空港で逮捕され、8月、9月には、欧州各地で日本人・外国人の友人たちが20名ほど逮捕、追放されました。松田政男さんもこの時にパリから追放された一人です。ＰＦＬＰが9月、ハーグの仏大使館を占拠して日本人の釈放を要求した時期にも当たります。こうした激動期、再編期を経て、74年の11～12月にＰＦＬＰから独立した「日本赤軍」を結成したと話しました。

それから間もない75年3月、スウェーデンで日本赤軍の２人が逮捕、日本に強制送還され自供。それを知って、私たちは「武装闘争を闘う日本赤軍は強い」と自ら思い込んでいたけれど、本当に強いのだろうか?という反省が生まれました。

自供によってアラブの国に被害を与え、パレスチナ革命にも損害を与えましたが、謝罪してもその実害に何の解決にもなりません。自分たちが間違えばその害毒は未来と人民に返されるんだと、様々な痛みのなかで実感しました。そういう反省から武装闘争を闘うことが必ずしも主体を強化するわけではないことを学びました。でも闘い敗れた者ほどその教訓もあると気づきました。自分たちの失敗や過ちの害毒は未来と人民に流れると自覚するほど、その責任を引き受けられるように自分たちを変えていこう、あれは、どこどこの組織の責任というより、変革を目指して闘った者たちの過ちは、どれも階級の責任として引き受けていきたい、武装闘争で逮捕された人たちと共に教訓を出し合って新しい在り方を作っていきたいと思いました。そうした考えから奪還闘争に至ります。

でも当時は「奪還」というのが国内の運動にどういう影響を与えるのか、救援したり、支え合ったりしている人たちはどんな思いだったのかには、大変無自覚でした。そして75年にクアラルンプール奪還闘争を経て東アの人と初めて出会い、連合赤軍や赤軍派の人たちとも出会い、「戦士、工作者として共に戦う態勢を」をモットーに、どうして我々は間違ったのか語り合いました。私たちはどんな社会を作りたいのか？　私たちは非暴力の闘いの多様性を軽く見ていたのではないか、海外の組織の武装闘争や活動経験を学び、自分たちは武装闘争を狭くとらえたのではないかというような内省的な討議を重ねました。

こうした自己批判を77年に発表し、新たな闘いに向けて綱領・規約をみなで作り上げました。これもいま思えば観念的な側面をたくさん持っていました。でも、新しい地平を作ろうと決意していた、そんな時代が東アの闘い、逮捕の時代と重なっている、と語りました。

そのうえで映画の感想を述べました。

「やっぱり、この映画は日本人では作れなかったのではないかと感じました」と。

三菱重工爆破などの被害の負の側面が記憶に刻まれている分、日本の植民地支配に焦点を当てた「反日思想」という意味を冷静に日本人が捉えること自体が難しかっただろうし、キム・ミレさんという韓国人の女性の監督だから見えたものがたくさんあったと思います。この映画は発表した時と現在のバージョンに違いがあるそうで、そこにキムさんの問題意識の大事なところがあるようです、と話しました。そこで、被害者はまた加害者であり、加害者もまた一方では被害者であるという重層的な関係を描こうとしていたと。

被害者と加害者の関係を固定してしまうと見えません。東アの人たちも被害者の側に立って日本企業を加害者として糾弾していきました。それが逆説的に、被害者の側に立ったつもりだったのに、加害者として罪のない民間人を殺してしまいました。

監督は、韓国が一方的な被害者で日本が加害者というだけの視点では、その反転のドラマを描けないと、映画の撮影中に自分を対象的に捉え返したのでしょう。

また、今の私自身の問題とも関わるのですが、生き直そうとする再生の物語を、この映画から感じることができました。特に親たちの一人が、この事件があって逆に友達も増えたし、事件から学び本当に良い人生を送ることができたと明るく話している姿が、この映画の肝だと思います。人と人が出会って再生していく姿を描いていて素晴らしいと。

そして、この映画を観ていて、革命活動というのは人に対する働きかけだと、しみじみ思いました。私たちや東アや連赤もこれまでそのように総括してきたし、失敗の中から本当に一番大切なものは何か、人間としての出会い、そして人と人との関係性を変えながら自分を変え社会を変えていく、そういう姿として今一度捉える必要を、映画と共に思い返していると話しました。

私は最後に大道寺将司さんの一句、「蒼氓の枯れて国家の屹立す」を示して訴えました。「日本も国家主義が栄え人々が枯れていく危険にあります。なぜなら人々の権力への批判を無視して国家が暴走しているからです」と。そういう国には未来がないし、破産していくのを海外で見てきました。半世紀以上離れていた日本の社会に私は今立って、人々の危惧や批判が無視され軍拡が進み、驚くほどの国家主義が強まっているというのを実感します。日本の家父長的社会とか死刑制度などを、国際社会と連帯したり、新しい人たちと交流しながら変えていけたらと思います、と締《し》め括《くく》りました。その後の交流会で乾杯しながら若者の質問を受けたり、楽しく暖かいひと時を過ごしました。語ることは、私自身にとって良いリハビリです。

大菩薩懇親会に参加して

暑い盛りのある日、大菩薩峠事件被告らの暑気払いを兼ねた懇親会に参加しました。大菩薩峠事件とは、１９６９年11月、当時の赤軍派が首相官邸占拠闘争のために山梨県の大菩薩峠の山荘に集まり、攻撃訓練をしていたところ、11月５日に警察の急襲を受けて逮捕拘束され、闘いが失敗に終わった事件のことです。この時、未成年を含む53人が逮捕されました。その被告たちが社会に帰り生活を営み、また活動を続けながら、有志たちが当時の友情を保持し、半世紀を超えて交流してきました。その内の一人が長く市会議員を務めてきましたが、引退することになり、彼のご苦労会を兼ねて大菩薩懇親会があるので、参加しないかと誘われました。69年当時の若かった仲間たちに挨拶がてら会えるのは嬉しいことで、参加を約束しました。

当日は新大久保にあるアイヌ料理店でアイヌ料理をいただきながら、かつての仲間たちと再会しました。顔を合わせると半世紀以上経っているのに、昔の若い時の像と今の笑顔が重なり、誰だかすぐわかります。昔の仲間というものは短い期間であったにもかかわらず理想を共有した分、濃い間柄なのでしょう。半世紀以上の歳月を飛び越えて信頼と友情の当時の熱い気持ちのままに再会が叶うのが不思議です。こうして私たちは、当時お互いが自分に精一杯で見えなかったことを語り合いました。

あの大菩薩峠にどんなふうに皆結集し、どんなふうに逮捕されたのか、その後獄中生活を経て、どんな生活を選びとってきたのか、皆の話を聴きました。住民運動をやっている人、会計事務所経営の人、市会議員もいて、当時の若かった自分たちの理想と反省を大切にしながら、今も生きていることを強く実感しました。当時の自分たちの未熟さ、武装闘争に対する考え方、そして今の敗北状況にある変革の途上を教訓的に語り合いました。

大菩薩峠事件の被告は、69年には獄中にいたので昔のブントの大衆運動の感覚が強く、連合赤軍事件には全く驚かされた人々です。それでも連合赤軍事件の絶望的結果の責任も引き受けて真摯《しんし》に活動することがどんなに大変だったかと思わずにいられません。時間を忘れて当時のことを語り合いました。もうこれが我々の最後の集いかと思ったけれど、そうではないようだねと、再会を約し合って。

明大土曜会で

例年8月は土曜会の参加者が少ないそうですが、約20名の参加でワイワイと語り合いました。今回は、介護の話に焦点を当てて報告します。農学部出身のジャーナリスト二木啓孝さんから7月17日の「日本の介護は大丈夫か?」のシンポジウム（「ＮＰＯ地域共生を支える医療・介護・市民全国ネットワーク」と「続・全共闘白書編纂実行委員会」との共催）の報告がありました。彼は98歳の母を介護している「老々介護だ」と話していました。

二木さんは、「２０００年に始まった介護保険制度は画期的だと思っていました。なぜかというと、それまで介護を抱えるのは全部家庭だったんです。家庭で抱えて金も全部自分でやってというようなことを、『国が見ますよ』というので、いろいろ問題はあるけれども、今の健康保険制度と同じくらいすごいことだと。ところが数年ごとの改定、改悪で、どんどん悪くなってきて、再び家庭と地域に介護を戻して、『国家は面倒を見ません』という方向に実は動いているということ。つまり親の面倒をみるという『健全な家庭』を単位としながら、政府はそれで国家を作って行こうと。だから、例えば夫婦別姓であったり、LGBTQへ反対するのと同じように、家族の責任だろう、家族の作り方は男女だろ、LGBTQは家族じゃないよね、というような大きな国家のスタイルと歩調を合わせているなと思います」と警鐘を鳴らしています。

2022年度の65歳以上の高齢者は3578万人。このうち75歳以上の後期高齢者が1833万人で51%。それに介護保険の財源が実は黒字であることも知りました。「介護全体の費用が13・8兆円で、介護給付費は12・8兆円。実は1兆円の黒字。何で黒字なのに変えるの?ということですが、財務省の財政制度等審議会では、今後足りなくなるから、早く集めてしまえという話です」。介護職員の不足は他の職種より給料が低いことが原因であり、一般給与と比べると大体月額7万円低い、でも気持ちの優しいところで頑張っているという人が多い。つまり介護職に成り手がないと、今後ロボットが導入され、介護でなく監視になっていく世界。それに認知症人口も増えていく、とその症状とデータを示しながらの話に、私たち自身の問題として切実に聞きました。「介護が地域と家族に押し付けられる。だったら、ここから反撃しようではないか、と立ちあげた「アクション〝介護と地域〟」、あと2~3年後に我々が『介護される側』になるまでにこの運動のメドをつけて、若い世代にバトンタッチしたい」と意気盛んです。

また、教育ジャーナリストの小林哲夫さんは、日本大学の改革問題を取り上げました。大学当局が行った『ブランド調査』で「学外から厳しい評価」「高校生保護者８割が受験させたくない」という一面見出しの「日本大学新聞」の新聞を掲げて彼は言いました。

林新体制にはまだ旧田中人脈は残っているが、新聞も示すように、これまでの日大では考えられない自己刷新を目指そうとしている点を評価していると。でも参加していた旧日大全共闘の人は、「林新体制に期待できない。日大は解体すべきだ！」と意見を述べていました。

また、今の多くの大学は、ＨＰの年表・沿革に、当時の大学闘争の記載がない大学が多いので、「大学闘争展」の開催など、大学に働きかけたいという小林さんの発言がありました。そこで知ったのですが、明治大学も学費闘争など自治会と当局の歴史的事実を記録せず空欄とのことです。次代に歴史的事実と情報を残すべきアカデミズムではないのか?と今の大学の在り方にまた驚かされました。

会議の後は暑気払い。そうめんを食べ、日本酒の差し入れ３本を飲み干してお開きになりました。

［付記］自著『はたちの時代』の購読、感想、批評に感謝し、この場を借りてお礼申し上げます。励ましの過分な評価をいただきありがたいことです。本のタイトルの由来を聞かれました。「その子はたち櫛にながるる黒髪のおごりの春のうつくしきかな」(与謝野晶子）を思いつつ「はたちの時代」と決めました。

今日も憲法違反を繰り返す自民党閣僚や国会議員たち。靖国参拝のニュースを聞く敗戦記念日です。

（８月15日）

第12回 リビアの洪水

『創』23年11月号

凄まじいリビアの大洪水

八ヶ岳山麓の山荘に、板垣雄三先生をお訪ねする機会がありました。

作家の高山文彦さんが小学館のサイト「小説丸」に「リッダ」を連載しておられて、その中に板垣先生の経験や当時の日本のパレスチナに関する理解などをお聞きして反映させたいという企画がもちあがり、私と娘のメイも同行することになりました。

板垣先生が時折昔のエピソードを語っておられるのを知っていたので、この機会に高山さんと一緒にいろいろな話をお聞きしたいと思いました。そのひとつは、板垣先生が１９７１年に京都大学で集中講義を行ったときのエピソードです。

当時、京都大学では文学部だけ学園闘争がまだ続いていて、学部長室も学生が占拠。授業再開もできず、困った学部当局は局面打開のため外部の専門家を招き、学生たちも粉砕はできない「パレスチナ問題」の集中講義で授業再開の突破口を開こうという案が持ち上がり、白羽の矢がたった東大の板垣雄三先生に頼み込んだようです。

こうして71年９月１日から集中講義が始まりました。先生の京都の宿舎は鴨川の河原に向かって開いた景色の良い地上階。ある夜、裏の河原側の窓をコンコンと叩く者がいた。開けると３人の学生が、先生にお伺いしたい、と言うので部屋に入れた。彼らは「これからベイルートに行くのだが、アドバイスをお聞きしたい」と言ったそうです。先生は学生たちの人目を忍ぶ訪問の仕方に、この学生たちはパレスチナ解放闘争に参加しに行くのではと直感したそうです。先生はそのことは尋ねず、「君たちは私の講義を受講している学生か？」と尋ねると「受講していない」と答えたそうです。先生は学生たちに「まず現地の社会と文化を知り学ぶため10年計画でアラビア語を覚えなさい。気に入った相手と付き合うだけでなく、多様な人と知り合うこと」などと説教したそうです。

それから８カ月後にリッダ闘争がありました。あの時の学生では…と思ったそうです。このようなエピソードは、連載中の「リッダ」に高山文彦さんの流麗な筆致で記録してもらえたらと思いました。

板垣先生は私たちの企画を快く受けてくださったので、お訪ねすることになりました。

小淵沢で先生が迎えて下さり、昔は学生たちと夏ゼミにも使った先生の山荘へと向かいました。短パンに帽子のラフなスタイルの先生は92歳には到底見えません。驚く程若々しく、私と同世代のように見えます。先生はちょうど、９月９日に信州イスラーム世界勉強会を長野県松本市で開く準備でご多忙のところにお邪魔しました。そのイベントは、マリからの分離独立運動の主力トゥアレグの人々のサハラ砂漠越え塩交易の記録映画上映と、対話集会「世界の中の日本の中東・イスラーム報道〈これまで〉と〈これから〉」とで構成されるとのことです。地域にそうした場があるのを聞き、私は昔と随分と違う文化の流れがあるのを知りました。やはり来てよかった、板垣先生から日本の１９６０

年代から70年代の中東政策や、それにまつわるお話を伺って、高山さんも書く内容に確信を得る良い機会となったようです。

そしてまた一行は、板垣先生が当地でやっておられる八ヶ岳板垣塾の方々ともご挨拶する機会がありました。八ヶ岳板垣塾は、21世紀に入ってイラク戦争後パレスチナ問題の市民勉強会として生まれたのだそうです。ウクライナ戦争で学習会は復活し、世界を読み解く学習を進めておられるとのこと。メンバーには、かつて全共闘時代の理想や失敗の経験を大切にし、地域の暮らしの中でその生き方を活かしながら、地道に訴え行動してきた方々もいます。反戦と平和を信条に、深まる差別に反対し、国家の戦争政策や原発政策に異議を申し立て、政治ばかりか新しい文化や伝統を住民の側から提案し創っていく姿に大きな可能性を実感しました。ローカルな身の回りから生まれるこういう場こそ、国家の過ちを正すきっかけになる力だと感じました。ご挨拶の時間しかありませんでしたが、こういう変革追求の生活の場に生きる姿勢と板垣先生を囲む友情には、人と人との率直な連帯が満ちていて、とっても素晴らしい出会いでした。どんどん悪化していく世の中にどう立ち向かっていったらいいのだろうと語り合える人々がいるのを心強く思いました。こうした知的イニシアティブの集まりや場が日本の中にたくさんあるのでしょうが、それに初めて接し、学びました。

また先生ご夫妻は、7世紀に日本国家が成立する前後から反植民地抵抗の原点である諏訪地方の歴史を説明してくださり、縄文時代の遺跡や諏訪大社に案内して下さいました。諏訪はこの列島の縄文文明の中心拠点であり、東北へかけて征服を拡げるヤマト朝廷の国家形成と先住民を底辺に繰り込むその植民地支配の歴史を学び直す上で大変重要な地域だそうです。ここは日本国家の住民の抵抗の原点、百日紅の盛りの道をそんな思いを噛みしめつつ見学する貴重な機会でした。

歌会合宿も阿波踊りも

８月、月光の会の合宿に初めて参加しました。どんなことをするのか興味津々。１日目は、まず毎月恒例の題詠歌会からです。いつもは30首を超える歌を２時間で駆け足に批評していくのですが、合宿では時間をかけて批評し合ったので、皆さんの批評を多く聞く機会となり、いろいろな視点からの評に、なるほどと学ぶことが多い。題詠は「立」。８月にふさわしい歌を、と私はこんな歌で参加しました。「灼熱にドーム燃え立つヒロシマ忌　はだしのゲンのいのち危うし」。今では教育委員会自体が「はだしのゲン」を教科書から外すという時代になっているのを危ぶんで詠みました。その後、夕食を兼ねた懇親会。懇親会は各自のパフォーマンスを披露する習わしだそうで、何か準備してくるようにと言われました。えっ、パフォーマンスなんてやったこともないのにどうするのかな、と友人に聞いたら、自分の短歌を朗読したりすればいいんですよとのこと。

始まると歌人たちは堂々と、あるいは少し照れながら好きな詩歌や賞をとった短歌を朗誦したり、働く現場での労働者としての闘いに敗れた経験をドラマチックに演じたり、チェロ奏者の歌人は演奏して楽しませてくれたりと多彩なパフォーマンスです。私はパンタさん追悼も兼ねてパンタさんの曲をBGMに「ライラのバラード」を朗読しました。懇親会は、歌会以外の歌人たちの一面を知り、親しみが湧き、仲間意識が育ち、おしゃべりが続く、そんな楽しい時間です。

２日目はそれぞれが提出した短歌五首連作の批評会が午前午後と続き、その後主宰者・福島泰樹さんの「関東大震災百年」の講演。参加者20数人の連作の批評はとても新鮮で楽しい学びです。ちょうど発行された角川の月刊誌『短歌』を月光の会事務局から受け取りました。9月号に「結社賞受賞歌人大競詠」特集があり、全国の結社で賞を受けた26人の歌人の五首連作が載っています。月光の会で黒田和美賞をいただいたので寄稿した私の連作も載っていました。

歌会合宿がお開きになると、私はそれからメイと待ち合わせて高円寺の阿波踊り見学に向かいました。私が一度お祭りを見てみたいと言っていたので、友人に誘われたメイが私も誘ってくれました。お祭は小学生時代の盆踊り以来ですが、私はそんなことが大好きな商店街の子でした。

高円寺駅ホームは朝の通勤ラッシュのように満員。かき分けながら駅を出て、矢印と音楽に導かれて中央演舞場へ。車用大通りが今日の舞台で、両脇にシートが敷かれ、座って見ている人、その背後の歩道は、道が見えないほどの立ち見の列。街路樹の隙間から阿波踊りを軽妙に踊りながら来る多彩な「連」に見とれてしまいます。スマホを高く掲げて写真は撮れるのですが、眼で見られるのは狭い隙間《すきま》です。それでも見飽きた人が退くと、そこに滑り込んで何とか立ち見の一番前にたどり着いて、流れるように続く連の踊りを見学しました。良い場を得たのに、疲れていたので早々に引き上げましたが、生の祭りは迫力があってやっぱり素晴らしい。でもあまりに整理管理されていて、昔のような庶民が飛び入りで踊る雰囲気はありませんでした。

国家賠償訴訟の傍聴へ

1959年の「伊達判決」原告の土屋源太郎さんらによる国家賠償訴訟の結審公判があり、傍聴しました。公判はかつて私が国と争った同じ１０３号法廷です。

開廷してわかったのですが、裁判長が代わっていました。土屋さんら原告側弁護士も知らされないまま女性の新裁判長に交代していました。これまで直に証言を聞いてきた裁判長を結審の日に代えるのは恣意的に思えてしまいます、私の公判も結審近くで交代しましたが、それでも事前に弁護団に伝えられました。最高裁の事務総局人事局が、審議の内実に触れず手続き上の問題にして門前払いにするよう裁判官の人選をしたのでは、と勘繰りたくなります。

この国賠訴訟は、最高裁判所長官の違法行為を裁くものです。田中最高裁長官が駐日米国大使らと密談して伊達無罪判決を有罪に捻《ね》じ曲げたこと、憲法審査を「統治行為論」によって封じたこと、つまり司法の根幹を問う裁判です。その結審法廷での裁判長交代は内容を封じたに等しい気がしました。

そんな空気の中、公判が始まりました。前回は原告土屋さんらが最終陳述を行ったので、今回は弁護団による最終弁論が行われました。まだ国側の提出すべき公文書も届いていないことも判明しました。新裁判長は、原告側の文書や証言で詳しく出されているので判断に問題ないというような発言をしましたが、その発言自体に審議を軽視するこの裁判の危うさを感じました。土屋さんも後に、公文書をわかっていないのと同じ発言だ、と憤慨していました。閉廷後、総括集会が衆議院議員会館の会議室で行われました。

議員会館に移動する途中で、私は土曜会の友人達と経産省前に向かいました。この日はあの３・11の大震災を経験して、反原発を掲げて経産省前に初めて座り込みテントが設置された日です。あれから12年です。記念集会が開かれていると知って連帯のつもりでと、ほんの一時立ち寄りました。多くの人々がカラフルな旗や幟《のぼり》や写真・絵を掲げ、マイクの前では演奏と共に、人々が歌いながらちょうど盛り上がっているところでした。この経産省前テントの創設者のひとりであり、旧ブントの先輩の三上治さんらに挨拶をして、すぐ公判の総括集会へと向かいました。

総括集会は弁護団が概括して話しました。

「本件訴訟の意義は砂川事件上告審判決の違法性を明らかにして、第一に、土屋源太郎さんら砂川事件の元被告の権利・名誉を回復すること、第二に、一審「伊達判決」(駐日米軍は、憲法9条違反。全員無罪)を復権させること。第三に最高裁大法廷判決の「統治行為論」の見直しを図ること、第四に違憲法令審査権を再構築すること、第五に司法の独立を回復することだ」と述べていました。

こちらが勝てば国が控訴するし、負ければ我々が控訴する、いずれにしても長い闘いであると弁護士がその覚悟を述べました。この国賠訴訟を公訴手続き上の問題で終わらせてはならないと思います。「消滅時効」とか、「除斥期間(国側田中裁判長の不法行為から20年経過による請求権の消滅)」などを使って内容に触れず棄却するような判決になるのではないかと気がかりです。

リビアの洪水から思うこと

リビアの大洪水は凄《すさ》まじい。被害が特に大きかった東部港湾都市デルナの市長は死者が2万人を上回る恐れという。あまりに悲惨な光景……。自己決定権を持たない弱い人々が真っ先に被害を被るという、今の世界のどこにでもある悲惨な現実を晒《さら》しています。自然災害というより人災です。

リビアは外国政府の支援を受ける東西二つの政府が正統性を争い内戦中です。デルナはその狭間。

政府は世界気象機関の天候激変の警告を受けながら住民に知らせず、避難を呼びかけるどころか、外出禁止を指示。暴風雨に加えて上流にある２つのダム（カダフィ時代に建設）が決壊し、激しい洪水が襲ったのです。カダフィ政権崩壊後、ダム劣化の危険を専門家が警告しながら、補修、予防対策を取らなかったのです。地域への交通網も都市も水没破壊されて即時救援体制が組めないという現実。

カダフィ大佐が率いたあの豊かな産油国リビア……。巨費を投じて砂漠に緑と水を回復させた70年代を知る私はとても悲しい。カダフィ時代ならダムの定期補修が行われていたのに。

エジプトのナセル大統領を尊敬していたリビア自由将校団が、イドリス王制を無血クーデターで倒したのは１９６９年。石油国有化と国民への利益の還元が始まり、リビアは豊かな国になります。このクーデターを率いた27歳のカダフィ大佐は反資本主義と反植民地主義を貫き、当時の米欧をきりきり舞いさせました。米欧報道はカダフィを「中東の狂犬」とか「テロリストの親玉」と報道しましたが、それはメディア戦争の一方の側の報道です。カダフィは西欧の価値観と対決し、パレスチナ解放勢力ばかりかＩＲＡやアジア、欧州の人民勢力や解放勢力などを大いに支援しました。

70年代初頭から彼の執務室には大きなアフリカの地図が掲げられていました。それを見上げながら「アフリカは分断され、豊富な資源を米欧に奪われ蔑《さげす》まれてきたが、アフリカこそ人類発祥の地。アフリカ大陸を欧米と対等の一つのアフリカ国に変えるのだ」という夢をたびたび語っていました。

レーガン政権は米国人が出入りする施設に爆弾を仕掛けたテロの背後にカダフィありと、86年に空爆で殺そうとして失敗しました。90年代に入ると、リビア政府は化学兵器・核兵器開発を放棄し西側と共存する意向を示し、カダフィの息子セイフ・イスラムが西欧との協調姿勢でリビアの舵取りをしていました。２００９年には、Ｇ８先進国首脳会議にカダフィを招待しています。でも欧米諸国は、カダフィの「ＵＳＡ構想」に危機感を持ちます。ＵＳＡ構想とはアフリカを統一国家にする「アフリカ合衆国」(United States of Africa) 構想です。アフリカの統一通貨を作り、金本位制を採用し、豊かな資源を活かして一つのアフリカがＥＵ等と対等に共存する構想です。アフリカに利権を持つ欧米政府にはこの構想は許しがたかったでしょう。「アラブの春」が起きると民衆蜂起に乗じてＮＡＴＯ空軍は、半年の間に2万回以上出動し、米軍発表では米軍だけでも７７２５回もの空爆を繰り返してリビア政権とインフラを破壊し、カダフィ殺害に至りました。

このリビア政府打倒が反体制派の力によるものではなかったことは明らかにされています。以降過剰な武器流入によってＩＳ（イスラム国）台頭や国内の部族的地域的対立は無政府状態に陥りました。外部の力でカダフィ政権を倒せばリビアが内乱状態になると専門家たちが警告した通りです。

カダフィ政権は独裁的強権的手法はあったものの、リビア国民と国の繁栄を築きあげたのです。ＮＡＴＯは合法的に選ばれたカダフィ大佐を排除し、リビアを破壊しました。以来、行政も既存のシステムも破壊され、２つの政府の軍事対峙の前で市民団体も力がありません。リビアは住民の犠牲の上に内戦が今も続いています。この歴史的事実こそが、洪水被害を拡大させた要因です。

モロッコの地震に続くリビアの洪水。決定権を持ちえない住民の犠牲があまりにも大きい。洪水被害の再建は腐敗と暴力支配の２つの政権への支援ではなく、命を守る現地の行政機関や市民団体への直接支援を通じて住民自身が再建する力を育てるべきでしょう。

第3章 ガザの虐殺

京都での集会の後のデモ行進

第13回

殺すな！ 今こそパレスチナ・イスラエル問題の解決を！

『創』23年12月号

10月15日新宿駅での集会で発言する娘の重信メイさん

人生の大半をパレスチナの友人たちと共にしてきた私は、イスラエルによるガザの人びとへのジェノサイドが進む中、夜も昼も不安と怒りが消えません。家族、親戚を何人も殺されているだろうと思うと、ガザ出身の友人に電話するのも辛く躊躇《ちゅうちょ》する日々です。イスラエルによるガザ侵略、ジェノサイドを、友人として人間として許すことができません。

この原稿を書いている2023年10月22日の段階で、ガザ地区住民の死者、負傷者、瓦礫《がれき》の下の行方不明者の数は恐ろしい勢いで増え続けています。これからガザへの地上侵略になれば桁違いのジェノサイドが長期に続くと予測されます。イスラエルのガザ侵略を止めるまで世界中で声をあげてほしいと祈るような気持ちです。

10月7日、パレスチナ勢力は「アルアクサー洪水作戦」を開始しました。日本の報道では「ハマースの攻撃」と言いますが、ガザの解放勢力が一致団結してこの作戦に参加しています。ハマースのアルカッサム旅団、ファタハのマルワン・バルグーティを指導者と仰ぐアル・アクサー殉教者旅団、P

ＦＬＰの殉教者アブアリ・ムスタファ旅団、イスラミック・ジハードのクッズ旅団などが一丸になっています。ＰＦＬＰは、ハマースのイスラーム建国路線には反対してきた、にも関わらず、です。では何故こうした大規模な一致した作戦に踏み切ったのでしょうか？

パレスチナの生存の闘争が臨界に達するほど人種差別、民族浄化政策が続いたからです。パレスチナ側が仕掛けたというより、イスラエル側の挑発が生んだ結果と言えます。この洪水作戦はアラブ民衆に決起を呼びかけ、民衆の連帯でイスラエルや、アラブ各国政府や国際社会の現状を変える闘いを復権しようという意図もあるはずです。

パレスチナ抹殺計画

２０２２年12月末にネタニヤフ政権が成立して以降、パレスチナ人への極端な民族浄化政策が続きました。ネタニヤフは汚職で起訴されており、首相の免責特権で罪を逃れようと極右党の要求を受け入れて、やっと政権を作り上げ、司法改悪を目指しています。

この政権の特徴は、一言でいえば、国際法も国連決議も無視して「占領地」と「イスラエル」という区別を取っ払い、全部イスラエルの領土としてパレスチナ人への支配と弾圧を進めていることです。

極右「ユダヤの力」党首ベングビールは、新設された国家安全保障相に就任し、イスラエル国内ばかりか、これまで国防省が管轄してきた占領下西岸地区や国家警備隊が管轄した東エルサレムの治安を含めて、全土を一括統制下に置く権限を握りました。彼は入植者と軍の一体となったパレスチナ人弾圧の先頭にいます。占領地併合を主張してきた「宗教シオニスト党」党首のスモトリッチは、財務相と、占領下パレスチナ人の出入国を含む民生局を管理する、防省付大臣兼務となりました。彼は自治政府の財源である占領下パレスチナ人から代理徴収した税金をパレスチナ側に送金するのを減額や停止し妨害してきました。またイスラーム教徒にとって神聖なエルサレムのアルアクサー・モスクのこれまでの取り決めを無視して、ユダヤ教の祝祭の場に替えようとしてきました。スモトリッチは3月、欧州で公然と「パレスチナ人など存在しない。パレスチナ人の言語、通貨、歴史や文化もない。何もない」と断じました。こうした大臣たちが入植者を扇動してパレスチナを地図からも国際社会からも抹殺するイスラエル化の既成事実を積み上げてきました。

その総仕上げとして、ネタニヤフ首相は9月国連総会で「新しい中東」として地図まで掲げて演説しました。この地図のイスラエルには、西岸パレスチナ自治区もガザ自治区も抹消されています。シリア・ゴラン高原も消されています。占領地併合済みの大イスラエル地図が国連の場で堂々と掲げられたのです。

国内でやっている国際法、国連決議を無視した非合法な「拡張イスラエル」を国連の場で公然と掲げ、サウジアラビアを含むアラブ諸国とアブラハム合意を基礎にイスラエルが経済関係、国交を開く「新しい中東」を作ると宣言しました。アブラハム合意とは2020年UAE（アラブ首長国連邦）とイスラエルが外交関係を開いた合意のことで、その後イスラエルとの国交樹立は、バーレーン、スーダン、モロッコと続きました。「パレスチナ問題の解決なしにイスラエルと国交を結ばない」というのがアラブ連盟の原則でしたが、イスラエルは逆に「アラブ諸国と平和条約を結びパレスチナ問題を解決する」と主張してきた長い歴史があります。今、サウジを巻き込んでイスラエルの主張通りにするという驕《おご》った宣言でした。しかし、イスラエルと和平を結んだどの国の国民も、パレスチナ問題解決抜きの「和平」を認めていません。

ネタニヤフ政権は司法改悪に対するイスラエル国民の激しい反対に直面し、その批判をかわすべくパレスチナ人への弾圧をますます強化してきました。パレスチナ自治区とは名ばかりの西岸自治区でパレスチナ人への激しい弾圧を繰り返してきました。ジェニン難民キャンプへの大規模攻撃では、自衛武装する若者たちに撃退され、イスラエル軍はアパッチヘリを投入して殺戮《さつりく》を繰り返しました。またナブルスのホワラ村では、入植者が何百人も押し寄せて村を放火、破壊して村人を殺し追放したり、パレスチナ人の集合住宅を違法だと難癖をつけて爆破したりと、激しい民族浄化が繰り返され、すでに政権樹立から９カ月足らずで２６０人が日々殺されていました。

このように地図上からも実態としても、パレスチナ人をアラブ諸国に追放し、そこに同化させてパレスチナ問題を終わらせると昔から企んでいたパレスチナ抹殺の「第二のナクバ」の動きに、パレスチナ人は絶望よりも戦いを選んだと言えます。

武器を持たない人の命を奪うな

今回イスラエルは、最強を誇る諜報機関もハイテクも役に立たず、一方的に非国家主体に敗れました。現地の報道によると、エジプトは１週間前にイスラエル側にハマース等の攻撃を通報していたようです。イスラエル諜報機関が情報を得ていたと考えるのが自然です。結局ネタニヤフ首相らが、ハマースらの攻撃を利用しようと望んだとみるのが妥当だと私は思います。２００５年のガザ撤退に反対した者たちが今、権力を握っています。ガザにいるパレスチナ人なんかに何ができるのか、飛んで火に入る夏の虫、とばかりにハマースに暴れさせて、それを口実に歯向かう勢力を根絶やしにしてガザを再占領してやろうと、高をくくっていたのだと思います。「第二のナクバ」を仕掛けるためです。ところがパレスチナ解放勢力側は、50年前の中東戦争を記念する日を選び、あの第4次中東戦争を思わせる大攻撃をやってのけました。ネタニヤフ政権は大慌てで、遅れてハマースを根絶やしにすると宣言し無差別大虐殺を始めています。ガザを封鎖し、水、食料、電気、燃料も完全停止しました。

東京の23区の6割に満たない365平方キロメートルの土地に230万人余が押し込まれて暮らすガザ地区は「天井のない牢獄」と言われてきました。パレスチナ人の命をどうでもよいとするイスラエルの指導者に、人質を大切にする考えはありません。米欧の政府がハマースを非難し、イスラエル支持の大合唱をしている限り、イスラエルは更に空爆、地上侵略戦によるジェノサイドを繰り返すでしょう。何としても止めなければ……。

私は、パレスチナの友人たちと共に闘い、生と死を日々共に見つめる中で生きてきました。私たちは闘いの中で、無関係な民間人を巻き込み、危険に晒し被害を与えた過ちもありました。だから自分たちの反省としても、今こそ訴えたいのです。どんな戦時下でも武器を持たない人の命を奪うことは許されない、と。無辜《むこ》の誰の命も奪い合ってほしくないのです。イスラエルが永続的な安全を真に望むならば、こうした戦争犯罪、国際法無視の占領政策の日々が、パレスチナ人を武装勢力に育てていると、自らを深刻に省みるべきなのです。

パレスチナから見える世界

ハマースなどパレスチナ勢力を非難する前にまず考えてほしいのです。だれが占領者なのか？と。イスラエルが占領者であり、パレスチナ人は占領された土地に住む被害者であるということ。この前提を抜きにした発言が横行してきたことが、平和解決をここまで損なってきました。ガザの人々の８割近くは、ナクバでパレスチナ各地の住居を奪われて追放され、ガザの難民キャンプで生きることを強いられた人々です。密集した地域に封鎖され、外に出ることもできずに、不自由な生活を強いられているうえに、イスラエルから空爆され、２００８年から２００９年に１４００人、２０１４年には２２００人もの住人が殺されてきました。西岸地区も同様に、「自治区」とは名ばかりでイスラエル軍は自由に侵入し逮捕、殺戮、破壊を繰り返しているのです。まず何よりも占領を終わらせるべきなのです。占領された人々が、人間の尊厳を掲げて戦う抵抗の権利は国際法、国連決議でも認められてきました。世界人権宣言や国際人権規約に基づく権利を勝ち取る抵抗権は世界の人々の奪われてはならない権利です。まず国際社会がこぞって占領をやめさせる方途を作るべきでしょう。

日本ではウクライナ戦争の話ばかりが詳細に伝えられながら、パレスチナの危機は伝えられませんでした。今やウクライナ戦争は、ウクライナ、ロシア市民らの徴兵制の犠牲の上に、米、ＮＡＴＯのロシアに対する戦争と化し、世界中を危機に陥《おとし》れています。

パレスチナ自治政府のマリキ外相は「70年以上もパレスチナで実現不可能と言われてきたあらゆることが、ウクライナでは、１週間たらずで日の目を見た。欧米の動きは驚くほど偽善的だ」と批判しています。PLO（パレスチナ解放機構）も「ロシアに厳しい制裁の一方で、ウクライナ難民を手厚く受け入れ、ウクライナ人の武装抵抗に喝采を送っている。ウクライナ支援と共通の支援がパレスチナに何故行われないのか?」と問うています。

イラク人も言います。「ロシアを戦争犯罪というが、米国はイラクで、何をして来たのか？　拷問、誤爆、殺害、何十万、何百万の住民を路頭に放り出して難民化させてきた。その戦争犯罪に頰かむりして自国とイスラエルの犯罪を裁かせない。イラクばかりではない。アフガニスタン、リビア、シリア、イエメンなど多くの混迷を作り出し、その責任を欧米が負っていることが意識されていない。植民地主義の産物だ」、こういう欧米批判です。パレスチナから見えるのは二重基準の世界です。

京都円山野外音楽堂の集会

10月15日、円山公園で「反戦・反貧困・反差別共同行動in京都　変えよう！　日本と世界『新しい戦前』にさせないために――大軍拡と大増税を許すな！」と訴える集会に招かれて参加し語りました。

２０２２年10月に、初めて公の場で挨拶したのもこの円山集会です。集会の前にパレスチナの衝撃的な戦いが起こり、パレスチナについて語ってほしいという依頼もあって、その点に絞って話をしました。ここに書いてきた内容はそこで発言した内容でもあります。そしてさらに次のように訴えました。「今こそイスラエルの占領に制裁を！　国連決議の実行を！」と。

パレスチナ人の怒りは、「アルアクサー洪水作戦」となって爆発してしまいました。米欧のバックを得てイスラエルは、民族浄化の徹底的な暴力支配をこれまで以上に続けています。アラブ諸国の国民はパレスチナ支援を訴え、日々、イスラエルのジェノサイドを止めようとしています。欧米でも学生や市民がたちあがっています。アラブ、パレスチナ系アメリカ人とユダヤ系アメリカ人が一緒にイスラエル政府、米国政府に抗議し議会を占拠して訴えています。日本でもガザのジェノサイドを止めようと市民たちがイスラエル、アメリカに抗議しパレスチナ連帯を訴えています。今こそ国際社会が真面目にパレスチナ問題を直視し、この戦争を中東情勢の平和的解決へと転換させるチャンスなのです。イスラエルの占領地からの撤退、パレスチナ人の民族自決、難民問題の解決を目指す国際社会のイスラエル包囲からはじまる公正なアプローチこそが問われています。

私はアラブの国境を越えた民衆革命を戦略的に求めつつ、あえて「国連決議１８１号にたちかえり解決を」と訴えたい。１９４７年の決議１８１号は、不当にもユダヤの国とアラブ（パレスチナ）の国の２つの国をつくること、エルサレム地区は国連が特別管理することを決定しました。その決議すら無視してイスラエルが占領を続け、それを米国が無条件に支援してきたことが、戦後秩序を歪《ゆが》め破壊してきたのです。この決議１８１号は、１９８８年第19回パレスチナ民族評議会（ＰＮＣ・パレスチナの国会）でパレスチナ国家独立宣言を全会一致で採択した時に以下のように現認しています。「二つの国家に分割した国連総会決議１８１号に即したパレスチナアラブ人民に対してなされた歴史的不正が人民の離散をもたらし民族自決権を奪ったにもかかわらず、この決議はパレスチナアラブ人民の主権を国際法上の合法性を持って保証するものである」と。あの第19回ＰＮＣにオブザーバー参加した私たちは、パレスチナ民族憲章に基づいてこれまでの全土解放路線を堅持する勢力と、パレスチナ領土の22％であっても建国しようとするアラファト勢力との激しい論争を忘れることができません。

イスラエルの戦争犯罪を告発する民衆の世界の動きに目を向け、想像し世界とつながる日本を描いて欲しいのです、と私は円山集会で訴えました。

世界はもはや、米欧諸国の二重基準で壊れた国際秩序をあてにできないことを知っています。国家レベルですがＢＲＩＣＳでは、サウジアラビア、ＵＡＥ、イラン、エジプト、という中東の4カ国を含む国々が来年から新たに加わります。世界のエネルギーの5割を掌握し、脱ドル体制も目指すでしょう。8月キューバで開催されたＧ77プラスチャイナは既に１３４カ国が加盟しており、首脳が集まりました。議長国として登壇したキューバの大統領は、発展途上国は不平等な貿易や気候変動問題などで先進国の犠牲となってきたと批判し、「われわれグローバルサウスが、何世紀もの間続いてきたゲームのルールを変える必要がある」と主張しています。世界は資本主義の一元的文明ではなく、自然な流れとして多極的な多文明の社会を求めています。50年１００年先を考えればよくわかります。

日本が今のままでは心配です。自民党の米国政府追随の戦争政策と、立ち遅れた家父長的文化を変革して、アジアと善隣友好的に並び立つ日本として生き延びさせましょう。何としても日本の戦争への道を押しとどめたい、とスピーチをしめくくり、最後に一つ付け加えたいと発言しました。11日、娘のメイがＴＢＳの報道番組に出演しパレスチナ問題を語りました。ところが酷《ひど》いバッシングが来ました。「テロリストの娘」に発言させたＴＢＳに対しても非難が続き、イスラエル大使が先頭で騒ぎ立てました。

私とメイは別人格です。日本は憲法で保障された言論の自由があります。それにメイは、２００５

年から5年間、朝日ニュースターの時事報道番組でキャスターとしてずっとテレビに出ていた人間です。ジャーナリストとして中東をよく知るメイのイスラエル批判の発言が的を射ているので、イスラエル大使は発言内容に危機感を持って封じようとしたのでしょう。今更テレビ出演に声高に抗議するイスラエル大使の傲慢《ごうまん》な発言はヘイトスピーチを煽《あお》るものです。こうした排外主義、ヘイトスピーチの言論封殺の深まりは、「新しい戦前」というよりまさに日本の戦時下を思わせます、と言いました。

そして私は発言の結びに、このイスラエル大使を批判して、フランスの哲学者ヴォルテールの思想を表したとされる言葉を述べました。「あなたの意見に賛成できないが、あなたの意見を述べる権利は死んでも護る」と。これが民主主義であり、イスラエル大使は自国の強権的な全体主義に染まって発言している姿だと。そしてパレスチナ住民も、人質もこれ以上殺されてはならない。ガザ停戦こそウクライナも含む世界大戦に向かうベクトルを、反戦と共存・協調へと転じる機会としていくよう訴えたい、と発言を終えました。

今、ジェノサイドを目の前にして、日本社会の一人ひとり、何かできることを行ってほしいという思いでいっぱいです。パレスチナには優れた映画も数々あり、日本でも鑑賞できます。ガザの置かれている状況を注視し、周りの人たちと理解するために集会をネットで探して行くのもいいし、デモに行くのもいい。私のパレスチナに関する本（『戦士たちの記録』幻冬舎刊等）も読んでもらいたい。日本政府には、イスラエルのガザ地上侵略ジェノサイドを支持せず、抗議はできないとしても米国政府とは一線を画した対応を求めたいし、破壊されたアハリー・アラブ病院への緊急支援寄付など身近なところから、手を差し伸べてほしいと願っています。

（10月22日）

第14回 これは戦争ではなく第二のナクバ・民族浄化

『創』24年1月号

11月19日「パレスチナに平和を！緊急行動」集会後のデモ

私たちは武器を持たない人間が次々と血を流し殺されていくジェノサイドを、ネットやテレビで見られる世界に住んでいると改めて実感します。命がけで真実を伝えようとする人々のお陰で、私たちは普段見えない現場を知り、人として見過ごすことができない、何かしなければと世界中の市民が心動かされています。長い間生死をともにし、友情に結ばれたパレスチナ人と今も交流する私には、家族の生き死にと同じ出来事です。

これは「イスラエルとハマースの戦争」ではありません。「イスラエルとハマースの戦争」「テロとの闘い」などとして真実を覆い隠そうとする西欧支配層の指摘は映像に裏切られています。ウクライナ戦争で「戦争犯罪」とロシアを断罪した人々が、「自衛権」の名でイスラエルの戦争犯罪を許すという二重基準を鮮明にしています（大体、占領国に自衛権があって占領された住民に自衛権がないなんて奇妙な論理です）。

今起きているのは、非国家主体の抵抗闘争に一撃されて国家の威信を傷つけられたイスラエルが、

「ハマース破壊」の名分によって武器を持たない無辜《むこ》のパレスチナの人々に対し無差別に報復集団懲罰を行っているジェノサイド、国家犯罪です。パレスチナ人たちはこれがガザ占領、パレスチナ人追放を謀《はか》る民族浄化だと敏感に察知しています。

かつてパレスチナ人は「ナクバ」というイスラエルの民族浄化によって１９４７年から１９４９年の間に、１万４０００人以上が虐殺され、75万人以上が故郷からの追放を経験しました。今回は既に、１５０万人が難民となり、１カ月で１万人が殺され、今も民族浄化は続いています。こんな一方的ジェノサイドが進歩を謳う人類社会に訪れるとは言葉もありません。空爆、海から陸からの砲弾によって無差別に、いやむしろ意識的に病院、学校、避難ルートで市民が殺されています。電力、水などのインフラ施設、国連施設から、パンを製造する小さな工場、住居に至るまで爆撃され、子ども、お年寄り、女性が無差別に殺され続けています。

イスラエルのデマと闘う情報戦

この「ガザ虐殺」の特徴は、ホロコーストを禁じたはずの主要先進国が、イスラエルによる国際法と国連決議無視のジェノサイド・ホロコーストを「自衛」だと容認していることです。その結果、世界の人々の目の前で国際法違反の数々のジェノサイドが行われても抑止し得ないという現実に陥っています。

もう一つの特徴は、情報戦が戦争を左右するという現代社会を反映している点です。「ハマースのテロ」一色の報道が、病院が爆撃され５００人近くの死者を出したというニュースで一気に見方が変わりました。イスラエルが主張するような誤爆ではないことは、いくつもの検証機関によって証明されています。「パレスチナ側の誤爆」「ハマースの拠点だから」「テロとの戦い」――古くて新しいイスラエルの情報操作や偽りの映像が続く中、アルジャジーラなどの報道機関が現場から検証し、事実を伝えてくれるのです。その結果、親イスラエルの米欧の支配層と違って、ユダヤ人を含む欧米の市民たちがあまりに酷い現実に立ちあがっています。「飢餓と伝染病の危険が迫っています」と悲痛に伝えるアルジャジーラの記者の声が聞こえます。停戦を認めないイスラエルに有効な制裁もできない先進諸国の、特に米国のダブルスタンダードで、世界中が戻れないほどに分断されようとしています。現地では一人ひとりの人間が真実を伝えるために立ち上がっています。爆撃された病院から現地の記者がアルジャジーラに声を届けています。「今病院が攻撃されています」。アル・シーファ病院はガザの最大病院です。他に4つの病院が今日同じように攻撃されています。ガザにある36の病院がもう稼働できなくなりました。発電機もストップし、電力もなくなったまま39人もの新生未熟児が死を迎えつつあります。医療措置が取れないまま医療従事者ができる限りのことを行っています。ここはパレスチナの子どもたちの墓場となっています。すでに死体を置く場所さえなくなってきています。

人々は死を覚悟し、このような中でも子どもたちを助けようとしています。既に空爆で病院のビルが壊されました。イスラエル軍によってこの病院も取り巻かれていてスナイパーに狙われており、避難もできません。近くでは病院を護ろうと、パレスチナ人戦士たちによる市街戦が続いています。もし私が生きていたら明日また伝えます」と。この記者は、すでに映像を伝える術《すべ》がなくて、音声だけで訴えています。もしアルジャジーラなどの報道がなかったら世界は素知らぬ顔ができたかもしれません。イスラエルの侵略を支援する米政府は、カタール政府に対してアルジャジーラの報道をもう少しマイルドにするよう申し入れたとのことです。

ガザのアルジャジーラの記者の家族が殺されるケースが増えています。もうどの病院も電源もなく機能停止に陥った状態で空爆を受け、新生児が亡くなっています。パレスチナの子どもたちの不安に見開かれた大きな瞳に私たちは問われている気がします。今日11月15日、イスラエル軍はとうとう病院に突入しました。

また海外の友人が10月７日にイスラエル軍が音楽祭とキブツで無差別攻撃を行ったことを知らせてくれました。イスラエル紙ハアレツに載った被害者の証言から分析した結果、駆け付けたイスラエル軍が確かめもせず無差別銃撃して、イスラエル市民をたくさん殺したようです。このことは後ほど検証されるでしょう。

友人たちに励ましのメッセージを送り、東京でのパレスチナ連帯の映像を届けるのが、ささやかな私の連帯です。「ガザにガソリンはなくなったけど、ドンキー（ロバ）が活躍しているよ。どんなジェノサイドにも我々パレスチナ解放の意思は燃え盛るばかりだ」。いつも希望を捨てないパレスチナの友人たちに励まされます。

ホロコーストは過去のものではない

パレスチナ問題の解決がなぜ長引き、多くの難民が故郷に帰れないのか?とよく聞かれます。問題ははっきりしています。パレスチナ問題を複雑にしているのは米欧の指導層です。戦後１９４７年のパレスチナ分割決議以来、イスラエルによる国際法と国連決議無視を米欧諸国政府が許してきたからです。

欧州ではポグロムやドイツのナチを中心としてユダヤ人の虐殺迫害のホロコーストを起こしました。戦後、戦勝国はこの衝撃的なホロコーストに対する「償い」として英国植民地支配から独立を求めていたパレスチナに「ユダヤ人の国を造る」ことを決めました。パレスチナ人には知らせず、何の権限も与えぬまま、欧州のホロコーストの責任をパレスチナに押し付け、問題をすり替えてしまったのです。このホロコーストの「償い」という欺瞞的な解決の構図が、戦後の国際秩序にはじめから破壊を内包させてしまったと私は思っています。ユダヤ人問題の解決はドイツをはじめとする当該国が戦後自国でホロコーストと向き合い、ユダヤ人を引き受け共存すべき事柄であったからです。

人工的に造られた国家イスラエルの指導部が国際法と国連決議無視を繰り返し、米国はほぼ無条件に国連安保理の拒否権を行使して、イスラエルを擁護してきました。現在の「ガザ事態」は、かつてのホロコーストの被害者であるユダヤ人がホロコーストの加害者となり、人類の危機を作り出していると言っても過言ではありません。欧米の指導層は、ホロコースト迫害を受けたユダヤ人と、シオニストユダヤ人を同一視していますが、ナチの上層部と取引をして、ユダヤ人の選別を行い、ユダヤ人を収容所に送ったのもシオニストであったことは、ナチとシオニスト指導部のホワバラ秘密協定などの歴史文書で明らかにされています。ホロコーストを行ったナチズムは、シオニズムとコインの表裏をなしています。今ガザの事態に米欧の指導層がイスラエルの側に立ち続けることは、かつてナチズムのユダヤ人迫害を何年も許してきたのと同じ態度であることを、後に歴史は示すでしょう。

米政府が、イスラエルの無法を許してきたことがガザ虐殺に繋がっています。

建国時から振り返ると、第一に、１９４７年に戦勝国の米国とソ連が中心になってパレスチナを分割し、２つの国を造る（国連決議１８１号）と決めながら、イスラエル国家しか造らなかった国連決議の不履行が始まりです。当時この決議は、トルーマン米政権とユダヤ機関の暗躍でパレスチナの６％ほどの土地しかもっていなかったユダヤ人に肥沃な平野や海岸の56％以上の領土を与えました。94％の土地を持っていたアラブ（パレスチナ）人は43％に減らされ、エルサレム地域は国際管理となりました。イスラエルは47年の決議の前からヨルダン王政と密談してパレスチナ国家を造らせず、ユダヤ国家とヨルダンでパレスチナ領土を山分けしようと密約しています。イスラエルはその一方で民族浄化を始めます。既にアラブ諸国が戦争を始める前に、パレスチナ人は虐殺と追放に遭って、当時のパレスチナ人口の半分が追放され難民となりながら、アラブ（パレスチナ）の国は造られませんでした。

第二に、第一次中東戦争において、国連決議を無視してパレスチナの78％を占領したイスラエルを許してしまったことです。その上イスラエルは、占領したまま１９４９年5月に国連に加盟が認められました。国連決議に違反し、占領を正当化するイスラエルに国連が手を貸してしまったのです。これも米欧の強力なイニシアチブで、イスラエルは占領したまま「平和愛好の独立国家」として国連加盟を日本より早く認められたのです。

第三に、追放された75万人以上のパレスチナ難民の故郷への帰還を１９４８年に国連安保理で決議採択しましたが（決議１９４号）、イスラエルはそれを拒否し続けていることです。これは、パレスチナ問題の平和的解決の基礎だとして、国連総会は、決議の継続として毎年12月に決議１９４号を再確認して現在に至っています。今では追放されたパレスチナ人とその子孫の難民は６００万人をはるかに超えています。

第四に、67年の戦争によってイスラエルはパレスチナ全土とエジプトのシナイ半島、シリアのゴラン高原を占領し、国連安保理決議（決議２４２号）は占領地返還を求めました。しかし、イスラエルはそれを無視し、占領したパレスチナ全土、国際管理のエルサレム、ゴラン高原は既に国内法で併合し、今も国連決議を拒否しています。

このように戦後の国際秩序の約束事を無視し、イスラエルの勝手放題が通ったのは、常に米国が国連での拒否権を発動してイスラエルを許し続けたからです。占領地や入植地の拡大を国連決議で非難し、停止を求めても、米国の拒否権によって葬られ、イスラエルは他の国々と違って一度の制裁も受けずにきました。この長い建国以来の歴史が、イスラエルは何をしても許されるという状況を作り、現在のジェノサイドをも許しているのです。だから逆に言えば、このガザのジェノサイド事態は、戦後秩序の歪みを今こそ取り除く機会でもあります。

ガザを救おう

私もいたたまれず、デモに加わりました。２０００人近い人々が銀座をデモし、イスラエルのジェノサイドに抗議し、パレスチナに連帯して声を上げながら歩きました。私も1人の市民として皆とともに声をあげました。「フリーフリーガザ！　フリーフリーガザ！」。泣きながら声を張り上げる外国人の姿に、私もまた「フリーフリーガザ！　フリーフリーパレスタイン」と叫びながら、やはり涙が止まりませんでした。私の涙はイスラエルの攻撃に対する怒り、ガザの人々を案ずる気持ちとともに、もう半世紀以上前からともに戦ったパレスチナの友人たちや仲間たちのことを思い出さずにいられなかったからです。

アラブで、欧米で、ラテンアメリカで、アジアで、市民が米欧支配層の二重基準の欺瞞を見抜いています。「我々の名でガザ市民を殺すな」とユダヤ人自身が声を上げています。アラブ連盟とイスラム協力機構はガザ事態を戦争犯罪と断罪し、イスラエルの「自衛権行使」という西欧の論理を非難し、国際刑事裁判所への提訴を宣言しました。しかしパレスチナの現地の友人たちは、アラブ諸国の「アブラハム合意破棄」などのさらなる有効な行動を求めています。

ガザ事態は「第二の独立戦争」とネタニヤフ首相が宣言しているように、「第二のナクバ」にほかなりません。ガザをイスラエル領土として占領することをネタニヤフはガザの未来として語っています。「パレスチナ人をシナイ半島へ追放する」というプランが10月31日の報道によって暴露されました。この案は、ネタニヤフが初めて首相になった１９９６年にパレスチナ問題の解決として示したことのある案です。ネタニヤフはこの案が今回リークされるとすぐ会見し、「これはコンセプトペーパーで決定したものではない」と言い訳しました。それでもペーパーの存在を認めたところに次の展開の可能性が示唆されています。イスラエル政府は、徹底的にガザの現状を破壊し、永久占領するでしょう。２００５年にイスラエルのガザ撤退を実行したとき先頭で反対し続けた者たちが、ネタニヤフと今の閣僚たちです。

米国は自治政府に管理を任せるようネタニヤフに話したらしく、11日にネタニヤフは、「テロリストに給与を払い、トップ（アッバス議長のこと）が攻撃を非難しない機関には支配させない」とはねつけたとのこと。イスラエルは長期占領の上でエジプトやアラブ諸国を巻き込んだり、服従を条件にパレスチナ自治政府のアッバスらに行政権を持たせて支配する西岸地区と同じ構造で妥協する可能性もあります。しかしこうしたイスラエルのパレスチナ占領を許したままの解決は、問題を繰り返させることに他なりません。

パレスチナ人は西岸地区でもガザと同様の激しい弾圧を受け、10月7日以降、死傷者が増え続けています。イスラエルはレバノン国境でもヒズブッラーを挑発し、危険な戦争状況に至っています。イスラエル右派政権はイランとの戦争を望み、米国を巻き込みたいのです。イスラエル建国の始まりから国際法と国連決議を無視したまま、米国の拒否権によって免罪され、オスロ合意によって決定したすべてを反故にした、こうしたことが許された結果が現在のガザ事態、第二のナクバです。国際社会が目指すべきは、テロ国家イスラエルに対する占領を終わらせることです。

和光晴生さんの突然の死

11月4日、友人から和光晴生さんの訃報が届き、あまりの突然さに言葉を失いました。和光さんは1997年にベイルートで他の4人の仲間とともに逮捕され、送還後、ハーグ事件などで無期懲役の判決を受けて徳島刑務所で服役していました。詳しい事情は和光さん自身が10月25日に発信した手紙に記されていました。この手紙で、なぜこんな酷い医療措置が行われたのかと、驚かずにはいられませんでした。

6年前に鼠経《そけい》ヘルニア手術を受けており、再度その手術として8月末に大阪医療刑務所へ。それから「主治医が早期がん発見に熱心な方のようで初診の折、『まず、いろいろ検査を行い、その結果を見てから鼠経ヘルニア手術をすることにします』と告げられ、それから検査漬けの日々が続くことになりました」と記しています。検査が続く中で、肝臓や大腸に腫瘍が発見され、その治療が優先され、検査ごとの前日の絶食とか夜間の飲料制限、朝食の後回しなどが50日近く続いて、体力を消耗していったようです。和光さんはそれから10日後に死亡しています。事情はわかりませんが、過剰な検査が命を奪ったのではないかと気持ちが塞《ふさ》ぐ思いです。

和光さんは獄に入って以降、私や旧日本赤軍のあり方などを批判していました。和光さんの思いを受け止めきれないまま永別してしまったことが何とも心苦しいです。和光さんはベイルートで最後に会った時、木の三叉で作った手作りの「肩凝りマッサージ器」をくれました。私が肩凝り性なのでちょっと工夫して仕上げたと、サンドペーパーで丁寧に磨いて作ってくれたものです。凝った肩のポイントを太さの違う幹のどれかを使ってもみほぐすのだと実演してくれました。「あ、これいいね。これならハンドバッグにも入るし。ありがとう」と、礼を言っていつも便利に使っていました。

これまで和光さんと長い間ともに過ごしながら、私は批判されたことはありませんでした。でも和光さんは逮捕された後、獄で公判などを通して自分の人生を振り返った時、理不尽な思いや言えなかった批判があふれ出てきたのだと思います。和光さんの著作に私への批判が記されています。和光さんの性格ややり方の違いをもっと理解していたら……と、彼の著作を読んで悔やむことがいくつもありました。語り合う機会を得られないままに先立たれて……。私がもっと彼を知ろうとしていたら、学び、ともに対処できたのにと、当時の自身の未熟さを振り返っています。合掌。

（11月15日）

第15回

パレスチナ人民連帯国際デー

『創』24年2月号

12月10日の世界人権宣言記念日に国会正門前で開かれた、パレスチナ人の人権を訴えイスラエル政府を糾弾する集会

イスラエルの空爆が休止していた２０２３年11月29日は、「パレスチナ人民連帯国際デー」でした。この日、世界各地でパレスチナ人民連帯が呼びかけられました。「11月29日」は１９４７年に国連が「パレスチナ分割決議」を採択した日です。

このパレスチナ人民連帯国際デー創設が国連総会で決議されたのは１９７７年です。決議の理由は、国連が２つの国を造ると決議したにもかかわらず、いまだにイスラエルの占領が続き、それが実現していない。パレスチナ人が民族自決とパレスチナ国家建設を求めているにもかかわらず、その権利が実行されていない。この深刻な状況に対する関心と連帯を世界に呼び起こすためでした。国連総会は、パレスチナの人々の不可侵な民族自決の権利を支持し、パレスチナ問題の解決に向けた国際社会の努力を促すことを目的として11月29日を特別な日としました。この日は、世界各地ばかりか、国連本部や国連事務局でも記念行事が行われます。

このように１９７０年代は社会主義国、非同盟諸国など国際社会がイスラエルの占領をなんとかやめさせようと努力した時代で、1975年には「シオニズムは人種主義の一形態である」と非難決議もしています。市民が政府に要求し、国家レベルでもそんな決議ができた時代です。このシオニズム非難決議は、東欧・ソ連崩壊後、湾岸戦争を経た1991年12月、米政府の提案で撤回決議がなされてしまいました。でもこの国際連帯デーは生き残っています。

2023年は、世界各地でパレスチナ人民連帯の活動が広がりました。日本でもジェノサイドに対して人々は立ち上がり、各地で連帯集会やデモが行われました。広島では原爆ドーム前でイスラエルによるパレスチナ人への攻撃の犠牲者追悼集会が行われ、参加者は白い布に無数の赤い涙を描き、今この瞬間も命が奪われているパレスチナのために涙を、と連帯を呼びかけました。市民ばかりか、観光に来た外国人も足を止め、絵筆を手に赤い絵の具で、血の涙をいっぱいに描き続けたと友人が話していました。大阪ではこの日、米総領事館前で抗議デモを行ったと友人が映像を送ってくれました。イスラエルへの支援を続けるアメリカに対する抗議のデモ行進をし、「虐殺をやめろ」「パレスチナを解放しろ」とパレスチナの旗や横断幕を手にしました。30余りの団体による関西ガザ緊急アクションが主催したものです。登壇した在日パレスチナ人が「どうか私たちの命を土地を救うためにあなたの政府に働きかけてください」と切実に訴えたそうです。奈良でも東京の友人たちに呼応してスタンディングで連帯しました。九州でも連帯行動が行われました。

新宿中央公園の集会で

私も東京・新宿のパレスチナ人民連帯国際デーの集会とデモに参加しました。新宿中央公園の街宣車に舞台が設けられ、登壇した若者たちの真摯《しんし》な訴えに心を動かされました。

松下新土さんという方が振り絞るような思いで語りました。「死者だけで2万360人、傷病者は倍以上。比べることではないけれど広島の原爆以上の火薬量が既に投下され、死者や行方不明者が東日本大震災の死者、行方不明者の数をはるかに超えてしまっています。それでも停戦は続かないような、本当に本当にひどい状況になっています。どうか一人ひとり皆さんの力を貸してください」と。

ニューヨークのデモに参加したというあいこさんが語りました。「たまたまこの日本という国に生まれた。たまたまパレスチナに生まれた人たちのように、虐殺、占領の下にいるのではない。私が皆さんに訴えることはほとんどない。単純なことなんです。この歴史的大虐殺を見ながら何もしないということができないと言う人たちがここに集まっています。私が訴えたいのはここにいない人たちになんです。どうか目を覚ましてください。今この状況で何もしないってどういうことなんでしょう？この場にいない人に訴えます。日本も加害者ではあるんです。加害者であった歴史、この国の歴史を考えた上でやらないといけないことがいっぱいあるんです。だからこの日本の中で生きている私たちは、こんな時代に普通に生きていくんではダメです。この虐殺を見て自分の生き方をすごく問い直していいます。みんなにも問い直してほしいです。何かを買ったり、ただおいしいものを食べたり、ただ生きているだけでいいんですか？　私たちの行動の足下で、人々が死んでいっている。食べられなかったりしている。何もできないこの世界が絶対にこれでいいと思いません。絶対この世界を変えていかないといけない。一緒に怒りましょう。本当にこの世界を変えましょう。苦しめられている人たちが自由になってこそ本当の自由になること、パレスチナの人々が解放されることが私たちの自由だと信じています。みなさんこれからどんどん変えていこう、お願いします」

若い女性が泣きそうに訴え絶叫していました。溢《あふ》れる心情吐露に本当にその通りだと思いました。

それからガザで生まれた女性ハニンさんがガザからの手紙を読み上げました。その一部を記します。

「ガザについて語ってと言われて、いつもならすぐ書けるのに言葉がないです。今生き延びている残酷さのせいかもしれません。ミサイルによって隣人の家が壊され、私の家にも破片が飛び散ったにもかかわらず、私たちの家族は生き延びたからかもしれません。75年以上にわたって私たちに対して行われてきた国家を挙げたテロリズムの最中、私たちの正義を主張し、語り続けていても誰一人答えてくれないからかもしれません。友よ。昨日はイスラエル占領軍がガザの病院を爆撃して、５００人以上が殉教しました。殉教者たち亡くなった者たちは、バラバラに切り刻まれて肉の山となりました。……病院の瓦礫《がれき》の傍で、年配の女性が看護師に乞いました。『若い人よ、そこに転がっている手を私に渡して下さい。指輪でわかったのですよ。これは今朝、私がニュースを見るために椅子に座るのを助け支えてくれた私の娘の手です。今朝テレビをつけてくれた手です。この子は家を出る前に私に挨拶をして手にキスをしてくれました。いつも私を抱きしめて、優しく肩を抱いてくれました。いつも髪をとかして爪を切ってくれた手です。若い人よ。その手は私の日々の最後の力の源でした。私の子どもに最後のキスをさせてください。そうすれば私はこれ以上、必要とせずに済むから』と。友よ、これ以上何を書けばいいのかわかりません」

そしてこの地球上の他の住民たちのように、ガザから自由に往来できるようになった時にお会いしましょうと締めくくられた手紙を読む登壇者も聴衆も涙をこらえていました。これが物語ではなく、同じ地球の一角で今起こっている同時代の人間同士の分かち合いだからです。

その後、新宿の中心に向けてデモが始まりました。「ストップ・ストップ・ジェノサイド!」「イスラエルは恥を知れ」「アメリカは恥を知れ」「岸田は恥を知れ」「フリー・フリー・ガザ!」のプラカードを掲げ、パレスチナ国旗を掲げ夜の新宿駅南口から歌舞伎町へとデモが進みます。沿道から手を振る人もたくさんいました。

イスラエルのジェノサイド―解放された人々の声

11月24日、ガザの虐殺・ジェノサイドが10月7日以来初めて止まりました。つかの間、親族の遺体を探すために、破壊された自分の家から食料を探すために、危険のなか北上し、たちまちイスラエル兵に銃撃された知人のことを友人が語っていました。「人質交換」が始まったのは、国際世論がジェノサイドに黙っていなかったからです。世界各地の人々の抗議に、当初はイスラエルの戦争開始にフリーハンドを認めた米バイデン政権も、イスラエルに圧力をかけざるをえなかったからです。ほんのわずかな間に危険を省みず家族や友人のために必死に瓦礫を素手でどけているガザの人々を見ていると、苦労なく食事し、寒ければ洋服を取り出して着、自分の意思で車にも電車にも乗って用事を済ますことができる日本でのささやかな生活すら、こんなに普通に生きていていいのかといたたまれない気持ちになります。

地中海の海辺のあのガザで10月7日以降攻撃休止までに、1万5000人以上が殺され、その数倍の人々が負傷し、子ども6150人、女性4000人、医療従事者198人、国連職員が112人殺され、ジャーナリストらは70人が殺されているとガザ保健省が明らかにしました。既に１８０万人の人々が自宅を追われ、赤ちゃんが10分に１人殺された計算だという現実。ガザばかりか、西岸地区でも10月７日から逮捕者が増え続け、３４００人の市民が逮捕勾留され、獄中者は７０００人を超えたとのことです。そのうちの２０７０人が「行政拘留者」です。「行政拘留」とは、イスラエル政府が、こいつはけしからんと考えたパレスチナ市民を逮捕し、起訴状もなく裁判もなく獄に閉じ込めることのできる制度です。このイスラエルの行政拘留制度は、英国の植民地支配時代の法制の一つで、第２次大戦中に制定されたものを、イスラエルはパレスチナ人に適用しています。裁判や起訴なしに行政拘留命令を発して最長６カ月の勾留を認め、期間は更新されるので、何年でも裁判もなしに幽閉できるものです。国際法に反する人権侵害だと人権団体が批判している野蛮な措置です。「人質交換」で解放された若者や女性たちが受けたイスラエルの獄中の精神的、物理的拷問の酷《ひど》さをアルジャジーラが報道で告発しています。

釈放された少年の１人、ナザール少年は、今回のガザ決起戦が始まってからイスラエルの看守による虐待はひどくなった、と記者に語ったとのことです。棒で頭を叩かれるので両手で頭をかばったので手がおかしくなった、と。指が曲がらないので記者は少年を外科医に見せたところ手の骨が折れていたという診断書を受け取ったといいます。このアルジャジーラの記者からのインタビューに対してイスラエルの広報官は少年が嘘をついている、と反論したそうです。友人の岡本公三さん（１９７２年リッダ空港作戦に参加。イスラエルで逮捕され捕虜交換で１９８５年帰還）が一日中、両手両足を鎖につながれて犬のように食事をさせられ、垂れ流しを余儀なくされたという現実を知っている私には、イスラエルの獄中処遇の酷さは想像できます。

イスラエルは西岸地区で拘束した未成年のパレスチナ人の数をほとんど報道しませんが、12歳の子どもを含め毎年500~700人を軍事法廷で裁判にかけています。最も重い罪名は「投石」で懲役20年の刑だそうです。大人が、子どもをこんなふうに扱えるものかと思わずにいられません。こうした人々の一部が今回「人質交換」で西岸の家族や友人のもとに帰ってきました。ハマース人気は高まるばかりです。

一方イスラエルの民族浄化政策が住民をハマース支持に向かわせているのが現実です。イスラエルの各メディアが報じたところによると、ハマースが解放したイスラエル人捕虜の話では、ハマースが彼らを丁寧に扱い、暴力や侮辱を受けるようなケースは全くなかったとのことです。シオニスト系メディアのチャンネル13の軍事担当記者はこの件に関して、「解放された捕虜の何人かに連絡を取り話を聞いたが、彼らは、ハマースが同じ地域の捕虜を一緒にして、より安心した気持ちでいられるように配慮していたと語った」。さらに、「捕虜らはいかなる暴力や侮辱も受けていなかった。ハマースは彼らに、できる限り食料、鎮痛剤、常備薬を与えるようにも努めていた」と続けました。イスラエル人捕虜たちは、互いの傍にいて話をしたり、ユーチューブの番組を見るような日常生活の行動も可能だったと。同局の専門家の一人は「解放されたイスラエル人捕虜の話を聞き、恥ずかしく感じた」と述べたそうです。

再び止まらないジェノサイド

友人から干し柿を作ってみたら、と15個も渋柿をいただきました。明日、休戦期限が切れるけれど、ネタニヤフは侵略を再開するだろう。そんなことを考えながらも、干し柿に初めて挑戦しました。昔々、近所のおばあちゃんが一つひとつ渋柿の皮を剝《む》きながら、戦争の時代には食べるものがなくて、渋いのはわかっているのに待てずに、干してある渋い柿を食べたことがあると話しながら、あなた達が大きくなったら戦争みたいな馬鹿なことをする大人には絶対騙されてはいけないよ、と話していたのを思い出しながら私も一つひとつ柿の皮を剝きました。あのおばあちゃんは、今の私より若かったのだなあと改めて自分の老齢に驚きます。一つずつ皮を剝き、辛口の酒に一つずつさっと浸して消毒し、紐で括《くく》ってベランダに吊るしました。吊るしながら空を見上げると、青い空にレースのように美しい下弦の月を見つけました。獄にいた時には月が見たくて月齢カレンダーで計算しながら塀の隙間を通るほんの短い間に月見をしました。ガザのジェノサイドに気を取られて月を見るのを忘れていたように思います。ちょうど今もまだ、ガザもパレスチナもレバノンも、青く高くどこまでも雲一つない空が広がっているだろうな。美しい昼の月を見ながら、青空に並び映える干し柿を見上げ、ガザと西岸地区の虐殺の拡大を案じます。

　パレスチナ人民連帯国際デーが終わったばかりの12月1日、日本時間2時過ぎ、アルジャジーラ臨時ニュースが「イスラエル軍が11月29日に、休戦の延長はない、戦闘を再開する、と今声明を発しました」と伝えました。アルジャジーラはその後、ハマースのハムダン代表との電話インタビューを伝えました。

「休戦の解決は本当の解決にならない。本当の解決は、イスラエルの占領を終わらせるためのメカニズムを作り出すことにある」と答えていました。「エジプトやカタールをはじめ全ての仲介者とあらゆる形で対話を続けてきた。この休戦に努力してくださった方々に感謝する。しかし再びの侵略がすべてを中断させた。わが人民の利益のために、占領と侵略を終わらせるために、あらゆる努力を私たちは傾け続けます。しかし、アメリカ政府は、この戦争を終わらせるために、イスラエルに対する強力な圧力をかけていません」と述べました。このインタビューが終わらないうちから再開された激しい空爆で、もう何十人も殺されました。

12月10日、1948年に世界人権宣言が発せられた日、国会正門前でパレスチナの人権を訴え、ガザのジェノサイドを糾弾して約1500人の市民が集まりました。ガザからの哀しく厳しいリアルな生活を伝えるメールが集会で幾つも読み上げられました。また在日パレスチナ人たちが、イスラエルが繰り返す犯罪の歴史を語りました。

この日、ネタニヤフ首相は、ガザ攻撃目標をハマースのガザ責任者ヤヒア・シンワール逮捕と具体的に公言し、ハマースには投降を呼びかけました。パフォーマンスにすぎません。国際社会の非人道的虐殺への批判を逸《そ》らし「テロとの戦い」に世論を誘導すべくテーマを設定したのは明らかです。それでもハマースを根絶やしにすることができません。ハマースの潮流は、イスラエルの蛮行の堪えがたい歴史が育てた住民自身だからです。

汚職で起訴されているネタニヤフは、首相免責特権を得るために司法改悪を企《たくら》み、超右派と組むしかなくなってやっと組閣しました。このネタニヤフ政権はヨルダン川東岸を含むパレスチナ全土を「エレツ・イスラエル（イスラエルの土地だ）」と主張した「修正シオニズム」の始祖ジャボチンスキーの信奉者たちの集まりです。ジャボチンスキーは、「鉄の壁戦略」を提唱したことで知られています。

それは、パレスチナで「ユダヤの軍事力を絶対的優位に立たせることが国家建設だ」とする考えであり、アラブ人がユダヤ人のあまりの強さに、ユダヤ人を排除するという望みを放棄した時だけ平和共存が成り立つとし「そのような合意に至る唯一の道は、パレスチナに『鉄の壁』、すなわちどんな場合でもアラブ人の圧力にびくともしない権力を我々が確立して初めて得られる」という考えです。

ネタニヤフらは西岸からもガザからも、パレスチナ人を追放しパレスチナ全土を支配することを長年考えてきた者たちです。パレスチナ人のシナイ半島への追放か、占領支配の継続を描き続けるでしょう。

イスラエルの国連や国際法無視を今日まで増長させたのは、国際社会、特に米国政府のイスラエル政策です。安保理で拒否権を発動してイスラエルの建国から75年以上にわたる国際法、国連決議無視を擁護してきた結果が、このガザ・西岸地区に対するジェノサイドです。

ガザ10・7以降でも10月、12月と米国は停戦決議案を拒否権で葬っています。米国など国際社会が変わらない限り、ガザ占領ジェノサイドの長期化は避けられません。むしろ私は、ネタニヤフらリクードをはじめとする右派が米政府のネオコン勢力らと呼応し、米軍を巻き込んでイランに戦争を拡大させる危険と、ブッシュ時代に狙った中東を構造的に「民主化」しようとする破壊の再現を危惧しています。

第16回
新年を迎えて

『創』24年3月号

京都での１月13日の抗議行動

獄から出て1年半を過ぎ、体調も随分よくなりました。腸閉塞、瘢痕《はんこん》ヘルニアなど手術の後遺症は完治しないので、食事や生活の仕方で悪化しないように注意しています。

いつも新年は静かに過ごしたい方ですが、今年は新年を慌ただしく迎えました。ガザ、パレスチナの厳しい現実が、そういう思いにさせたとも言えます。

作品社から出版される『パレスチナ解放闘争史』の校正作業に年末年始、追われてしまったためです。獄にいた時にがんの手術を繰り返したこともあって、生きている間に自身の経験を率直に記録しておきたい、と60年代の学生運動の経験と、パレスチナの歴史とそこでの経験を書き続けました。その一部が２０２３年に出版した『はたちの時代』（太田出版刊）です。

パレスチナは日本では地理的に遠いこともあってあまり知られていないし、解放闘争主体の側に立って共同した経験の側からパレスチナの歴史と解放の闘いの記録を残したい、と獄で学習、分析しつつ記録としてまとめました。自身が見聞きしたこと、１９８２年のＰＬＯのベイルート撤退など、体験した状況を記憶している限り記し、資料や書籍で前後の歴史を補ったりして書きました。獄にいたからこそできた約80万字を超えるその記録はネットで公開して、知りたい人が読めればいいと思っていました。ところが日本には解放主体の側からの記録がないので出版したいという企画が生まれ、作品社での出版が決まりました。

まだその作業を始めないうちに23年10月７日のガザ事態を迎えました。グテーレス国連事務総長が10月14日、「ハマースによる攻撃は真空の中で起こったのではないことを認識することも重要だ。パレスチナの人びとは56年間、息の詰まるような占領下におかれてきた」と発言して、イスラエルの国連代表からの辞任を要求されましたが、日本では、その歴史が知られていないのです。そのため10月７日とその後の事態だけが切り取られて話されていることが多く、強い危惧を抱きました。急ぎパレスチナの歴史と現実を知ってほしいと切実に思いました。「ハマースのテロ」の情報が席捲し、そうではなくて、75年以上にわたる弾圧と占領が臨界に達したこと、ハマースだけではなく、全解放勢力が立ちあがったこと、イスラエルの攻撃はハマースを口実にしたパレスチナ住民に対するジェノサイドだと訴えたかったのです。欧米帝国主義から被害を被ったパレスチナの歴史を伝えたい、それで急ぎ80万字の文章の圧縮と修正から校正と忙しくなってしまいました。ちょうど校正の締切が迫り、年末年始を友人の協力を得ながら一緒に校正や年表と地図づくり、写真選び作業に追われて過ごしました。その合間に友人の計らいでお寺にお参りに行きました。

昔、近所の人たちは夜の12時前にＮＨＫ紅白歌合戦が終わると、誘い合ってお寺にお参りしたり鐘をついたりしたものです。子どもの頃は百八の鐘の音を聞きながら、我が家の営んでいたお店を閉めて新年を迎えました。大晦日は近所の人がそれまでツケで買った代金を払いに来て「良いお年を」とあいさつを交わしました。父は帳面をめくりながら、あのうちは失業したからお金はないだろう、このうちは子どもの給食費も払えないと言っていた、などと呟《つぶや》いて掛売りの取り立てに行きません。うちだって貧しいのに、と子ども心に気にしたものです。でも今から考えると父らしくってそれで良かったのだと思います。「金の多寡で人を見るような人間になるな」と、よく子どもたちに言っていた父でしたから。年末になると、あの子どもも時代のささやかだけど興奮しながら夢いっぱいに過ごした年末年始の光景が浮かびます。

友人と行ったお寺でお参りの後、友人の母親への墓参りも兼ねて、見晴らしのいい高台の間から初日の出を見上げて祈りました。

パレスチナを語る

昨年は、人々の前で話をさせていただく機会が何度かありました。

２０２３年は、パレスチナのオスロ合意からちょうど30年目に当たり、５月のリッダ闘争51周年集会でスピーチをしました。その後、２０２２年に出所後初めて挨拶した京都の反戦集会と同じ円山公園反戦集会で２０２３年10月16日にスピーチしました。この日は既にガザからの洪水作戦とイスラエルの無差別空爆、虐殺が起きていたので、パレスチナ情勢について語りました。その中で自身の思いも語りました。「私は、パレスチナの友人たちと共に闘い、生と死の命を日々見つめる中で生きてきました。私たちは戦いの中で、民間人を巻き込み危険に晒《さら》し被害を与えた過ちも犯してきました。だから自分たちの反省としても今こそ訴えたい。どんな戦時下でも武器を持たない人の命を奪うことは許されない、と。どの、誰の命も奪い合ってほしくないのです」と。

イスラエルの占領を国際社会がなぜ許すのか？　これが歴史的にも現在的にも問題の要諦《ようてい》です。命がけで情報を伝える現地ジャーナリストと報道機関のおかげで、イスラエル占領軍によるジェノサイドが白日の下に晒され、無差別に殺されるガザの住民の現実がリアルタイムで日本にも届きます。なぜこんな事態が許されるのか？　パレスチナについて語ってほしいという要請を受けて、12月に関西と東京でパレスチナ問題について話す機会もありました。

京都では「ルネッサンス研究会」主催の学習会に１３０人ほどが参加して下さり、椅子も足りず、立っている人、床に座って聞いて下さる人もいました。私は「ガザで、西岸地区で日々殺されているジェノサイドの現実、本当に人類の危機です。こんなことが許されてはならない、という抗議と連帯の意思として世界の抑圧、虐殺された人々にも思いを馳せながらパレスチナで虐殺された人々への黙《もく》禱《とう》を捧げたい」と述べて、会場に集まられた方々と共にガザで今苦しんでいる人たちへの思いをひとつにし、そして講演を始めました。

日本に届くパレスチナ情報は米国を中心とする情報のバイアスがかかっていて、「ハマースのテロ」「テロとの戦い」のように語られているが決してそうではないと、例を挙げながら説明し、パレスチナ問題発生の歴史を語り、またパレスチナ解放闘争に参加した側の問題や「オスロ合意」の現実を語りました。30年前、私が生活や活動をともにしたパレスチナの友人たちがオスロ合意に反対し危惧したように、イスラエルは占領を続けたまま国際社会に受け入れられてしまったことを語りました。

質問も活発で、「なぜ米国や西側社会はあのようにイスラエルの虐殺を許すのか?」「解決の着地点をどう考えているのか?」「日本はどうすべきなのか、国際社会はどうすべきなのか?」など、時間いっぱいまで語られました。質問は示唆に富み、こちらも心から想いを述べました。第2次大戦後、戦勝国はユダヤ人の国を造るというシオニストの要求に沿った解決を図ったこと、つまりユダヤ人に対するホロコーストが明らかになるとドイツをはじめとする欧州当該国が償うべきユダヤ人問題の解決を、英国植民地だったパレスチナに転嫁し贖《あがな》ったこと。ここに植民地主義を引き継いだ戦後秩序の偽善が内包され、それが中東を常に不安定にしてきたことを語りました。1947年に、国連総会は2つの国をつくると決議しながら、パレスチナ(アラブ)の国はつくられませんでした、シオニストはパレスチナ人を追放し、「イスラエル」をつくり、パレスチナの全土に至るまで占領して現在に至っていることを話しました。

この国際法や国連決議無視のイスラエルに対し、米国が拒否権によって護ってきたことが、イスラエルは何をしても許されるという現実をつくり、75年以上にもわたって占領と入植拡大を続け、ついにはパレスチナ人の民族浄化が極限に達したことが、今回の事件の発端であることを語りました。そして何よりも、イスラエルの占領をまず終わらせることなしに平和も、和平交渉も進みえない事態を語りました。占領をやめさせることはイスラエルという国をつくった国際社会の責任です、と。

東京ではたんぽぽ舎で浅野健一さんが主宰している講座の一環で、パレスチナ問題を語りました。ここでも現実に触れつつ歴史を語り、占領とはどのような状態なのかなど、熱心にお話を聞いていただきました。たくさんの真剣な質問をいただき、私もとても楽しく語り合うことができました。浅野さんはがんの手術で声帯を失った後も果敢にジャーナリスト活動を続けておられ、私はその意志と努力とコミュニケーションの工夫に感銘をうけ、私も努力と工夫を奨励される思いでした。

私は講演で人々に語りつつ、やはり20年以上獄にいた後遺症で発声が難しくなっていると思いました。獄は自由に自分の意思を表現する主体的行為は許されない受動性を強いられる服従の社会です。20年以上指示なく話すことを禁じられた獄生活で話をする機会も失われました。そのため、舌や喉《のど》が退化してしまったのか、話し続けると舌がもつれてきて言葉がうまく出てこなかったり、年齢もあるかもしれませんが息切れがしました。長い間話す自由がなかったということは、このように言葉を奪っていくものなのだと改めて思いました。話すことは嫌いではなく、弁論をやった若い時代もあったのですが。

でもみんなの温かい眼差しの中でパレスチナのこと、その正当性と正義を思い切り語る機会が与えられたことはとても嬉しいことでした。今後とも喋る機会を大切にし、人々と直接向き合って語れる場に参加していきたいと思っています。

娘と過ごした誕生日

パレスチナの洪水作戦に続くイスラエルのジェノサイドのあまりの現実に、他のことを書くスペースもありませんでした。一方でささやかな生活の楽しみもありました。去年の誕生日は娘のメイと２人で過ごしました。

メイが友人と行ったことがあるという新宿の食べ放題のお寿司屋があり、少し高値だけど誕生日だからおごってあげると言うので、2人で出かけました。メイは私が獄中にいる間に日本国籍を取得して初めて帰国し、大学院に通って博士課程を取り、衛星放送のニュースキャスターやジャーナリストとして長く活動してきたので、日本をよく知っていていろいろ教えてくれます。出所してからはスマホの使い方からパソコンその他まで、いろいろ教えてもらいながら過ごしてきました。スマホのカメラだって大通りで初挑戦した私が、小さいスマホの穴から覗いたら、メイが跳んできて「反対！　反対！　裏表が逆よ！」と大笑いしていました。そんなことが多々ありながらのリハビリ中の私。だいぶ社会に慣れてきました。

かつてメイと一緒に暮らせなかったので仕事の合間を共にする機会を楽しんでいます。時差のある海外の仕事が多いメイから、時々パレスチナ問題の詳しい情報なども教えてもらえるので私も助かります。

誕生日の日、2人でおしゃべりをしながら新宿駅を出てオカダヤでアクセサリーやヘアピースを覗いたりしてから、お寿司店に着きました。ウインドウの前でどのコースにしようかとメニューを見ていると、貼り紙に、〝お寿司のネタだけ食べてお米の方を残すのは不可。その分は代金を頂く〟などと書かれていたのには驚きました。

食べ放題だからといって上に載っているネタの魚などを食べ散らかしてお米の方を食べない人がいるのでしょうか。そんな貼り紙を見て、なんだかげんなりしてしまいました。

もしかしたらお米の方はおにぎりみたいに大きいかもしれないね、などと言いながら結局やめて近所をぶらぶらし、「しゃぶしゃぶ食べ放題」というお店に入りました。海外と獄が長い私はしゃぶしゃぶを食べたことがないと言うと、メイも驚いていました。でも、しゃぶしゃぶ食べ放題なのに焼きそばがあったり唐揚げがあったり、いろいろなものがありました。こんなふうに変わったんだな、と歌舞伎町の辺りをキョロキョロと徘徊しながら、昔はこうだった、あーだったなどと、もう半世紀以上前の話を娘に披露しては歩きました。こんな時間が取れるとは獄にいた時は考えられませんでした。嬉しい一日になりました。

希望になるか、ゲームチェンジャーになるか

南アフリカ政府はイスラエルのパレスチナ人に対するジェノサイドを止めるために、国際司法裁判所にイスラエルを提訴し、公聴会が1月11日に始まりました。アパルトヘイトを経験してきた南アの提訴に希望を託そうと世界中が注目しています。私がまだ中東にいた時代にネルソン・マンデラがパレスチナを訪れて演説したのを思い出しています。マンデラは、辛い被害を被ったパレスチナの人々が和平を受け入れようとする寛容さを称え、最後の手段としての武装闘争に理解を示し、「パレスチナの自由なしに我々の自由はない」と語っていました。すぐに70を超える国々と、世界中の１０００を超える大衆運動、政党、労働組合、その他の組織が、「１９４８年のジェノサイド条約に署名したすべての国は南アフリカを支持するよう」求めています。「この提訴がゲームチェンジャーになるか？」と世界の報道は注目しています。

２日目の公聴会でイスラエルはジェノサイドを認めず「自衛権」を主張しました。このイスラエルの明確なジェノサイドがジェノサイドとして認められないなら、人類は歯止めを失うでしょう。日本

でも1788地方自治体議会のうち、2023年末までに211議会がイスラエルの即時停戦を求める決議をしています。

しかし、24年になってもイスラエルの蛮行は変わらず、むしろ強硬にガザ、西岸で集団虐殺と弾圧を広げ、レバノン国境地帯でも緊張を高めています。ベイルートでハマースのリーダーらをミサイル攻撃で殺害し、続いてレバノンの政党であるヒズブッラーの幹部まで暗殺しました。今日はシリアにまでイスラエルが空爆して戦場を広げています。いつも先に挑発するのはイスラエルですが、日本ではヒズブッラーが攻撃したようにニュースが流れます。

イスラエルの新聞ハアレツ紙が暴露したネタニヤフ政権の内部文書（ガザの北から南へとパレスチナ人を追いやってシナイ半島にテント都市を建設して住まわせ、そこにパレスチナ永住都市を建設するという秘密文書。ネタニヤフ首相は「ただのコンセプト・ペーパー」と言い訳した）の通りに進めているのか、ガザをパレスチナ人が住めないように破壊しています。

国家安全保障相のベングビールは住民のガザからの移送とユダヤ人入植地の再設営を訴え、財務相のスモトリッチは1月1日のシオニスト党の会合で、イスラエルの安全のためにガザを永久に統治しユダヤ人入植地を建設すべきだと述べています。これに対して、イスラエルの情報機関シャバックの長官を務めたアミン・アヤロンは、「自分たちのパレスチナ政策が間違っていた。特にネタニヤフの強硬作戦が逆にハマースを巨大化させた」と述べ、これまで「二国家共存の実現の阻止、イスラエルの隣にパレスチナ国家誕生を阻止することなら何でもする」とし、ハマースとファタハの分断も都合が良いと考えたが間違っていた、と述べています。ハマースとファタハはどんなに分断しても、少なくとも占領を終わらせるということに関して、彼らが分断されることはないのだと。だから結局痛みは伴うけれども、２つの国家という政治的地平をパレスナ人に示すことで２つの国の共存を実現させなければ終わらない。和平交渉のテーブルを準備するための和平の機運は国際社会から生まれるべきであり、バイデン大統領がリーダーシップを発揮するべきだ、とアヤロンは述べました。

バイデンも選挙を睨《にら》み、民主党内外の批判を受けて1月18日、「２国家案」を言い出しましたが、ネタニヤフは拒否しました。でも「ガザ攻撃終結後もネタニヤフが首相であるべき」という意見は、イスラエルで15％しかないそうです（1月18日ＢＢＣ報道）。

非現実的な「ハマース壊滅」という歯止めのないジェノサイド。ネタニヤフは汚職で裁判を控え、ハマースを壊滅させるどころか自らの墓穴を掘っているように思えます。南アの国際司法裁判所への提訴を支持するよう日本政府に求める市民の力は小さいけれど、粘り強い働きかけと、そして国際的な各地のＢＤＳ運動（イスラエル入植地の製品Ｂ＝ボイコット、Ｄ＝投資引き上げ、Ｓ＝制裁）の広がりを願っています。

パレスチナ　落暉《らっき》に燃える地中海　ガザの大地を血色に染め上げ

（２０２４年1月20日）

第17回

ネタニヤフ首相のラファ地上攻撃宣言に抗して

『創』24年4月号

２月18日、ラファ地上攻撃に抗議し、新宿に集まった人々

２月14日はバレンタインデーです。人々にとって楽しい日かもしれません。でもアラブ世界はそれどころではありません。ガザの各地で攻撃を受けた住人が避難し140万人以上に膨れ上がった国境の町ラファに、ネタニヤフ首相が空爆ばかりか地上戦を宣言したからです。国際司法裁判所（ＩＣＪ）からジェノサイドを阻止するよう暫定措置命令を受けたネタニヤフ政権は、内外の批判の増大に政権の延命をかけてますます凶暴になっています。ラファ攻撃宣言にイスラエルの「自衛権」を支持してきた米欧の政権も、さすがにそこまでは容認できず、「人道的」見地から憂慮や反対を訴え始めました。

世界各地の市民たちはジェノサイドを止めようと必死です。日本でも「ラファ大虐殺を止めろ！イスラエルに制裁を！」とパレスチナに連帯する人々が訴えています。この人々はまた、イスラエル最大の軍需企業エルビット・システムズと伊藤忠商事子会社の契約を破棄させ、さらに日本エヤークラフトサプライにもエルビットとの取引をやめさせた「武器取引反対ネットワーク（ＮＡＪＡＴ）」、

「パレスチナを生きる人々を想う学生若者有志の会」やＢＤＳ運動の人々です。

「イスラエルのジェノサイド・民族浄化を止めるためには、国際司法裁判所の出したジェノサイドを防止するための仮保全命令をイスラエルに守らせる実効性のある措置が不可欠です。日本政府は、ＵＮＲＷＡ（国連パレスチナ難民救済事業機関）への資金拠出を止めることで、むしろジェノサイドに加担し、ラファ攻撃を〝深く懸念〟する談話を出しただけです」と批判し、「ＢＤＳパレスチナ民族評議会は、民族浄化計画と米国・イスラエルによるジェノサイドを阻止するために、世界中で緊急の動員を呼びかけています。日本政府による共謀を食い止め、虐殺阻止へと動かすのは主権者の責務です。ダイ・イン（死者を模して横たわる抗議行動）を行い、外務省に対して、駐イスラエル大使の召還や日本イスラエル投資協定の凍結などの制裁を行うように要求します。ぜひご参加ください！」と呼びかけています。

バレンタインデーにダイ・インの呼びかけのメール。その落差、ミスマッチの世界の現実に溜息《ためいき》をつきながら、生きているからこんな経験もできるのだなあと実感します。バレンタインデーは不要かもしれないけれど、普通の喜びのある暮らしをガザ住民から奪っているのは国際社会で、私たちもその一員だとしみじみ思います。占領と植民地支配、封鎖、空爆、ジェノサイドのガザの歴史を考えると、そこに住む人々の痛みが身に沁《し》みます。

ネタニヤフ政権は国際司法裁判所のジェノサイドを阻止するよう命じた２０２４年１月26日の暫定措置命令を拒絶し、対抗して新たな情報戦を仕掛けました。ＵＮＲＷＡの職員が10月７日の洪水作戦に関与したとするキャンペーンです。これが本当か、調査が行われないうちから米国政府はＵＮＲＷ

Aへの分担金の支払いを中止しました。日本もそれに乗りました。しかし、たとえ何人の職員が作戦に関与したと立証されたとしても、それはUNRWAの機関とは関係がありません。それを理由として拠出金を断つことは、UNRWAのみならずパレスチナ人へのジェノサイドを許さない国際的な政府、機関、市民たちへの政治経済的な報復であり集団懲罰です。

UNRWAは、ガザ地区で1万3000人の職員を雇用し、ガザの230万人に不可欠な教育、医療、福利厚生にわたる人道支援を行っています。こうしたUNRWAへの拠出金を停止することは、ジェノサイドに遭いながら生きようとしている命を見殺しにすることです。UNRWAの清田保健局長は、「(拠出金停止は)ガザの住民にとって死刑宣告になっている」と述べています。

イスラエル政府はガザで起きつつある飢餓や感染症の危機を知らないはずはありません。イスラエルの狙いは、UNRWAの資金を断ち、国連機関としての正当性を奪い、UNRWAの役割である「1948年の難民」支援を終わらせることにあります。UNRWAを閉鎖し、昔からイスラエルが主張してきた難民の居住国への同化によってパレスチナ人の帰還の権利を奪い無効化し、パレスチナ難民問題を終わらせようとする魂胆《こんたん》です。

国連のグテーレス事務総長は、「イスラエルの指導者たちは、パレスチナの人々と戦っているのではなく、ハマースと戦っているのだと繰り返し言っています。もしそうであるなら、ガザで約2万8000人が死亡し、人口の75%が避難し、近隣地域全体が破壊されたと言われるような方法で、どのように軍事作戦が行われているのか、私には理解できない」と述べています(2月9日アラブニュースのインタビュー)。イスラエルがラファに侵攻することは、エジプト側との平和条約(1979年)の合意に抵触しています。しかしエジプトの方針はネタニエフの構想と実は一部重なっている可能性もあります。「我々は安全な地域や施設を提供する意図はない。しかし、……もし攻撃が行われるのであれば、無辜《むこ》の市民に対する支援は提供する用意がある」と17日、エジプト外相が述べています。エジプト側国境付近の土地を平らにならしている衛星写真も撮られています。シナイ半島にテント都市をつくり、ガザからパレスチナ人を追い出すというネタニヤフ・シナリオは、ラファを地上攻撃するところまできました。国際社会の有効な制裁圧力、ネタニヤフ政権退場を求め続けねば…と思います。

イスラエルという国の本質

イスラエルは一般的な「国民国家」と考えることができません。イスラエルという国の本質は、１９５０年のユダヤ帰還法に示されています（この法律は、ユダヤ人、ユダヤ教徒、ユダヤ人の配偶者などはイスラエルに帰還すると市民権を取得できるというもの）。

帰還法によれば、イスラエルは本人の意思と関係なく、世界中のユダヤ人の国なのです。国民国家でありながら国民でない人々を国民として無制限に認定し、世界中のユダヤ系の人々を精神的に呪縛する存在でもあります。もちろん帰還法に反対し、無視する人々も大勢います。

イスラエルの存在はユダヤ系の人々が生活している国家に忠誠を誓うのか、イスラエルに忠誠を誓うのか?と、２つの国の利害が違った場合のいわれのない疑いなど、様々な問題を生じさせます。冷戦時代、ユダヤ系ソ連国民でありながらイスラエル諜報機関に協力したか否かなど、たびたび問題が起こっていました。

その一方で、イスラエルは非ユダヤ人の人口増加を拒んできました。イスラエルは、追放した先住パレスチナ人が、イスラエルとなってしまった故郷パレスチナに帰る権利（１９４８年国連決議１９４号）を徹底して拒否しています。また、イスラエル国内の人口の約20％を占める非ユダヤ人であるパレスチナ人（イスラエルアラブ人と呼ばれる）はユダヤ国家原理の外縁の位置に置かれ、差別が日常的に行われています。

ネタニヤフ政権が２０１８年にイスラエルの国会で採択したユダヤ国民国家法（賛成62反対55）は、この原理を露骨に法制化しました。そこでは、第1にイスラエルで民族自決権を持つのはユダヤ人だけであると明記し、第2にこれまで公用語だったアラビア語を外し、ヘブライ語のみを公用語とし、第3に国家として入植地拡大、入植推進奨励を明記しました。この法は、１９４８年の建国時のイスラエル独立宣言にも反しています。実際のイスラエルは多民族国家でありながら、居住するパレスチナ人に平等な人権がなく、西欧が言うような「イスラエルは中東唯一の民主主義国家」というのはまやかしです。このユダヤ国民国家法の発効はイスラエルがアパルトヘイトの国であることを暴露しています。しかし米欧諸国は「イスラエルの内政問題」として、この差別法を問題にしません。

校正作業に頭を悩まされながら

ガザの状況がどんどん悪化していく中、『パレスチナ解放闘争史』の校正作業にまだ追われていました。原稿と資料などを読み比べる日々が続きました。

パレスチナの歴史的経緯を知ってほしいと急ぎながらやっと校了にたどり着き、3月には作品社から発刊されます。獄中で本を出版していた時にはプロの編集者だった大学時代の先輩に頼っていて校正は任せてきました。出所後に出版した『はたちの時代』は、自分の身の周りのことですから校正も難しくありません。でもパレスチナの歴史となると、正確さを問われます。

校正で、事件の日付が違っていないか再度確かめたり、参考にした本によって、事実が違うのを再考したり、慎重さが問われました。特にアラブの地名、人名は発音によって新聞や資料などで違う上に、私が獄中で書いた当時、発音をカタカナで適当に書いたので呼称が不統一で、それを統一する作業もかなり時間がかかりました。『パレスチナ解放闘争史』は研究書の厳密な分析や客観性と違って主体的、主観的な見解ですが、それでも事実関係は正確でありたいので、校正箇所が多々ありました。原稿用紙で２０００枚以上あった原本記述から半分に圧縮する際に大事なことが抜けていたり、一度も出てこないのに前述したような書き方になっているのを再校になってから気づき、数行省いてそこに押し込んだりと、実務的な手間がかかってしまいました。また校正をしながら、書ききれなかったこと、もっと踏み込みたかったことがいくつもありました。

一つは、シオニズムという国民国家を超えたイスラエルが民主主義国家として成立するためにどう自己解体・再構成が可能なのか、シュロモー・サンド著の『ユダヤ人の起源』から学習したイスラエル国家の歴史的仕組みや、ユダヤ人のうちのエリート、アシュケナジムはハザール人であるというアーサー・ケストラーの実証などを書き込みたかったのですが、パレスチナに焦点を当てているので省略しました。また草稿を書いた7年前からの変化からもう一度オスロ合意を捉え返してみたかったのですが、時間の制約もあって加筆できないところもありました。

校正しているときに実感したのですが、イスラエルのジェノサイドの今の現実は、英帝国主義のパレスチナに対する植民地支配の継承であり、それは、先住民を圧殺してきたアメリカやオーストラリアという植民国家の成り立ちと通底しているということです。また日本帝国主義の満州アジアに対する植民地支配と全く共通したあり方だとしみじみ思いました。人間を人間と思わない植民地支配は、これほど過酷なことまでできるものなのか…と実感します。先住民は野蛮で劣等種という差別蔑視を通して、何をしても構わないという植民地支配のあり方が、今もイスラエルのジェノサイドとして繰り返されているのです。

伊達判決を生かすために

1月15日は明大の先輩、土屋源太郎さんらが提訴してきた砂川事件の国家賠償訴訟の判決日。満席の傍聴人でした。原告は国を訴えたのですが、国というよりまさに、裁判所の憲法違反を憲法に照らして問うた裁判だったのです。しかし訴えは棄却されてしまいました。

1959年3月、伊達裁判長は、「日米安保条約と米軍駐留は、日本国憲法9条2項違反であり被告人らは無罪」と判決を下しました。この判決で、砂川基地拡張反対闘争を闘った土屋さんらが無罪となったのが、ことの始まりです。日米支配層はどんなに仰天したでしょう。翌日にマッカーサー駐日アメリカ大使は日本の藤山外相に高等裁判所を飛び越えて最高裁に上告しろと勧めたり、最高裁の田中長官がこの事件を優先的に扱うと大使に答えたり、憲法上の争点に判断を下したのは誤りだ、などと発言する密談をしていたのです。翌60年の安保改定を控えており、この判決を覆す方途を謀議して「統治行為論」なる詭弁《きべん》を編み出して差し戻し有罪に持ち込みました。ところが2008年に、日本の研究者らによって米公文書館からこの密談資料が発見されたのです。密談謀議があったと知った土屋さんら元被告らが再審を求めましたが、却下されたため、国賠訴訟で伊達判決の有効性と裁判の公平性を問うたのです。それが、今回却下されたのです。

満席の法廷では、3分あまりの写真撮影のあと、「それでは開廷します。主文　1、原告らの請求をいずれも棄却する。2、訴訟費用は原告らの負担する」と10秒足らずの判決を読み上げて閉廷しました。「写真撮影より短いなんて！」「ナンセンス！」「ひどい…」。傍聴人たちは口々に嘆きました。閉廷後、裁判所からやっと判決文を受け取り、その1冊しかない原本の36枚の判決文を、弁護士も十分に読む時間もなく、地方裁判所地下のコンビニに行って大慌てで大量にコピーしました。すぐ始まる記者会見に間に合わせるためです。

判決文は、裁判所の苦しい言い訳で、子ども騙《だま》しのような文です。

米大使と田中裁判長の会見はあったと認めた上で「裁判官が事件に予断や偏見をもたらす関係を、事件関係者と有すなどの特段の事情があれば公平な裁判とは言えないが公文書に書かれている『一審の判決が覆されるだろう』という発言は長官の発言か不明」（著者注：他に誰がいるのか!?）だとし、田中長官の発言からは「特段の事情が」あるとは言えない、「推認できない」などと弁明を判決文で繰り返しています。そして、「具体的な評議内容、予想させる判決内容まで伝えた事実は認められず、公平な裁判でないとは言えない」という苦しい言い訳の上、被告らの請求を棄却するというものです。記者会見ではこの点を強く主張し、土屋さんは「誰が考えてもこんな不公平な裁判はない。司法の正しいあり方を求めるためにも闘っていく」と控訴を表明しました。

記者会見の後、衆議院議員会館で集会が持たれました。傍聴に参加したほぼ全員が集まり、土屋さんを始め、弁護士やいろいろな方が判決への怒り、判決の不当性を語りました。控訴に向けてさらに判決文の矛盾を追及しながら運動を広げ、一人でも多くの市民に「伊達判決」の意義を伝えていこうと、みな意気盛んに語り合いました。

この伊達判決が重要なのは、日米首脳の密談もさることながら、伊達判決を覆す詭弁「統治行為論」がこの時発明され、今もこの論理が日本国憲法を骨抜きにし、日米安保条約を憲法の上に鎮座させていることです。控訴審は司法の公平性を問うとともに、この統治行為論の廃止を求めていく一歩にしていきたいものです。

ラファのジェノサイドを止めねば！

ラファ攻撃の始まる中、2月15日の外務省前集会は厳粛な空気が支配していました。外務省の前の歩道にダイ・インで横たわる何十人もの姿。ガザの遺体の列のように……。ダイ・インが始まると沈黙が包みました。それまで呼びかけやアピールで騒然としていたので、その静寂《せいじゃく》は一人一人にガザで殺されていく人々を思い起こさせます。

もともと30万人が住むラファの町は、100万人以上の避難の住民で膨れ上がり、悲惨な状態とのことです。UNRWA施設だけでも2万8000人が押し寄せてトイレが500人に1つ、シャワーが2500人に1つ、食料は必要量の半分以下だとUNRWAの清田保健局長が話しています。こんなジェノサイドになることをわかっていながら「自衛権」などとイスラエルまで行ってネタニヤフを鼓舞してきた米欧政府の戦争犯罪加担の責任は免れないと私は思います。それでも米国内の若者たちの万を超す集会やデモが、今年選挙を迎えるバイデンの姿勢を少し修正させています。

18日は、在日パレスチナ人の呼びかけのスタンディングデモが新宿駅南口で夕方5時から行われました。２５００人を超えたでしょう。ラファの爆撃が始まったと叫ばれる危機の中、緊張し、みな断固としています。主催者の在日パレスチナ人ばかりか、日本側の主催者、発言者、通訳、集まった人々のほとんどが若者だったことはとてもうれしい光景です。年寄りの私たちはパレスチナ国旗やポスターを掲げて若者たちのコールに合わせて行動しました。1時間を超えると、立って大声を出すことはこんなに疲れるものだ、と実感するのも生きているゆえでしょう。若いパレスチナ人がわかりやすく語り、実効性のある連帯を求めていました。伊藤忠商事子会社のイスラエルとの取引をやめさせた成果を語り、ＢＤＳ運動の継続を求め、「フリーフリーフリーガザ！」と叫び呼びかけました。「ポーラーシフト」の時代と言われるように、今年は南アフリカをはじめとする公正をもとめる声がパレスチナ問題を通してもっと動きそうです。グローバルサウスと呼ばれる新興国が国際秩序の二重基準を批判し、公正を求める時代。国際社会の極は北が定めた秩序から変更を求める南へ極が揺れ動いているという意味で、ポーラーシフトの時代というそうです。ジェノサイドに立ち向かい正面から批判するのは、今のところ南アフリカやブラジルのリーダーたちです。強制移住が迫るラファの危機を何としても声をあげて阻止したいと思います。

元日の廃墟がガザに重なりぬ　朝市通りのなゐふる傷跡

（2月18日）

第18回
国際女性の日に

『創』24年5月号

『パレスチナ解放闘争史』

アラブ圏では3月10日、聖なるラマダン（断食月）が始まりました。でもイスラエルのジェノサイドは続いたままです。3月8日の女性の日、ライラ・ハリドたちパレスチナの女友だちにメッセージを送りました。「親愛なる友よ、この女性の日に心からの連帯の挨拶を送ります。イスラエルは、建国前から狙っていたパレスチナ全土の完全なユダヤ化に向けて剝《む》き出しの一歩を踏み出しています。私たちが今、住んでいる世界は米国を含む指導者たちがイスラエルのジェノサイドを支援し続けるという、かつてネルソン・マンデラ達が築いた貴重な遺産とは対極の世界です。人間の尊厳をかけてパレスチナ人を先頭に戦う歴史の重要な局面に生きていると実感します。私は日本の市民の一人として東京からささやかにパレスチナに連帯しています。3月30日のパレスチナの土地の日には、在日パレスチナ人と日本人を含む若者たちが『新宿駅ラッピングデモ』を計画しています。新宿駅を包むように参加者がスタンディングするデモンストレーションです。私はまた日本の人々に知ってもらうために『パレスチナ解放闘争史』をちょうど3月に出版しました。希望はあきらめない限り、達成できると私たちに教えてくれたのはあなたたちです。パレスチナの人々と一緒に暮らし、戦ってきた日々は、今も私の誇りです。私はパスポート発給が拒否されるためにそちらに飛んで行くことはできませんが、私の心はいつもパレスチナの友と共にあります。命に気をつけてください。「国際女性デーに」と。

この日、図書館へ向かう道にふきのとうを見つけました。必ず春が来る！　そう自分に言い聞かせながらふきのとうを一つ摘みました。

国際司法裁判所の判決

1月26日、ジェノサイドを防ぐあらゆる措置を行うようイスラエルに命じた国際司法裁判所（ＩＣＪ）の判決は、世界に良い影響を作り出しています。イスラエルが判決を無視したとしても、世界の国々を変える、変えざるを得ないという意味で、この判決は重要です。ＩＣＪの判決が国連加盟国に拘束力を持つという事実は重いからです。日本では国際ニュースはたちまち目先のニュースに置き換えられて遠景になってしまいますが、ＩＣＪの行動は、ガザでのイスラエル軍の虐殺の激化や人為的飢餓への対策など、国際社会で継続的に焦点化され流れを変え始めています。アルジェリアはイスラエルのラファへの地上作戦を止めさせ、即時停戦と人道支援の強化などを求め、ＩＣＪの命令を強制力ある決議とするため安保理決議案を提出しました。2月21日、安保理15カ国中、日本、仏を含む13カ国が賛成したのですが、米国が拒否権を行使して葬りました。昨年10月以来、4度目の米国の拒否権です。ここにイスラエルのジェノサイドを止められない国際社会の核心があります。飢餓を支配の道具としているイスラエルによって、ガザの危機はさらに深刻化し、飢餓による死者が報告され始めました。3月8日にはイスラエルの教育者であるラビ、エリヤフ・マリは、ガザ地区で幼児、子ども、女性、高齢者を含むすべてのパレスチナ人を殺害し絶滅させるよう生徒たちに呼びかけたそうです。イスラエル社会の人間性を失った様が目に浮かびます。

こうしたイスラエルに制裁を科して飢餓を止めるべき大国が拒否権を行使してジェノサイド行為を防衛し、その一方で、陸路でなく空から食料を投下するという本末転倒が始まりました。コストもリスクも悪循環に陥っています。こんなやり方ではイスラエルの虐殺を止められずガザの人々を救うことができないばかりか、人道支援の名で人権を踏みにじっているのです。2月22日国連安保理に呼ばれた国境なき医師団の事務局長は「今日のガザにおける人道的対応は幻想に過ぎません。この紛争が国際法に則って行われているという物語を長続きさせる都合のいい幻想なのです。人道支援を求める声は、この議場に響き渡っています。しかしガザでは、場所も、薬も、食料も、水も、安全も、日に日になくなっていきます。我々はもはや、人道支援の拡大を話題にはしていません。必要最低限のものがなくてもいかに生き延びるかが現在の課題となっているのです」と米国を始めとする国々の現実とかけ離れた議論の在り方に怒りをぶちまけています。イスラエル制裁を回避したこんなやり方は早く清算されるべきです。

でもＩＣＪに別の動きも生まれています。3月1日、ニカラグアがドイツを提訴しました。イスラエル軍によるガザへの攻撃に加担することは、ジェノサイド条約やジュネーブ諸条約に違反しているとしてニカラグアはドイツについて「イスラエルを政治的、財政的、軍事的に支援する一方、ＵＮＲＷＡ（国連パレスチナ難民救済事業機関）への資金提供を停止した」「ジェノサイドの実行を助長するとともに、その防止のためにあらゆる措置を講じる義務を怠った」と訴えたのです。そしてニカラグアはＩＣＪに対して、ドイツがイスラエル支援を即座に停止し、ＵＮＲＷＡへの資金拠出停止を撤回するなどの暫定措置命令を出すよう求めました。イスラエルのジェノサイドに対するドイツの異常な加担はその通りですが、米国の拒否権行使でジェノサイドが続いている実態を阻止するためには、米国をＩＣＪに提訴するべきではないかと思います。

日本もジェノサイドに加担している

ＩＣＪの暫定命令をイスラエルが無視しても、その同盟国、特に米国は命令を無視した場合共犯とみなされるのです。日本も安倍政権がイスラエルとの「準戦略同盟」を深め、軍事情報・技術交換、イスラエル軍と自衛隊の交流、イスラエルとの投資協定と、関係を拡大し続けました。ガザのジェノサイドの最中の1月に防衛省がイスラエル製の攻撃型ドローン（無人機）の導入候補を選定した事実は法的にも許されない行為であり、露骨なイスラエル支援です。武器取引に反対する市民の努力で3月4日にはイスラエル製の5機の輸入代理店も判明しています。なんと5機種のうち小型機のＩＡＩ製の2機は、1円の落札価格だったとのことです。エルビット・システムズとの「戦略的協力覚書」を2月末で終了させたはずの日本エヤークラフトサプライが、エルビットの輸入代理店になっており、住商エアロシステム、川崎重工業なども輸入代理店契約をしているとのことです。山梨に本社を持つ世界第2の産業ロボット製造企業ファナックも、イスラエル軍にガザ市民殺害の戦闘ドローンを供給しているエルビット・システムズとＩＡＩなどのイスラエル軍需産業に製品、技術を提供しています。

ファナックのロボットによってイスラエルの殺人兵器が日々作られている以上、ジェノサイド犯罪に日本の企業もまた加担しているのです。法的拘束力を持つＩＣＪの判決をイスラエルのように日本は無視するのでしょうか。私は不勉強ながら、南アフリカのＩＣＪ提訴によって日本がジェノサイド条約に加盟していないことを知りました。とっくに加盟していると思っていました。日本が未加盟の理由はジェノサイド条約で罪になる「扇動」は国内法では罪にならないなど国内法との調整の必要が言われていますが、ジェノサイド条約第６条では国際刑事裁判所や違反行為が実行された国だけでなく、締約国の国内裁判所などにも処罰の権利や義務がある旨規定されており、条約以前の歴史上のジェノサイドを疑われる行為、旧日本軍による中国の南京虐殺事件の懸念から加盟をしないことが大きいように思いました。日本は、ジェノサイド条約に早く加盟すべきでしょう。

ＵＮＲＷＡの叫び

イスラエルは、ＩＣＪの判決と同時に、対抗して情報戦を開始しました。ＵＮＲＷＡへの狙い撃ちです。10・７洪水作戦にＵＮＲＷＡ職員が関与したと主張し始めました。待っていたように証拠もなしに、すぐさま米欧、さらに日本もＵＮＲＷＡへの拠出金の支払いを停止しました。

これまでイスラエルはＵＮＲＷＡの13人の職員が10月７日のテロ攻撃に関与したと主張していたのが、３月４日には「ＵＮＲＷＡ職員の４５０人以上がガザのテログループの軍事工作員である」と糾弾中です。

ＵＮＲＷＡ当局は、イスラエルが数人の職員を拘束し、拷問や虐待によって、虚偽の自白を強要したことを非難しているとアルジャジーラは伝えています。「このような拷問による自白の強要は、イスラエル当局によってＵＮＲＷＡを解体しようとする試みの一環として、ＵＮＲＷＡに対する誤った情報をさらに広めるために利用されている。これはガザにいる私たちのスタッフを危険にさらしており、私たちの活動に深刻な影響を及ぼしている」と悲痛な抗議をしています。イスラエルのキャンペーンにのった米日欧政府が、ＵＮＲＷＡの年間予算のほぼ半分にあたる約４億５０００万ドル相当の資金提供を停止したままだそうです。

イスラエルが１９４８年の国連決議１９４号「パレスチナ難民の帰還の権利」を拒否し、難民問題の消滅を狙ってきた歴史が、いま再び焦点となっています。当時の国際社会は、第２次大戦後の混乱で、多くの難民の救済が問われていました。そのため、国際難民機関（International Refugee Organization＝IRO）が、１９４６年４月20日に設立されました。１９４７年の国連分割決議以降、イスラエルのパレスチナ民族浄化、占領と第１次中東戦争によって75万人を超えるパレスチナ人が祖国を追放されました。国連総会は１９４８年パレスチナ人が故郷に帰る権利を認めました。しかしイスラエルは、パレスチナ人の帰還を拒否し、休戦協定ラインを越えて自分の故郷へ戻ろうとするパレスチナ人を射殺したりしました。

パレスチナ人は、故郷に戻ることができません。国連は１９４８年にパレスチナ難民事業部（ＵＮＲＰＲ）を設置しました。シオニストが、ＩＲＯは「政治的だ」としてパレスチナ難民がＩＲＯに組織されることを妨害したからです。ＩＲＯは、「難民の帰還」を原則にしていたためです（ＩＲＯは１９５１年に活動を終了し、国連難民高等弁務官事務所〔ＵＮＨＣＲ〕に再編）。その後、米国の後押しを受けて、「非政治的」人道組織としてUNRPRはUNRWAに再編され出発しました。

このUNRWA設立に対して、アラブ諸国は大反対しました。UNRWA設置はパレスチナ人が故郷に帰る道を奪う陰謀だ、パレスチナ人が難民として永続的にこの機関の下に置かれ、難民問題を長期化させる機関となる、と警戒したのです。エジプトのナセル大統領を中心にアラブ連盟は、イスラエルがパレスチナ人の帰還の権利を拒否し、アラブ諸国へ同化させ、難民問題を終わらせようとする策動と闘っていたからです。1965年アラブ連盟はカサブランカ協定を採択しました。これはパレスチナ人の帰還の権利を護るためアラブ諸国は市民権や国籍をパレスチナ難民に与えないという協定です。この協定が、いまもエジプト政府がガザの住民を受け入れない大きな根拠となっています。エジプトへガザ住民を避難させれば、イスラエルがあのナクバの時のようにガザを占領し、住民は戻れなくなり、エジプトへの同化やシナイ半島でのパレスチナ都市建設をイスラエルが狙っているからです。

イスラエルは、昔はパレスチナ人の帰還を拒否するためにUNRWAを利用し、今となってはそれを潰すことに熱心になっているわけです。CNNは1月31日、「ネタニヤフ氏は国連大使らに対して、『国際社会と国連自身がUNRWAの任務を終わらせなければならないことを理解すべき時だ』と述べた」と伝えています。ネタニヤフは、2月22日、初めて公式にガザ攻撃が終結した後の「計画」を発表しました。再植民地化計画です。その内容の第1は、パレスチナ国家の「一方的承認」を拒否するとして、2国家案を認めない、第2にガザのハマース支配を終わらせ、西岸地区もガザ地区もイスラエル管理下に置く。第3に中期目標としてガザを非武装化しイスラエルが治安を維持しハマースに代わる支配に置き換えるというもので、そこでもUNRWAを解体し、他の国際援助団体に置き換えることを計画しています。

欧米ではＵＮＲＷＡへの支払いをストップしたことに抗議する市民の声に押されて、スウェーデン、カナダ、欧州委員会は資金援助を再開することを決定しました。日本でもＮＧＯなどが資金提供再開を求めていますが、日本を含む先進国は３月20日現在停止したままです。パレスチナのガザも西岸地区もジェノサイドの続く断食月（ラマダン）の厳しい生存の闘いが続いています。

映画を観る

あまり映画を観ない私ですが、幾つもの映画を観る機会がありました。２月末には東村山の凸凹映画研究会の主催で『ガザ　素顔の日常』という映画が上映され、その後私がパレスチナについて話す機会をいただき、ガザの映画を観ました。この研究会の素晴らしいところは地域の方々に見てもらいたい映画を無料で上映しているところです。現在のガザを知るうえで、とてもリアルにガザを想像することができるいい映画でした。イスラエルに封鎖されたガザ。さらに空爆に晒されながら、少年は漁師になる夢の一歩をたくましく踏み出し、空爆下、他の仲間たちもそれぞれ仕事を探し、家族のいたわりあいで支え合う日常が描かれています。パレスチナの人々は剝《む》き出しの本音で付き合うし、人間的で家族、親類、地域が助け合う姿が、私の知る昔と変わりません。こんな苦しみの中でも陽気に描かれる場面も多く救われます。

ガザのジェノサイドのせいで普段より多くの人々が映画会にみえ、50人の座席が足りず、20人近くがマットを敷いて床に座って参加しました。私も熱気で汗をかきながらガザの話から、歴史の話へと参加者のみなさんに語り続けました。1時間半くらい過ぎたところで質問に移り、有意義に語り合いながら時間を惜しんで別れました。主催者の人柄のせいか近しい友人たちが集まり、嬉しい一日となりました。

3月には私の公判が行われていた時、フランス語翻訳などで助けて下さった倉岡明子さんが制作／構成を担当されたドキュメンタリー映画『六ヶ所人間記』が上映されるというので、お礼を兼ねて挨拶かたがた友人と伺いました。京橋にある国立映画アーカイブで『日本の女性映画人(2)――1970-1980年代』の上映が行われていました。まず倉岡さんにお会いし、公判時期の支援に感謝の挨拶をし、それから会場に入りました。倉岡さんの作品『六ヶ所人間記』は、3時間ほどの長編で、1982年から3年間にわたる六ケ所村の人々の日常や村の行事などが描かれています。特に1984年に核燃料サイクル施設設置の話が持ち上がり、反対する人々の生活に根差した疑問や論理を追い、一人ひとりが丁寧に描かれているのが印象的です。当時の反対する人々の率直な声、姿勢、またそういう人々の本質的で鋭い国家政策への批判をすごいなと思いつつ、バックグラウンドをもっと勉強してくればよかったなと思いました。若い倉岡さんが2歳の子どもと共同構成担当のパートナー、そして撮影担当の友人と共に少人数で映画制作をしています。倉岡さんがインタビュアーで好奇心をぶつけていて、それがなかなかいいです。私が日本にいなかった時代を少し知りました。

また3月中旬に代島治彦監督に招かれて『ゲバルトの杜 ～彼は早稲田で死んだ～』の試写会に行きました。大変衝撃的な事件が、今では老齢となった当事者の証言を中心に、丁寧に事実を検証して描かれていました。抽象的な党派批判、内ゲバ批判ではなく、血の通った当時の人間たちのやむにやまれぬ様々な理由の闘いの切迫感を浮かび上がらせていて、とても心に響きました。最後の方で当時革マル派として川口君を死なせた学生の一人、佐竹さんという人の「転向謝罪文」が掲載されていて、その中で「いのちの尊厳無しに人間を解放することは出来ない」と痛苦の反省の言葉が記されていて、胸を衝かれました。これは「転向」ではなく「良心の告白」です。「べき論」に拘泥《こうでい》し、こうしたまともな神経をのびのびと育て得なかったところに、私たちの時代の闘い方の欠陥がありました。

全く違う状況下ですけれど、「革命家である前にヒューマニストであること」と肝に銘じていたパレスチナの戦士たちと共に闘っていた時代と重なりました。米欧、シオニスト、イスラエルの巨大な敵に、物理的には小さなゲリラ勢力が勝つためには政治的対峙を創り出す必要がありました。戦士がヒューマニストであるということは軍事暴力の限界や否定面を知り、それでも武器を取らざるを得ない現実を引き受けることでもありました。そこには暴力行使の歯止めの倫理がありました。

解放と革命は差別抑圧の苦しみと怒りの中から人としての尊厳を求めて闘っており、希望を開くものでなければ勝利し得ないと、パレスチナで戦いつつ学んだことを想いつつ映画を観ていました。「どんなことがあっても生きろ！」というパレスチナの声と同じように、この映画の中にも監督はその思いを込めているように思います。

３月16日、やっと『パレスチナ解放闘争史』（作品社刊３６００円＋消費税）が発刊されて店頭に並びました。１００年以上の歴史なので、どうしても分厚くなり字も小さいですが、パレスチナの歴史と現実を知るためにぜひ手に取ってほしいです。近くの図書館にリクエストしていただくなど、できるだけ多くの人に読んでほしいと思っています。

（３月20日）

第19回
断食月（ラマダン）に

『創』24年6月号

〝断食月《ラマダン》の祝祭叶わぬガザの民　地に伏し祈る背　月光に濡れる〟

こんな歌が零《こぼ》れました。

ラマダン中の3月23日、アントニオ・グテーレス国連事務総長は、エジプトとガザの国境の町ラファを訪れ、ガザ地区での即時停戦を改めて訴えました。

国境で彼は「この聖なるラマダンの月に、イフタールをきちんと食べられない人々がいることを知り、深く心を痛めている」と述べました。イフタールとは、ムスリムが1日の断食を終えた日没直後の最初の食事のことです。まず水を少し飲み、ナツメヤシなどをつまみ、断食の苦痛を和らげ、忍耐を誇り神に感謝の祈りを捧げ、普段より豪華な夕食をとります。家族、親しい人、隣人と分かち合う宴のような夕食がラマダン中続き、楽しく豊かな時間を過ごします。ガザの人々は、これまでの日常の当たり前の生活を奪われて飢餓に苦しんでいます。グテーレス事務総長はガザの人々が飢餓に直面している一方で、エジプト側の国境に約7000台もの援助トラックが停止させられアクセスを待っ

3月30日土地の日の新宿ラッピングデモを妨害するイスラエル柔道選手団

ている光景は「道徳的な暴挙だ」と述べました。国連事務総長は「10月７日の行動を正当化するものは何もないが、パレスチナの人々への集団罰を正当化するものは何もない。苦難にまみれ、家が壊され家族や世代が全滅し飢餓が人々を襲っている。今こそ銃を下ろす時だ。停戦が必要なのです。私はあきらめない。人類のために、あきらめてはならない」と訴えました。

そうした国連やＮＧＯの努力に報復するように、イスラエル軍は国際ＮＧＯの車列を空爆で威嚇し、４月２日、とうとう海外からの援助に奔走していたＮＧＯスタッフ６人も殺害してしまったのです。イスラエルは誤爆だと弁解しました。しかし、報道機関やいくつものＮＧＯがターゲットとされている現実を世界に示し、イスラエルの引き続く暴挙を国際社会は非難しています。

その上ネタニヤフ政権は事実を報道する、うるさい報道機関を締め出すことを決めました。イスラエル国会は４月１日、「国家の安全に害を及ぼす」と認定された外国報道機関の活動を規制する法案を賛成多数で可決したのです。

特にこの法律は、アルジャジーラを念頭に置き、カルイ通信相はＸ（旧ツイッター）で、「ハマースの代弁者に言論の自由はなくなる」と述べています。問題があると判断された報道機関は、イスラエル国内の事務所の閉鎖、機材の没収、ウェブサイトを見られなくする措置などを命令できるという法律です。

ネタニヤフ政権はまた、ジェノサイド批判が高まる中、局面を変えるべく、イランや、シリア、レバノンをターゲットにした戦争を仕掛けています。米国報道では「イランがイスラエルを攻撃」と盛んに報じていますが、中東から見る世界は違います。いつも先に挑発し、それによって目的の方向に状況を誘導するのは、イスラエルのいつものやり方です。レバノンとの戦争状態も、イスラエルによるレバノン在住の神の党（ヒズブッラー）やハマースのリーダーたちの暗殺、施設の破壊や村へのイスラエルの攻撃から始まりました。イスラエルはガザへのジェノサイドのおぞましい光景を「テロとの闘い」と一般化させ、かつての米ブッシュ政権によるイラク侵略のように米軍にイランへの戦争をやらせたいのです。国際法を無視してシリアのダマスカスにあるイラン大使館領事部を空爆し、イラン政府の幹部を殺害したのはイスラエルです。イランは、これまで戦争に巻き込みたいイスラエルの思惑に乗らず自制してきましたが、今回は4月13日に報復しました。ところがイラン大使館を空爆したイスラエルを非難するよりも、イスラエルを攻撃したイランを許さないと騒ぎ立てる米国、イスラエル報道が日本を席巻しています。

イスラエルのイラン攻撃の狙いは、第1に占領によるイスラエル建国の正当性を認めないイラン政府を米軍を利用して転覆させることと、第2に「反テロ」戦争というくくりに国際世論を誘導しながらガザからイランまで中東に戦乱を拡大させ、第3に、それに乗じてガザと西岸地区のパレスチナ人を民族浄化し続けることにあります。

「パレスチナ土地の日」連帯行動

3月30日はパレスチナの土地の日です。イスラエル領内でナクバ（1947年12月から1948年の大厄災）を生き延び、イスラエルの弾圧差別に耐えてきたパレスチナ人たちが、1976年3月30日、初めてゼネストをもって組織的に立ち上がりました。イスラエル政府による国防法から始まって未耕地利用緊急法、不在地主財産収用法、非常時土地収用法など、様々な土地収用法の名でパレスチナ人は理不尽に土地を強奪され続けたからです。それに対してイスラエルは銃弾で応じ、６人が殺され、何十人もが重傷を負いました。このニュースにイスラエル内パレスチナ同胞のために、被占領下のパレスチナ人たち、ヨルダン、シリア、レバノンで難民の暮らしを強いられてきたパレスチナ人たちが立ち上がり、イスラエルに抗議し、同胞に連帯しました。この日を歴史に刻もうと、以来３月30日は「パレスチナ土地の日」としてパレスチナ人ばかりかアラブ人、パレスチナに連帯する世界各地の人々の連帯行動の日として続いてきました。

パレスチナへのジェノサイドが続く今年は、北海道から九州まで、日本の各地で土地の日の連帯の催しが行われました。東京では連帯とイスラエルへのジェノサイドの抗議を「新宿ラッピングデモ」を通して訴えました。

広い新宿駅全体をスタンディングの人々で円周に囲む（ラップ＝包む）のです。ヒューマンチェーンのようですが、通行人の邪魔にならないように手をつながず、ポスターや旗などを両手に抱えて立ちます。そして駅出入り口をポイントとして各団体がコールやスピーチを行います。

ガザの悲惨なジェノサイドの現実を直視しつつ、若い参加者が多いためか、明るい連帯のアプローチです。南口には在日パレスチナ人やＢＤＳ運動（イスラエル入植地で生産される製品はボイコット、占領地企業に投資しない、制裁を求めるという国際連帯運動）の若者たちを中心に、東口には「パレスチナに平和を！　緊急行動」を中心とする市民団体など、各駅口に多くの団体が賑やかに集まりました。新宿駅を包むためには３０００人を超える参加者が必要です。

午後2時から3時にラッピングのスタンディングを行い、3時半から南口で集約集会がありました。私も高校時代の旧友を誘って参加しました。

旧友は地方の市議会議員で、ガザの停戦決議を市議会に提案し、全会一致の「ガザ停戦決議」を採択させたばかりです。この土地の日の新宿ラッピングデモの最中に、旧友に駅頭でこの停戦決議の報告と意義をスピーチしてほしかったからです。旧友は気軽にすぐ駆けつけてくれて爽やかに演説しました。ガザでのジェノサイド、特に女性と子どもが死者の3分の2を超える事態がどうして許されるのか？　反戦を誓ったわが国がイスラエルのジェノサイドに加担するような輸出入や武器・ドローンの購入を図ってはならない、と切々と訴えました。2時半過ぎに、「ラッピングが成功しました！すべての地点がつながりました！」と主催者が自転車で回りながら伝えてくれました。思わず歓声が上がりました。4000人くらいの人々が新宿駅を包んでしまったのは痛快です。

こうした手作りの市民たちの行動から1人でも多くの人々にガザの、パレスチナの真実を知ってほしい。彼らパレスチナ人は決して「テロリスト」ではない。「テロリスト」という言葉はイスラエルの占領という歴史と現実を隠蔽する魔法の言葉です。

3時のスタンディングを終えて、それぞれがゆっくりプラカード、旗、ポスターを胸に掲げながら、南口の集約集会に向かいました。移動し始めると、新宿駅東南口、南口方向に大きな人だかりができていました。私はちょうど一つの人だかりから男たちが興奮したような赤い顔で憤然と出てきたところに遭遇しました。ボストンバッグを下げた男たちが何か怒鳴り散らし、明らかにこのスタンディングの雰囲気と違う一団でした。日本人が中心になって男たちの背に「フリーフリー！　ガザ！」とコールして送り出しています。離れた反対側の輪で在日パレスチナ人や日本の若者たちが「フリーフリーフリーガザ！」とコールしていました。その時の様子でこの男たちは妨害者だとわかりました。

あとでこの土地の日の新宿ラッピングデモを妨害したのはイスラエルの柔道選手団だと知りました。主催者側が、安全員を配置し、弁護団を準備してこういう事態に備えていたので、日本人とパレスチナ人たちが妨害者たちの動きを封じながら新宿ラッピングデモと集会を成功裡に終わらせました。

ところがイスラエル人はSNSなどで、柔道着を盗まれたとか、襲われた被害者であるかのように発信しているらしいです。はじめから彼らが「ハマース支持デモだ」と暴言を吐いたり、唾を吐いたり、突然バッグから柔道着を取り出して着込んだりと、一方的に挑発していたようです。

主催者側はイスラエル柔道選手団のこうした事態を憂慮し、その妨害行為を批判し、柔道連盟に抗議文を送ることを決めました。選手らの行為・態度は、柔道の精神にもスポーツパーソンシップにも反していると考えたからです。

国際司法裁判所や国連安保理でも停戦を要求されているにも関わらず、イスラエル政府がその国際ルール・法・規範を一切無視してガザ地区でジェノサイドを継続していることに抗議していた新宿のラッピングデモに、イスラエルの選手らが国際社会からの批判を理解できずに、単にこれを自国への侮辱ととらえ、暴力的な姿勢で市民の抗議行動を妨害することは黙認できないからです。

新宿での「ラッピングデモ」という新しい試みは若い日本人たちと在日パレスチナ人の共同アイデアから実現しました。かつてのベトナム反戦の街頭行動と違うけれど、今にふさわしい街頭行動だな、と思いました。また、70年代80年代には、「パレスチナ連帯」というと、市民運動すら公安事件のように付きまとわれた時代を知る者として、明るく開かれた伸び伸びとした連帯運動に心が豊かになる想いです。

土地の日の新宿スタンディングを終えて、私は日比谷公園に向かいました。2002年のこの土地の日、日比谷公園のカモメの噴水のところでイスラエルの弾圧に抗議しパレスチナに連帯して自決した旧友檜森孝雄さんを友人たちと追悼するためです。もう22年も経っているのに30人近い友人たちが集まって、檜森さんに焼香し対話しながらひとときを過ごしました。「あなたが自決したあの第2次インティファーダの時よりも酷い、4万人も殺される事態がガザ、西岸地区で起きています。でもパレスチナの人々は人間としての尊厳を求め、祖国への帰還を求めて生き続けています」と檜森さんに告げました。

花咲く季節に

3月に入ると近所のふきのとうが、ぐんぐんと背を伸ばし、春が実感できる季節になりました。獄中暮らしが長かったので、道端に、はこべ、クローバー、ホトケノザなど、幼い時に父と摘んだ草が可憐《かれん》に咲いているのをみると、つんと鼻の奥が痛むほどなつかしさが込み上げます。まだ肌寒い春、旧友遠山美枝子さんの墓参に出かけました。

その日は少し風のある晴天で高台にある墓地へ、大学時代の友人たちと遠山さんの当時のエピソードを語り合いながら歩きました。遠山さんの墓参はまた、いつもは会うことのない旧友を同窓会のようにつないでいます。永田和尚は僧侶の服装を整え、私たちは百合の花やスターチス、金魚草などの花々で墓を飾り、遠山さんもきっと食べたいだろうと和菓子をお供えにしました。

昔を思い出しながら、みんなで静かに永田和尚の読経を聞き、順番に焼香をしました。「遠山さん、教訓を思い返しながら生きていますよ。私もリハビリしながら市井の一人として、少しずつ道に迷わずにあちこちへ行ったり、必要なときには人に聞いたりしながら、暮らしています」。そんな思いで彼女に挨拶をしました。帰りには、みんな健康で久しぶりに再会したことを喜び合い献杯しながら昼食をとりました。またこの日は日本赤軍時代の仲間、泉水博さんの法要もあり、その後上野のお寺に向かいました。こちらは救援連絡センターの山中さんをはじめ、泉水さんが岐阜の獄にいた間支えて下さった方々も上京されて、20人以上集まった法事です。ひとりずつ泉水さんとの縁を語り、自己紹介し合い、広間でしめやかに読経が行われる中、焼香しました。

また、４月にはとても良い機会と経験を得ました。「ＮＰＯ現代女性文化研究所」から学習会の講師を頼まれました。この団体を知りませんでしたので、紹介してくださった江刺昭子さんから資料をいただき、またネットで調べたところ、１００歳で亡くなられた望月百合子さんという、若い時はアナキストでヨーロッパ留学生活をし、戦後は社会運動家として活躍されていた方の意思を継承する団体だと知りました。

女性はもとより誰もが自由に活躍し、才能を発揮できる場の創造を目指して２００１年にＮＰＯとして正式に発足した団体です。私は日本の市民社会から半世紀以上離れていたために、こうした人々の地道な活動を全く知りませんでした。こうした方々と話す貴重な機会を頂き、集まりに参加できたのはとても光栄なことでした。

会場は、望月さんが住んでおられた一軒家で、1階はアットホームなサロンのように整理され、2階は記念館のように望月百合子さんと現代女性文化研究所の活動の記録が展示されていました。研究所代表を務めておられる岡田孝子さんたちが迎えてくださり、とても温かい雰囲気の中で、2時間ほどパレスチナの現実などについて話しました。その後、皆さんの手作りのおいしい料理を振る舞っていただき、参加されていた方々と親しく話す機会があり、様々な本を出しておられることも知りました。

岡田さんは『限りない自由を生きて』という望月百合子さんの本や『風に向かった女たち』というタイトルの本――家父長制的な時代の中で理想を求め曲げず実践し、私たちの時代を拓いてくれた望月百合子、松田解子さんら先輩女性たちについての記録――を執筆しておられます。またメンバーで、「夢二研究会」の坂原冨美代さんの『夢二を変えた女《ひと》 笠井彦乃』などの本を知ることができました。鎌田慧さんも聴きに来てくださり、ニコニコと参加されておられ、初めて挨拶しました。みんな温かく優しい人たちばかりです。こうした団体と出合う機会があったこと、特に日本の先達女性たちの活動の歴史について無知な私にとっては、とても勉強になり、教えられる1日となりました。

ちょうどこの日はまた夜に娘のメイが帰国したために楽しい再会と重なりました。「お母さんに空港で迎えてもらう日が来るなんて考えられなかった…」と感慨深く言ったメイの喜んだ顔を見て以来、メイが帰国したり出発する時には、できるだけ同伴するようにしています。今回はちょうどメイが2001年に初めて日本に帰国した日と偶然重なりました。あれからもう23年です。私の友人や家族に支えられながらも、住んだことのない日本文化の中で、獄中の私を支え、日本で就職し生きてきた歳月を振り返ると、どんなにつらく嫌な思いもあっただろうと考え、私にできることはしたいと思います。彼女はしっかり生きており、たかだか空港に迎えに行くことくらいしかできない私ですが。

去年は獄を出て何十年ぶりにお花見の機会があったのに、お互い忙しく十分な花見ができなかったので、今年は花見をしようねと言いながら一緒に夜の街を帰りました。その後やっぱりメイは仕事で忙しく、温泉に行こうなどと話しているうちに、もう桜も散り始め、メイもまた出張する時期になってしまいました。それでも私が生まれた馬事公苑の近くに行きました。散りつつある桜の花びらが時々風に舞い上がる中を２人で歩く機会があったのはとても嬉しいことでした。花咲く季節は良いことがある、ガザはあのような苦しみと悲惨なジェノサイドの中にあるけれども、命を大切にし合うことの意味を再び２人で語り合いました。リハビリをしながら私も日本社会にも慣れ、４月は大学時代の友人の仲介でロータリークラブでパレスチナ問題のテーブルスピーチする機会もありました。人生を楽しんで語っています。

『パレスチナ解放闘争史』が３月19日に発売されましたが、４月９日に重版が決まったと作品社から連絡をいただきました。また４月13日の朝日新聞の書評欄にこの本の書評が載りました。何人かの友人が「良い書評が載っているよ」と教えてくれました。重版に向けて校正しているところです。とてもうれしいです。パレスチナの歴史と現実を知ってほしいと願っています。

（４月15日）

第20回 イスラエルのジェノサイド

『創』24年7月号

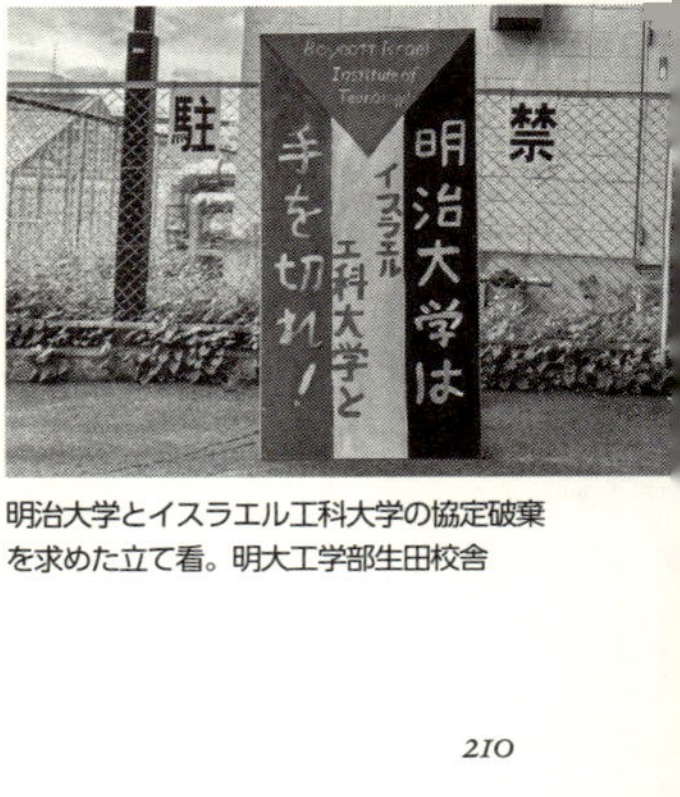

明治大学とイスラエル工科大学の協定破棄を求めた立て看。明大工学部生田校舎

ますます暴走するネタニヤフ政権

「最も単純な真実は、ラファでの地上作戦は、言葉を超えた悲劇に他ならないということです。いかなる人道的計画もそれに対抗できない」。国連のマーティン・グリフィス人道問題担当は4月30日語りました。「ラファの為に何週間もイスラエル当局に訴えてきたが地上作戦はすぐそばにある。病気、飢饉《ききん》、集団墓地、戦闘から逃れてきた何十万もの人々にとって、地上の侵略はさらに多くのトラウマと死をもたらすだろう。……私たちは飢饉と死を食い止めるために競争をしているが負けています」と悲痛な声明を発しました。停戦の成立を望まないネタニヤフ政権は、ハマースが停戦案に合意した途端にラファへの空爆と砲撃による破壊を始め、米国のレッドラインを意識しつつ、ラファ地上戦を開始しました。

ネタニヤフ政権は国際世論を拒否し、ジェノサイドを繰り返すことでかろうじて政権を維持しているのが実情です。４月30日のガーディアン紙は、「ネタニヤフ政権の閣僚たちは、停戦提案を進めるかどうかについて公然と論争を繰り広げており、彼の連立政権の極右議員は、イスラエルがハマースの要求に『降伏』すると見られれば政府を辞めると脅し、中道派は、人質取引が成立しなければ辞任すると述べている」とのことです。

ネタニヤフ政権は、パレスチナ人民族浄化政策を実現することで政権が成り立っています。突っ走るネタニヤフ政権にとって実害のない批判しかせず、支えているのは米国です。米国政府は近い将来サウジアラビアと安保条約を結び、中東でのヘゲモニーを取り戻そうという魂胆《こんたん》もあり、アラブ親米派を気にしながらも安保理の拒否権でイスラエルを護《まも》り続けています。

４月18日の国連安保理で出された決議案——国連におけるパレスチナの地位を「オブザーバー国」から「国連加盟国」に変更を求めた決議案——に対して、米国は拒否権をもってまたもや葬りました。しかもネタニヤフ政権は、この安保理決議案でパレスチナ国の国連加盟に賛成した日本、フランス、韓国などの国々に抗議して大使を召還したと発表しました。

安保理で否決された後、国連総会は再びパレスチナ国加盟の審議を要求する決議案を採択し対抗しました。日本を含む１４３カ国が賛成して可決しました。が、総会決議には拘束力がありません。

ガザでは４００人を超える集団墓地が暴かれ、縛られたままの拷問された生々しい遺体がジャーナリストたちの努力で世界に伝えられています。

米国の65を超える大学で学生がイスラエルのジェノサイドに抗議し、ネタニヤフを支援するバイデン政権を批判し、自らの大学のイスラエルとの関係停止を訴えています。ガザから届く映像と言葉の事実が真実への道を開いたためです。パレスチナに連帯する大学のテント村から支援が広がり、全米を席巻し、欧州、日本にも届いています。バイデン政権やシオニストたちは、こうした若者たちに危機感をもって取り締まりを始めました。既に米国の2000人を超える学生が逮捕される有様です。5月2日、「反ユダヤ主義（antisemitism）啓発法案」が米下院を通過しました。「反ユダヤ主義」は、古くからユダヤ人に対する偏見や敵意を正す意図で使われてきた言葉でしたが、最近はこの言葉の定義が拡大され、イスラエル政府に対する批判も反ユダヤ主義と同一視される傾向です。

米国全土の大学で繰り広げられているパレスチナ連帯運動は、イスラエル政府に対する強い批判であり、この法案成立によって取り締まりが強化されるとのこと。ネタニヤフ政権によるパレスチナ人の虐殺をナチスによる虐殺に例えると、逮捕されるだろうとのコメントもあります。ネタニヤフ政権は子どもを中心に4万人を超えるパレスチナ人を殺害し、両親を殺された孤児は1万5000人に上り、日々最悪を更新し続けているのがガザの実情です。

パレスチナ難民救済事業機関（UNRWA）が3月にまとめたイスラエルの刑務所における広範な虐待を記した国連の内部報告書があります。報告書によると、虐待の方法には「肉体的な殴打、長時間のストレス体位の強要、被拘禁者とその家族への危害の脅迫、犬による攻撃、動物のように振る舞わされたり、小便をかけられるなどの個人の尊厳に対する侮辱、屈辱、大音量の音楽や雑音の使用、水、食事、睡眠、トイレの剝奪《はくだつ》、宗教（礼拝）を行う権利の否定、強固にロックされた手錠の長時間の使用による摩擦や傷害」などが含まれています。殴打には、金属棒や銃、長靴のかかと、鈍器での、頭部、肩、腎臓、首、背中、脚への外傷が含まれ、肋骨骨折、肩の脱臼、後遺症が残るケースもあった、とのことです。

こうしたパレスチナ人への拷問や虐待に対する内外の政権批判を「反ユダヤ主義だ」と言いふらし、他方でホロコーストの恐怖を煽《あお》り立てて自国民を洗脳しているのが、イスラエル政府の実情です。ラビがパレスチナ人皆殺しを生徒に教える社会を育てているのです。「戦争は平和」、まさにジョージ・オーウェル「１９８４年」の世界を超えています。

明大土曜会で

４月の明大土曜会にメイと一緒に参加しました。メイが初めて日本に帰国した２００１年、大学時代の旧友たちがメイを支え、日本語学校を紹介し、公判に通うメイにずっと寄り添ってくれました。メイも土曜会で発言し、アラブ料理を振る舞い、日本に慣れるのに随分助けられたそうです。私の旧友の営む「祭」で行われる土曜会にメイも久しぶりに参加し、店主やみんなと挨拶し、若者たちと話し込み、楽しそうでした。店には40人ほどが集まり、みんなで熱く語り合いました。

土屋源太郎さんがまず、砂川事件裁判国家賠償請求訴訟への協力のお礼と今後の方針について語りました。土屋さんは、「国家賠償請求訴訟は、１月15日に東京地裁で判決があり、請求が棄却された。要点は、砂川事件の当時の最高裁判決前に、最高裁長官と駐日米大使が会ったことを判決文で認めた点です。しかし、その理由として、『会ったけれど、すでに最高裁長官は裁判の基本方針を決めていた。その上で駐日大使と会ったので、裁判に影響を及ぼしたとは言えない』という判決」と報告。

土屋さんは「ひどい論理だよ。こんな馬鹿な話はない」と言い、「控訴したが、１回目の陳述が終わった段階で結審になる可能性がある。9月に予定されているので、多くの方に傍聴に来ていただきたい。『伊達判決を生かす会』が今年で15周年になる、7月13日に成城大学で記念集会をやります。是非参加を」と述べました。

次に3月の沖縄での抗議行動参加の報告です。毎月第1土曜日に開催されるキャンプシュワブ前のオール沖縄会議主催の約1000人の県民大行動に参加したことなど、今沖縄が置かれている状況を身体で感じた報告です。そして「6月16日に沖縄の県議会議員選挙があります。県議会の構成は与野党が伯仲して、玉城与党が1議席多いだけです。もし与野党が逆転すると、玉城さんの県政運営も厳しくなるということで、今沖縄では県議選に向けて全力をあげています。本土でも何らかの応援をする必要があると思います」。沖縄に関しては若い人も補足説明し、「沖縄の基地問題にヤマトの学生がどう取り組んでいくのか。もちろん現地に行くのも大切だけれども、沖縄に基地を造るのを決めているのは東京とワシントンの人間だから、東京で行動するのもそうだし、仲間で学習会などを地道に積み重ねていかなければいけないということを実感した」「集会が終わった後も学習会など、これからも取り組んでいこうと思った」など多くの意見が出されました。

「立て看同好会」という団体の発言も魅力的です。大学に「立て看」の文化を復興することを通じて、学内での表現の自由や言論の自由を取り戻そうという活動をしている団体です。「新入生に向けて、キャンパスの正門前で、新入生歓迎の立て看板と、イスラエルによるパレスチナ人の虐殺に抗議する立て看を設置しました。会員も徐々に増えてきています」と述べ、大学側への立て看と掲示板に関する要望書を提出しましたが、張り紙に関しては「検討する」ということで、一つ成果が出たことが嬉しい一方、立て看板については「認められない」という回答だったようです。また、「明治大学はイスラエル工科大学と協定関係にあり、これに対しても立て看同好会は抗議をしています。入学式で、『明治大学はイスラエル工科大学と手を切れ』というプラカードを掲げて入学式に参加する新入生がいまして、非常に心強いです。応援してください」と。また「立て看は文化」だという発想はすごくおもしろいし、あれは本当に文化だと思う、と半世紀前の若者世代は大賛成です。「立て看運動」は大学同士でつながって、いろいろ支援したり、相互に支え合っているようです。「東大駒場は米国の大学のようにジェノサイド抗議パレスチナ連帯のテント村も立て看もあって頼もしい」と友人も話していました。

また、「このたび全国学生行動連絡会を結成しました。略すと全学連なので間に『行動』を入れました。全国のノンセクトの運動が各地、各大学にありその運動を相互につなげて一緒に頑張っていこうという組織、連絡会を作りました。各地の大学が入っています」と〈全国学生行動連絡会結成宣言〉が配布され、みんなで熱い拍手を送りました。

メイのパレスチナ報告

それから、パレスチナ問題については私とメイが話しました。私がパレスチナの現状と土地の日の「新宿ラッピングデモ」などを報告し、重版になった『パレスチナ解放闘争史』について話しました。若者の一人が「私の大学の所属しているゼミで、重信さんの『パレスチナ解放闘争史』の輪読が決まりました」と言っていたのには驚き、嬉しいことでした。

メイは、現地報道でしか知りえない話を幾つも例を挙げて話していました。最後に語っていたのは以下のようなことです。

「今、世の中の注目がガザに集中しているが、パレスチナ自治区のヨルダン川西岸地区でも一般の人がイスラエル兵や、違法入植者に殺されたり、攻撃されている。イスラエル兵がジープの中からパレスチナ人を撃ったり殺したりしている。今まではジープから出て撃っていたが、車両の上にロボットのパーツを載せて、ゲームのように車両に乗ったままパレスチナ人を狙って撃つことができるようになった。このパーツは日本の企業から輸入しており、テクノロジーがこのような武器装備品に使われている」。また最近、日本の市民たちが伊藤忠とイスラエルの軍需企業エルビット・システムズとの間の協定を止めた点を指摘し、「南アフリカのアパルトヘイトを国際社会が制裁によって追い詰めたように、一番効果があるのはボイコットです。イスラエルの製品を、輸入しない、買わない、日本政府もイスラエルのドローンを買わない、日本国民もイスラエル商品を買わない、ボイコットすることが大事です。

今、国のレベル、政府のレベルで何もできないのだったら、市民のレベルでできることをやるべきだと思います。

このようなことにイギリスやオランダの市民も知恵をつかっています。イギリスでは最近、ジェノサイド『防止策』として輸出停止を求める書簡に600人以上の著名弁護士が署名しました。イギリス政府がイスラエルと関係を持つことはジェノサイドに関わることで、『直ちに停止するべきだ。イギリス政府もジェノサイドの戦争犯罪の裁判に訴えられる！』と訴え、市民が政府を監視していることを示しています。政府は、国民が国家政策に関して無知だと、なんでもやりたい放題だけれども、国民、市民の人たちからこのような要求があがると、少しずつ変わっていくと思います。市民による追及の成果で、最近オランダ、カナダ、スペイン、ベルギーもイスラエルへの武器輸出を止めたのです。日本でもそうですが、市民が見ている、市民が追及しているというのを政府が知るようになると、変わってくると思うのです。武器だけではなく、イスラエル産の商品やイスラエルを経済的にサポートしている商品、サービスがチェックできるアプリケーション『Ｎｏ Ｔｈａｎｋｓ』があります。バーコードを翳《かざ》すだけでわかるようにできていて、とっても簡単です。イスラエル・ボイコット商品一覧も見られるし、さらに詳しくイスラエルとの関わりが知りたい場合は、商品名をクリックすれば良いだけです。『これはイスラエル商品・イスラエル政府や軍に資金を出しているので、買わないようにしよう！』という運動もやっていけるのではないかと思います」と話しました。短い時間ですが、メイも若者たちと熱心に語り合っていました。

パワーポイントでスピーチしてみました

はじめてパワーポイントを使ってみました。４月下旬の救援連絡センターの定期総会でパレスチナ問題について話してほしいという要請を受けました。レジュメは作ったのですが、間際になって全国中継します、と言われて慌てました。これまでパレスチナ連帯に対する妨害がいろいろ伝えられており、私への嫌がらせで日常生活を乱されたくないので、できるだけ顔を晒《さら》さずにスピーチをするよう心掛けてきました。前にたんぽぽ舎で話した画像がネットでも見られるのですが、顔を撮らない約束だったので、手だけが映っていて何だか怪しげだったと友人の感想を受けたことがありました。去年の総会スピーチで小出裕章さんがパワーポイントを使って反原発の問題を鮮やかに語っていたのを見て、素晴らしい、いつかパワーポイントを学習したいと思っていました。それでこの機会になんとか、パワーポイントでパレスチナ問題をより理解しやすいようにやってみようと思い立ちました。スピーチまで1週間もなかったのですが、友人がパワーポイントのやり方を教えてくれたので、まず作成済みのレジュメに沿って1枚1枚スライドを作りました。画像をコピーしてスライドに引っ張ってくることや、スライドに言葉と絵や写真をはめ込むことなど、なかなかうまくいきませんでしたが、何とか48枚のスライドを作りました。まあ初めてだから恥をかくつもりでやってみようと前日にやっと仕上げました。海外に出張したメイにできたファイルを送ったところ、「字が多すぎる」とダメ出しが来ました。もう時間がないと思いつつ時差のあるメイの助言を受けて字を少なくして44枚に仕上げ、メイもデザインを加えて見映《みば》えがするように協力してくれました。

　ちょっと寝不足のまま、ファイルとパソコンをもって会場へ早めに着きました。技術者に接続してもらい、パワーポイントの準備はOKです。ガザの現在の実情を語り、歴史的経緯は省略しながらパワーポイントで示し、私自身がパレスチナ解放勢力と共同した時代を若干語り、急ぎ足でパワーポイントを繰りながら講演を終えました（このスピーチはhttps://youtube.com/watch?v=96j1zBTnOXMで見られます）。パワーポイントはスピーチを助けてくれて大変優れものだと実感しました。友人たちもこの方がわかりやすいと言ってくれたし、作業や手間はかかりますが、これからも使いたいと思います。また、4月末には、人民新聞のインタビューとその事前打ち合わせもズームで行いました。

ちょうどＩＴ化の進んだ２０００年からの22年間、そしてコロナ禍の３年間の大半も社会で暮らしていないので落差が大きいのですが、市民社会が日常的に機材として使いこなしているものはどんどん学習して使おうと興味津々です。

ナクバ76年目の5月に

ナクバから76年目の５月です。ジェノサイドの最中の５月です。再びのナクバ……。

５月は毎年、パレスチナ抵抗運動はいつにも増して激化し、弾圧もさらに激しくなります。ラファは「地上戦」なら米国は武器供与停止か？　レッドラインをまだ超えていないかなどと空論的なことを言っているうちにジェノサイドが極限に進んでいます。もうこれ以上殺させないで！

こんな歌が零《こぼ》れました。

「背中　腕　足にも書いてよ僕の名前　ちぎれても母さんと離れないために」

パレスチナの厳しい実情を一人でも多くの人に知ってもらいたい。そしてその同情と共感が、ガザ住民を実験台としたイスラエルのドローンを、落札価格１円で買う日本政府の軍拡に反対する市民の運動と連動していくことを願っています。

『パレスチナ解放闘争史』をこのジェノサイドの時期に出版できて本当に良かった。出版されて以降、書評を描いてくださる方、出版社の方に学術的な指摘をしてくださる方、感想など深く読んでくださる読者の方もおられてとてもありがたく感謝します。（ナクバの日に　５月15日）

第21回

パレスチナでの集団虐殺

『創』24年8月号

リッダ闘争52周年記念集会で
板垣雄三先生（左）、足立正生監督と

パレスチナでの集団虐殺は信じがたい激しさで続いています。スイスにあるEuro-Med Human Rights Monitorは、「せいぜい非難声明に過ぎない米国とヨーロッパと国際社会の保護によってイスラエルの立場は強化されている」と欧米政府を非難し、２０２３年10月７日から24年５月13日までのジェノサイドの現実を数字で発表しました。「わかっているだけで４万３６４０人が殺され、そのうち市民が３万９６７５人。女性が１万３８２人、子どもが１万５９７１人。瓦礫《がれき》の下にも相当な数の死者が埋もれている」。報告ではガザ地区に対するイスラエル軍のジェノサイド攻撃は、２００万人を自宅から追放し、ガザの36のすべての病院を破壊し、祈りの施設モスクは６６７カ所、教会３カ所を破壊し、教育施設４５９カ所を破壊。事実を伝えるジャーナリスト１４１人を殺し、医療従事者の９３１人を死傷させ、民間人を標的とした攻撃を繰り返し、飢餓を意図的に作り出しているという恐ろしいものです。

イスラエルの独立報道機関の調査によると、ジェノサイドに使われている「ラベンダー」というA

Ｉ標的生成システムは、「ハマースとイスラム聖戦の軍事部門に所属」とＡＩが推認したすべての人間を爆撃目標としたそうです。戦争の最初の数週間、軍はほぼ完全にラベンダーに頼っており、３万７０００人ものパレスチナ人がＡＩで「テロリスト」とされ、その家を空爆対象としたという。また、「パパはどこ?」(Where's Daddy?)」と呼ばれるＡＩ自動化システムが使用されたことも、今回の調査報道で初めて明らかになったとのことです。イスラエル軍は標的となった人物が夜、家族全員と一緒にいる時に攻撃するのが通例だったという。「軍事拠点を爆撃するよりも家族の家を爆撃する方がはるかに簡単だからだ」という理由で標的の父親を追跡し、家に戻ったところで皆殺しにするＡＩ殺人です。

ガザの住人すべてをＡＩで監視し、ランク付けし、殺害順位を振り分け、その結果膨大な「誤差」で無辜《むこ》の人々の命を奪う「精密」なＡＩ兵器。

西岸地区でも入植者やイスラエル兵によって５２５人を超えるパレスチナ人が殺され、９１５５人が逮捕され、そのうちなんの訴状も裁判も無しに「行政拘留」という名目で６６２７人が拘留されています(６月10日現在)。パレスチナではかつてない苦痛と哀しみの中で「犠牲祭」の祝日を迎えています。

国際司法裁判所の判決をイスラエルに順守させるべき米国などＧ７の指導者たちは、ジェノサイドを止められず、制裁も求めません。彼らはイスラエルによるジェノサイドの共犯者であり「国際秩序」を自ら破壊しています。５月31日にバイデン米大統領は「イスラエル案」として停戦案を示しましたが、「ユダヤの力」のベングビール国家安全保障相と「宗教シオニスト党」のスモトリッチ財務相は、停戦に応じれば内閣から離脱するとネタニヤフ首相を脅し、ネタニヤフはネタニヤフで、極右を利用して政権にしがみついている状態です。その上ネタニヤフ政権はレバノンのヒズブッラーの司令官を殺して挑発し、戦争拡大を狙ってきました。それも臨界に達し、レバノン戦場は恒常化しています。

ネタニヤフは6月16日には戦時内閣を解散しましたが、10月7日前の極右内閣に戻っただけで、イスラエル国内では総選挙要求を突きつけられ、国際社会からの批判はさらに増しています。

一方、米国を中心とした学生のパレスチナ連帯は、世界規模に広がり、5月24日から26日に、デトロイトに全米各地から代表が集まってパレスチナ人民会議が開かれました。会議には3500人が集まり、オンラインで数万人が視聴しました。この会議には反シオニズムのユダヤ人の団体「International Jewish Anti-Zionist Network（IJAN）」も参加しています。会議の中心を担ったのは、4月以来全米の学生のキャンパス・キャンピング運動でイニシアチブを発揮した在米パレスチナ人たちの「パレスチナ青年運動」です。「組織、集団、運動指導者、地域住民、学生、知識人、芸術家、文化活動家として、私たち自身と自由なパレスチナのための闘いについて考え、意見を交換し、強化するための3日間の集会」という位置づけで開催されました。

安保理で米国が「パレスチナ国家承認」に拒否権を発動して以降、法的拘束力はないとしても国連総会決議でそれを覆し、いくつもの国がパレスチナを国家として承認する動きが活発です。国連加盟の193カ国のうち、既に140カ国以上がパレスチナを国家として認めており、スペイン、ノルウェーなどのEU加盟国もパレスチナを国家として認めると宣言し、動き始めています。日本は国連安保理総会でパレスチナの国連加盟による国家承認に賛成票を投じており、即パレスチナの国家承認を宣言することによってその意思を国際社会に示す必要があります。米国に追随する外交は日本を衰退させるばかりです。

リッダ闘争52周年の集い

6月1日は、リッダ闘争52周年記念集会がありました。１９７２年5月30日に敢行されたＰＦＬＰ（パレスチナ解放人民戦線）のリッダ空港制圧作戦と、作戦に参加した日本人義勇兵を記念して毎年開かれている集会です。「葬式ではなく祭を！」と旅立った戦士たちに連帯して記念講演が行われ、みんなで献杯する集会です。

去年は私も獄から出て初めて参加し、リッダ闘争の時代と当時の状況について語りました。今年の講演は中東・パレスチナ問題の第一人者、93歳になる東大名誉教授の板垣雄三先生が講師です。

講演の後、板垣先生と足立正生さん、私の鼎談が予定されていました。

私はちょっと体調を崩してしまい、前々日にコロナ検査をしたり（陰性でした）、6月1日当日には、早朝からエコー、ＣＴ、胃カメラの検査をしたり、明大土曜会も重なって大忙しでした。でも土曜会で同世代の友人たちや若い人たちと話しているうちに体調もどんどんよくなり、気分も高揚してなんだか病気が治ってしまったようでした。土曜会を中座してリッダ闘争記念集会の会場に向かいました。

山梨、長野でパレスチナ連帯運動をやっている板垣先生の塾の友人たちも来てくれて、狭い会場は入りきれないほどの人々が集まりました。パレスチナ問題に対する関心が高まり、板垣先生の話を聴こうと、いつもよりたくさんの人が参加していました。

はじめに登壇された板垣先生は、「リッダ闘争に参加した日本人の若者たちがどんな時代の歴史の積み重ねの中で生きてきて、そして義勇兵として戦いを決意していったのかをたどるところから話したい」と、レジュメの戦後年表の説明から話を進めました。

板垣先生の報告は、第2次世界大戦後の米ソを軸にした国民国家の再編と植民地・第三世界の解放と独立を求める戦いの国際的な歴史を背景に、日本が積み重ねてきた歴史をたどりました。そして米国の黒人差別反対——公民権運動や、フランス5月革命、ドイツ、イタリア、日本、そしてベトナム、パレスチナの解放闘争のうねりの同時代性の中にリッダ闘争を位置づけて語りました。ドイツのバーダー・マインホフやネグリなどもかかわったイタリア左翼運動、ブラックパンサーなど世界史の流れの中でリッダ闘争を捉え返そうという試みです。現在のパレスチナ・ガザをめぐる世界の動向というヨコ軸と、1947年のパレスチナ分割とナクバを経たパレスチナと世界の動向、民衆の戦いという歴史をタテ軸に位置づけながら、リッダの戦士たちが生きた時代を示しました。

戦後の日本のつくられ方、60年安保、砂川闘争から全共闘、新左翼の登場などの歴史がリッダ作戦義勇兵を育てたという話をされました。また、唐十郎の状況劇場が「唐版 風の又三郎」のアラビア語劇を引っさげてパレスチナ公演を行った時の話や、リッダ闘争にかかわった学生たちが板垣先生にベイルート行きの助言を求めにきたエピソードなどを率直に語りました。70年代のうねりを世界史的に捉え返そうという心意気があふれていました。

第2部は鼎談で、板垣先生がパレスチナ二国家案のまやかしを語り、私がリッダ闘争前後のアラブの実情や熱気、二国家案に繋がるパレスチナ独立宣言を採択した第19回パレスチナ民族評議会での決議に至る論争などを語りました。鼎談というより足立さんが司会としてリードして私と板垣先生がスピーチする感じになりました。公共施設の閉館時間9時ぎりぎりまで語りました。

　同じ時期、ベイルートでもＰＦＬＰを中心にリッダ闘争記念日の催しがあり、殉教した奥平さんら戦士たちの墓参会が行われました。ＰＦＬＰ機関紙アルハダフは、「リッダ空港の英雄的な作戦の52周年を記念して、在レバノンのパレスチナ解放人民戦線は、２０２４年5月30日、ベイルートのシャティーラ交差点のパレスチナ革命殉教者の墓地で、日本人殉教者の墓に花輪を捧げることで、この記念日を祝いました。レバノンとベイルートの人民戦線の指導者たち、仲間たち、抵抗運動組織、パレスチナの民衆委員会、レバノンおよびパレスチナの民族・イスラム勢力が出席しました」

「このリッダ空港作戦は、今日ガザと西岸地区で尊厳の戦いを繰り広げているパレスチナの人々にとって、野蛮な占領に対する驚異的な勇気と抵抗、英雄的な耐久力を示すものとなっています。

　イスラエルの占領は、ラファでの虐殺を引き起こし続けているが、これはイスラエルの軍事的な無力さの結果であり、明確な目的を達成できなかったことを示しています。これらの虐殺は、すべての国際法と国際司法裁判所の決定に対する重大な違反です。また占領者イスラエルに爆弾や化学兵器を供給したアメリカ政府を虐殺の主要な共犯者として糾弾《きゅうだん》し、戦争犯罪の裁判にかけるべきです。

　パレスチナの抵抗運動は、この民族虐殺に対する断固とした決意をもってパレスチナの存在を護るために戦い続けます。そしてこの記念日に、パレスチナ、レバノン、イエメンの抵抗運動に、パレスチナのために命を捧げた殉教者たちに敬意を表します」と記しています。

「月光の会」の授賞式に参加して

6月15日、短歌結社「月光の会」の黒田和美賞の授賞式が行われました。コロナ感染の自粛状況の中で、授賞式が2020年の第8回以降できなかったので、今回は第9回、第10回、第11回の受賞者の授賞式が行われることになりました。第9回は松野志保さん、第10回は私、第11回は高嶋和恵さんです。

私は2022年に獄から出所した日に「月光の会」の方々の努力で『歌集　暁の星』を出版させていただきました。その秋に黒田和美賞の受賞を知らされてびっくりし恐縮すると同時に、とても光栄でうれしく思いました。黒田和美さんは、「月光の会」を創設した福島泰樹主宰の盟友で、NHKの「ひょっこりひょうたん島」制作に関わったり、今でいうサブカルチャーの分野で活躍してきた方とのことです。『六月挽歌』という歌集を出しており、その優れた歌を知ることができます。「失ひし標的いまだ世の淵に据ゑ置かれたるレンズのまなこ」「八月の雨てのひらに受けてゐる誰にも属してをらぬ冷たさ」「六月の挽歌うたはば開かれむ裏切りの季節ひとりの胸に」「はなむけに飲む苦き茶よ其の予後の足立正生と戦争の歌」などがあります。弱者の側に立つ視線とともに叙情あふれる歌が多く、その感性にハッとさせられます。

当時「受賞の言葉」の最後で、私は「この賞を受けるニュースを聞いてから、どうしても『うまく詠もう』と、意識してしまうのです。自己流で良い、虚心に湧き上がる思いを紡ぎ続けよ、と自分に言い聞かせているところです」と述べています。当時の月光誌第77号の第10回受賞特集号を読み返してから、私は会場の吉祥寺・曼荼羅《まんだら》に向かいました。

３時からの授賞式を前に、受賞者の３人は12時半からリハーサルがありました。というのは、受賞者は授賞式の後に、自作の歌を朗唱したり、エッセイを朗読したり、内容は自由ですが、義務があります。

私はパンタさんが曲をつけてくださった私の詩「ライラのバラード」を朗唱しようかと考えていました。でも生演奏のバックミュージックが入るので、オリジナルの新しい詩を作って朗誦することにしました。ちょうどガザのジェノサイドが続いています。かつて友人が１９４８年のナクバの時、６歳でシオニストの襲撃に遭い、死にゆく母親のスカートの中に隠れて生き延びた話をしてくれたことがありました。その話を基本にしながら、今回のガザのナクバと合わせて一つのストーリーを作り、それを朗読しながら、最後に自作の歌を朗誦することにしました。

３時前に続々と招待客や歌人仲間が集まり、授賞式が時間通り始まりました。最初に主宰の福島さんが黒田和美さんの来歴、黒田和美賞の由来を絶叫コンサートの姿そのまま示してくださいました。その後私たち３人が壇上に上がり表彰式です。

各自の表彰状の文面が違うのですが、私の表彰状には以下のように記されていました。「想像を絶する長期監禁勾留の日々を、定型詩短歌を以て記憶と再生の器として世界と対峙同志哀哭のはたパレスチナ解放と世界の平和を熱禱してやまない歌集『暁の星』に本会は第十回黒田和美賞を贈りその労苦を讃えこれを表彰します」とあります。そして大きな花束と「第十回黒田和美賞　重信房子」と印字されたアウロラ製のボールペンをいただきました。

私は、72年のリッダ作戦の報復で作戦と関係のないガッサン・カナファーニがイスラエル・モサドに暗殺されて以降、PFLPの助言により非公然の生活が続き、その後22年間も獄中に居たりで、こんな晴れがましい機会は予想もしていなかったので、眩《まぶ》しく嬉《うれ》しい思いでいっぱいでした。

その後3人それぞれに祝辞があり、岡部隆志共立女子短大名誉教授が黒田和美賞の選考委員として私への祝辞を述べられました。彼は、私と同時代にブントで活動し三里塚闘争で逮捕されたりと、近しい場で縁のあった経験をまず語りました。そして私の歌の原点は「マルクスやレーニンを読み吉本読み私は私の実存で行く」という歌に示される「実存」であると話しました。党派活動というのは実存を失っていくところだと語り、彼女の自分を失わずに生きてきた実存と抒情性の数々の歌が『暁の星』の評価に繋がったなどと語ってくださいました。彼はこれまでに『暁の星』ばかりか『はたちの時代』を解題した書評も書いてくださり、初めてお会いしたのですが、ありがたい祝辞をいただきました。

それから乾杯をして、来賓挨拶が続きました。他の歌誌の方々の挨拶では、『現代短歌』7月号がガザを特集したこと、私の66首やエッセイのことを紹介してくださいました。加藤英彦、足立正生、髙山文彦、及川隆彦、鈴木英子さんらも挨拶をしてくださいました。皆飲みながら語り合い、その後最後に私たち受賞者の朗読が始まりました。やはりプロの歌人の方々の朗読は素晴らしい。イマジネーションから歌に詠み落とされる軌跡を感じることができるものです。私も熱く朗誦しました。タイトルは「ナクバを超えて」です。

「ガザ！／瓦礫が私の体を砕いた。／この瓦礫を退けて！　起き上がれない。／私の足はどこにあるの？　私の抱いていた孫はどこにいるの？　ここは地の底なの？　暑い！　痛い。私の足はどこに行ったの？／私は起き上がれない。／ここはガザ。どうしてこんな目に合うの？／私が何をしたというの？　私達パレスチナ人が何をしたというの？／何が始まったの？　またナクバが始まったのね。／あのナクバの時私は６歳だった。１９４８年のこと。／ヤーファーの我が家。たわわに実る果樹園のオレンジ、そしてオリーブの林。

豊かで平安に満ちた日々を覚えている。／「シオニストが襲ってくる！　シオニストが皆殺しに来る！」人々の声が響くと、持てるだけの荷物を抱えて家に鍵をかけ皆逃げる準備を始めた。／……」と続け、最後に「殺すな！　殺すな！　殺すな！」と絶叫しました。こんな大声を出すのは若い時のデモ以来初めてかもしれません。最後は「三本締め」でお開きとなり心地よい疲労を感じつつ帰路につきました。

自著『パレスチナ解放闘争史』は3刷になりました。読者カードには「テロリストだと思っていたが見直しました」などの評もあったようです。パレスチナを理解していただく一助になっていることを本当にうれしく思います。

６月には、「10・８山崎博昭プロジェクト」の関西運営委員会の招請で22日大阪でパレスチナ問題の講演を予定しています。また京都での23日の板垣雄三先生の講演に私も話をする機会があります。とてもうれしいことですが、残念なのは24日に計画されている明大立て看同好会の学生たちに連帯して明治大学先輩たちが計画している立て看を許さない大学当局への抗議の「横断幕スタンディング」に参加できないことです。

（６月18日）

第22回 パレスチナに平和を！

『創』24年9月号

立て看同好会に連帯の横断幕
スタンディング

猛暑の日本。梅雨という季節の呼称がもう合わないような酷暑と大雨の日本列島です。でもメイが出張しているカタールは45度とのことです。そうです、暑いあの地域を思い出しています。45～46度のイラクの夏は乾燥しているので、体感温度はもっと高く肌が痛い。水分が蒸発するので、汗をかかず塩を吹きます。パレスチナ、レバノンは温暖で、ベカー高原は涼しく過ごしやすいです。ガザは35～36度くらいですから、ジェノサイドの中で水、食料、住処もなく、どんなに大変だろうと思わずにはいられません。

ジェノサイドと人間の尊厳

イスラエルの指導者たちがパレスチナ人を「人間ではない動物だ」と教え、「ガザのパレスチナ人全員の皆殺しを」と訴えるラビのエリヤフ・マリに代表される教育者が生徒を洗脳してきた結果、人間性を奪われているのはイスラエル兵たちです。度を越した暴力と殺戮《さつりく》の仕方にそれが表れています。

ハマース司令部が病院の地下にあるはずだとイスラエルが決めつけていたアル・シファ病院の院長やスタッフは、拘束され毎日イスラエル兵の殴打と拷問の日々であったと、９カ月ぶりに釈放された後、やせ衰えたまま記者会見で語っています。スイスのEuro-Med Human Rights Monitorはガザ地区のさまざまな場所で集団墓地が発見されたと報告しました。病院の中庭、特にハーン・ユニスのナセル医療施設とガザ市のアル・シファ医療施設で発見された集団墓地では、イスラエル軍が逮捕・拘禁した人々を処刑し、その後埋葬したことを示す縛られた犠牲者や、治療中の患者とみられる遺体が発見され、国際的な捜査が必要だと訴えています。イスラエルは、ブルドーザーによる破壊活動に加えて、７万トン以上の爆発物をガザ地区に投下し、いわゆる「緩衝地帯」を作るために、ガザ地区の東と北で最大１㎞の距離にあるすべての建物を破壊。イスラエル軍はガザ地区からパレスチナ人のアイデンティティを消し去り、ガザ地区と人々の歴史的なつながりを断ち切ろうとしてきたと報告書は告発しています。

対照的にジェノサイドの最中でも瓦礫《がれき》をかき分け救出し、助け合い労わりあうガザ住民たちの姿に、崇高な人間の尊厳を感じるのは私ばかりではないでしょう。占領軍に対する住民の抵抗の権利を謳《うた》った世界人権宣言から国連決議に至るまで、人間の尊厳を闘いとってきた歴史を復権させ、世界の最前線で今、パレスチナの人々が抵抗していることが、私たちを含む人々の足元の変革を支えているのだと思わずにはいられません。

ロンドンの医学雑誌『ランセット』に発表された研究によると、イスラエルのガザ攻撃による死者は18万６０００人を超える可能性があるとし、この数字はガザの戦前の人口２３０万人のほぼ８％に相当するとのことです。ガザ保健省によると身元が判明した死者は4万人未満ですが、医療施設や食糧配給網、重要なインフラが広範囲にわたって破壊されているため、本当の死者数はもっと多い可能性があるとランセットの研究は警告しています。

また、イスラエル特殊部隊は、6月8日の4人の「人質救出作戦」時、274人ものガザ住民を殺害しました。特殊部隊は米国が海上に作った桟橋《さんばし》から運ばれる援助トラックを偽装して避難民を装い突入襲撃し、人質救出後は桟橋周辺からヘリコプターでイスラエルに移送しています。米国は最初からイスラエル援助でデルタフォースも11月には参戦したと報じられており、陸路の物資搬入を拒むイスラエルを許して海上に作ったこの桟橋は、軍事目的にもなっている可能性があったかもしれませんが、壊れてばかりいて役立たずのようです。7月5日現在、すでに158人のジャーナリストが殺され、ジャーナリスト保護委員会（CPJ）によると10月7日以来ガザ、ヨルダン川西岸地区、東エルサレムで、48人のジャーナリストがイスラエルに、3人のジャーナリストがパレスチナ当局に拘束されたそうです。「10月7日以来、イスラエルは記録的な数のパレスチナ人ジャーナリストを逮捕し、行政拘禁によって訴訟もなく彼らを牢獄に閉じ込めている。そのため必要な情報だけでなく、紛争に関するパレスチナ人の声も奪われている」と、ニューヨークのCPJプログラム・ディレクターが語っています。

「ハマース壊滅」を主張するネタニヤフに対し、6月16日イスラエル軍のハガリ報道官は「ハマース根絶は不可能であり、それを唱えることは国民の目を欺くものだ」と批判し、「ハマースは、ガザ住民の思想であり、根絶することはできない」と異議を呈しました。イスラエル軍の死者や負傷者も増えています。これはパレスチナの人々の占領に対する様々な抵抗の闘いの結果ですが、イスラエルの「ハンニバル指令」のせいとも考えられるでしょう。「ハンニバル指令」とは「パレスチナ・クロニクル」によると、「たとえ味方を攻撃し、味方に損害を与えるという代償を払ってでも、あらゆる手を使って捕虜となることを阻止しなければならない」という規定だそうです。10月7日、パレスチナ勢力の作戦に直面した際に、実はイスラエル兵の無差別攻撃で多くの人が殺されているのですが、これにはハンニバル指令が影響したと考えられています。ガザ地区とイスラエルを隔てるフェンス近くにあるキブツ・ベエリの生存者ヤスミンさんはイスラエルラジオのインタビューで、10月7日のハマースの作戦後、イスラエル兵が間違いなく多数のイスラエル民間人を殺害したと述べました。「イスラエル兵は、人質を含む全員を殺した。非常に激しい十字砲火があり戦車砲撃もあった」と述べました。このような情報がイスラエルの新聞「ハアレッツ」などにも掲載されており、今後更に検証されるでしょう。こうした情報暴露もイスラエル国内の政府と軍の矛盾、反ネタニヤフ運動の広がりとつながっているのでしょう。

米政府を中心とする「国際社会」は停戦を口にしつつイスラエルの虐殺を続けさせ武器弾薬支援を続けたままです。イスラエルやその指導者たちは「ハマース壊滅」で一致しつつ「壊滅する」相手と交渉して停戦をするという、矛盾をくりかえしています。「ガザの再建プラン」もありません。ネタニヤフ政権は再占領・軍政以外の展望を示していません。ネタニヤフは狙撃によって負傷したトランプ大統領再選に期待を寄せ、政権にしがみついたままレバノン侵略、イランへの挑発攻撃を繰り返しています。トランプ政権時、米大使館のエルサレムへの移転、ＵＮＲＷＡへの支払い中止、占領地の併合や占領地内の入植活動の合法化など、アメリカの歴代の政策を転換しました。トランプは現在のイスラエルのジェノサイドを容認し、イスラエルの望むように最後までやらせろと主張していました。再びトランプ政権になれば、ネタニヤフはフリーハンドを得てさらにジェノサイドと領土併合を進めるでしょう。

5月に、米軍が食料支援物資搬入の口実で桟橋を作った時から、ハマースを含むパレスチナの諸勢力は「ガザに入るいかなる国際軍やアラブ軍も拒否する。もし入ってくれば占領軍とみなす」と声明を発しました。ハマースは停戦交渉の中で、パレスチナ超党派による独立政府が戦後のガザとイスラエル占領下の西岸地区を運営することを提案していると7月12日のアラブニュースは伝えています。「戦後のガザ行政は、外部からの干渉を受けないパレスチナ内部の問題であり、外部のいかなるものとも話し合うつもりはない」とハマースらは主張しています。ファタハとハマースを含むパレスチナの14の組織は、7月21日から23日、中国の仲介で北京で話し合い、「北京宣言」で新しい統一政府作りを含む反占領の統一行動を取る方向を確認しました。ジェノサイドを終わらせるためには、イスラエルに対する制裁と、北京宣言にあるパレスチナ人自身による決定を国際社会が尊重しない限り、以降のガザの社会形成は困難でしょう。今こそパレスチナ国家承認による国連加盟で対等な関係を作る時です。

関西集会に参加して

6月22日に「10・8山﨑博昭プロジェクト」関西集会に招かれて話をしました。山﨑博昭さんは、

１９６７年10月８日の佐藤首相のベトナム訪問に抗議した多くの青年たちの一人でしたが、警察機動隊の激しい弾圧によって殺された同世代の仲間です。山﨑さんの死は闘いの時代の象徴でした。同窓生を中心に彼の遺志を継承して反戦の意思を訴えてきたこの団体について獄で資料や本を読み、寄稿もしていたので私も知っていました。スピーチを要請された時には自然と話ができそうだと嬉しく思いました。

演題は「パレスチナに平和を！」、スピーチは70分、質問が30分の予定です。二度目のパワーポイントにチャレンジし、前日まで推敲して会場に向かいました。

関西事務局の新田さん、川西さんに迎えられて会場に着くと、たくさんの方々が既に集まっておられます。若い司会者が開会を告げると代表の山﨑建夫さんが挨拶に立ちました。その後事務局の新田さんが報告「重信房子さんとリッダ闘争について」と今回の私を招請する立場から、はたして重信がリッダ闘争に関わりがあったのか否か、リッダ闘争は本当に無差別攻撃だったのか？　日本人が一方的に乗客を殺したのか？　交戦下の戦闘行為ではないか？など様々な資料から検証、解明した点を提起されました。とてもありがたく心強かったです。これまでイスラエル大使や公安による情報を垂れ流すマスコミ報道の刷り込みが定着してしまい、「リッダ闘争関与、黒幕」といった私へのフレームアップは無視してきたのですが、出所後はあまりひどいので正そうと発言していた点を捉えて新田さんが検証してくださったものです。

常識的に考えても、中東に着いて１年目のボランティアで言葉もできない25歳の私が、当時６万人以上のメンバーをもつＰＦＬＰの作戦司令部の秘密作戦計画に関与できると考える方が荒唐無稽で、フレームアップです。もちろん私は、リッダ闘争に参加した戦士たちの闘いを誇りとし、支持・支援し、彼らの意思を継いで戦おうとしてきましたが、それはリッダ闘争の計画参加や共謀とは別のことです。この新田さんの報告の後、私のスピーチが始まりました。

パワーポイントの表紙は西瓜《すいか》にしました。西瓜はパレスチナのシンボルです。1967年の第3次中東戦争によってヨルダンの併合下にあった西岸地区とエジプトの管理下にあったガザ地区はイスラエルに占領されました。私が中東にいた70年代、西岸地区から追放されてきた友人がいかに過酷な占領政策だったかと話していました。イスラエル軍政下、パレスチナの歴史を教えることもパレスチナ国旗を掲げることも禁じられ、教科書の使用も禁止されたのです。占領に踏みにじられながらパレスチナ人たちは国旗と同じ赤、緑、白、黒色を持つ西瓜をシンボルとして掲げました。西瓜をシンボルとする連帯が、次第に絵を描いたりして密やかに広がり始め国旗代わりだったとのことです。西瓜をみんなでこれ見よがしに木陰で写生したり、集まって食べたりして抵抗したとのことです。そんな集会さえ蹴散らされたそうです。今、世界のパレスチナ連帯の街頭デモなどで西瓜が描かれることが多いのは軍政と同じ、自治がない現実のジェノサイドへの抗議のシンボルとして掲げているのでしょう。

そして「パレスチナに平和を！」の講演の目次を開き、「初めに」で「私の国際主義への飛躍は10・8羽田闘争から始まった」と山﨑君とゆかりの10・8闘争に参加していた私の経験を語りました。それから、パレスチナの現実を語り、歴史的経緯、パレスチナ分割からパレスチナ解放勢力登場の1967年以降から現在までパワーポイントを繰りながら説明しました。みな熱心で質問も多くいただきました。私がアラブに行った当時のPFLPとイスラームの関係の質問には、当時はアラブ民族主義の時代だったことから語り、最終的にユダヤ人とパレスチナ人の共存は可能なのか？という質問には、もちろん可能です、不可能にしてきたのは宗教ではなくシオニズムという人種差別イデオロギーとその信奉者であること、それがパレスチナ民族浄化、排除を作り出してきた歴史的経緯の説明など次々と答えました。

私の講演の後に水戸喜世子さんの報告「福島の闘いの現状――子ども脱被ばく裁判からみる――」、糟谷孝幸プロジェクトからの報告と提言、「大学に立て看をとりもどす〜京都大学の状況から〜」と現場の闘いの報告が続きました。その後40人近い人々が参加して交流会があり、初めて言葉を交わす方々含めて旧知のように大学時代の感覚でみなと語り合いました。事務局の方々の配慮が行き届いていてとても有意義な学ぶ場となりました。

翌日は京都でのスピーチでした。ルネッサンス研究所と「反戦・反貧困・反差別共同行動」の共催の講演会です。こちらのメインスピーカーは板垣雄三先生なので、私は出版した『パレスチナ解放闘争史』についてなど自由に話してほしいとのこと。板垣先生の講演は「パレスチナ問題と欧米現代――パレスチナの現状、シオニズムの歴史的・思想的起源――」いうタイトルです。とても明快に「パレスチナの闘いはテロではなく抵抗権行使である」という点を真正面に据えながら、実際にはシオニズムのナチズムとの共同の歴史などを語り、最後にユダヤ系オランダ人の社会学者ペーター・コーヘンが唱える植民国家イスラエルの平和的解体論を紹介し解題しました。専門的でありながらわかりやすく、みな熱心に講義を受けていました。先生の後に演壇に立った私は、どのような思いで『パレスチナ解放闘争史』を書いたか、「ナクバを超えて」という自作の詩と短歌の朗読で参加しました。スピーチの最後にちょうど京都のホテルマテリアルで起きた問題に触れました。6月15日、イスラエル軍関係者の男性から宿泊の予約が入り、ホテルのマネージャーが、イスラエルの戦争犯罪共犯の可能性を理由に予約をキャンセルするようお願いした件です。ホテル側と男性側双方が予約キャンセルで合意して終わったことでしたが、その後、やり取りの一部がネットで拡散され、そのマネージャーの個人情報流出、嫌がらせ、行政の介入などでホットだった時でした。僭越《せんえつ》だと思いつつ、このマネージャーの良心を支持し、連帯をと訴えました。

講演を終え、翌日には板垣夫妻と高山寺見学などの観光も楽しみました。93歳の板垣先生はちょっと険しい道を「これは山登りだな」と言いながら元気です。華厳宗の高山寺にはペルシャ語で書かれた詩の貴重な宝物があるとの先生の話でしたが、見ることは叶いませんでした。大阪、京都での友人たちとの交流を通して、様々な困難な中で、着実に多様に活動しておられる方々を知り、とても良い学びの機会となりました。

明大横断幕スタンディング・アクション

6月下旬、明治大学アカデミーコモン前広場に明大土曜会十数人が集い、横断幕スタンディングを行いました。行動の背景には昨年11月4日、明大祭で「明治大学立て看同好会」の学生5名が「明治大学20年ぶりの立て看おめでとう」と書かれた立て看板を学内に掲示しようとすると、学校当局は学生5名を拘束し警察に通報するという、あり得ない行動を起こしました。通報された学生5名は大学当局に「セクトの手先」でないことを宣誓させられ、11月10日の授業の出席を禁止され、学内の密室で警察による取り調べを受けたということです。学生曰く、当局はいまだにセクトの影に非常に怯《おび》えているそうです。貼り紙と立て看板を持ち込んだだけで警察を学内に導入する当局の姿勢は、言論の自由を徹底的に弾圧する行為だと、明大ＯＢ・ＯＧを中心とする明大土曜会として、またかつて「立て看」を書いた世代として、「明治大学の『学生の表現の自由封殺』を許さない」抗議行動として横断幕スタンディングが企画されました。

この日はすでに警備員２名、職員２名が警戒する中、横断幕を出した途端に当局は、規制とビデオ撮影を開始。「規則だから止めるように」との警告に、口では負けない元全共闘、「根拠を示せ。警告文の原本を見せろ。警備を委託した大学当局の上司と話がしたい」と延々と押し問答。結局横断幕行動に、特に規制・排除をすることなく、遠巻きに撮影し傍観。さすがに、明大ＯＢの年寄りを実力で排除できない様子でした。でもあまりの猛暑に横断幕を持つ３人以外は木陰へ。５分毎に交代。学生たちも立ち止まって横断幕を見ていましたが、熱中症が怖いので約1時間で行動終了。「今後も横断幕スタンディングを断続的にやる」と宣言したとのことです。あまりの非常識な当局に変わってもらいたいと願う自由と自治を求める愛校精神の行動でした。

特別篇

獄中日記より

〔編集部〕重信房子さんは2000年に逮捕され、2010年に懲役20年の刑が確定したが、その前年、東京拘置所でがんが見つかり、大阪医療刑務所で手術を受けた。その後服役中も含めて計4回の手術を受けるのだが、そうした獄中生活について、支援通信『オリーブの樹』に「独居より」という日記を寄稿してきた。ここでは、その中から、1度目と4度目の手術について、そして2022年の出所の準備について記したものを再録する。

オリーブの樹

大阪医療刑務所での初めてのがん手術

【2008年12月～10年2月】

●2008年末、胃と腸の内視鏡検査で、腸に4センチ大の腫瘍が2つ見つかりました。それは手術によってしか治療ができないと言われたのが12月17日でした。その後、悪性腫瘍かどうかの検査が行われていた一方で、転移がないか、卵巣、脳、肺に造影剤を入れたＣＴ撮影と、腸のバリウム検査（浸潤度を測るらしい）を行いました。

仕事納めの26日午後、２時過ぎに呼ばれて、腺がんであると告知されました。粘膜層から筋層に達していること、転移は今のところないこと、手術は新年早めに行うべきことを告げられました。手術は難しくないのかと訊くと、腫瘍２カ所が離れているので、楽観はしない方がよいと告げられました。

●２００９年１月27日、大阪医療刑務所に移されました。２月３日に大腸がん２カ所の手術を行うことになったからです。私にも突然のことでした。

26日夕食後、外部との連絡がとれない時刻に突然、「すべての荷物持ち出し」を命じられました。その後、「手術に必要な荷物とそうでないもの」に振り分けるようにとの指示（どこに行くのかも告げられず、「病室」を想定して手袋など防寒具は「東拘置き荷物」としたのですが、それは甘い判断で、寒くて困りました）。房に作業荷物を持ち帰って、手紙書きなど、夜更けまで作業しました。

27日は朝５時に起こされ、６時出発と言い渡されました。夜に作業した４通の投函物を投函してくれと言ったら拒否。「それなら行きません」と私。「どこに行くのかも明らかにせず、投函できる保障もない。こんなやり方では行くことはできない」と男の区長に宣言しました。主任（女性のトップ）がとりなして、「あなたは未決囚なので、未決の身分は保障される。ここで出せた郵便物も出せるはず。移監手続はすべて同じで、朝こちらで郵便物は預かれないが、行き先で『未決身分』で出せるから」というので、「本当ですね？」と確認してしぶしぶ出発。

１階に降り、バスに乗る寸前に「高等検察庁の命令によって、大阪医療刑務所に移監する。逃亡など企てないように云々」と読み上げられて指示。バスは大型バスでのお一人様護送。トイレ付きで座席には、私の他は主任、フロアー担当者、看護士の３人の女性。顔見知り、気心が知れている人たちを選んだようです。仕切った運転席の方には３人の男の刑務官がいました。

６時出発、７時に東京料金所を越えてカーテンを開けました。薄暗い中からどんどん晴天の朝へと変化していき、たちまち美しい風景。８時くらいにはもう御殿場か静岡か、雄大な白富士が近づいたり遠くなったり並走しています。鈴鹿の土田サービスエリアに停まって、11時半、コンビニ幕の内弁当とお茶を購入して、４人の女性たちと他愛のない話をしつつ昼食。13時50分に大阪医療刑務所に着きました。

すぐに診察とＣＶＣ（中心静脈カテーテル）の取り付けで、以降絶食体制での手術準備に入りました。大阪医療刑務所（以下大医刑と略）は、未決囚を受け入れたのは初めて。どう対処するのか、あわてて規定を作ったり、大変だったようです。「死ぬまで獄から出さない！」と豪語していた検察のやり方には憤りはあるとしても、東拘よりははるかに良い環境です。

●手術が行われる**2月3日（火）**。10時少し前に手術室へ運ばれました。
名前を呼ばれて、目覚めた時は、昼寝の後のような気分。「手術は終わりましたよ」と言われて、「ありがとうございます」と言い、「何時ですか」と訊くと「13時半」と言われました。10時から13時少し前、約３時間で手術が終了したのを理解しました。

酸素マスクに鼻からの管、左右の脇腹にも、また尿管にも管で、身動きが取れません。ＣＶＣの他に、計４本の管があるのがわかりました。切った所は痛くはありません。体温37・５度、血圧１２０

ー60台。手術は、大変技術的にも優れていたのだと思います。
●2月4日（水）。午前中、所長回診。所長が手術経過を次のように述べました（酸素マスクは朝のうちに取り外しました）。
「手術中に、小腸の腫瘍を発見し、それも摘出した。3カ所の手術となった。そのため感染症が起こることを心配したが、結局人工肛門をとりやめることにした（手術前には、傷口からの感染を防ぐために、手術場所2カ所の前で、胃からのものを排出する一時的な人工肛門を付ける予定だった）。今が一番危険なので、2週間は絶対に安静にして、書いたり読んだりも禁止するつもりで過ごしてほしい。面会も無理。親族だけは病室で会わせてあげるので、まず快方に向かうよう尽くしてほしい」と。
●2月10日（火）。朝X線検査（肺、腹部）。その後で、執刀医の先生来られる。出張中で来られなかったと詫びつつ、以下のように話してくれました。
大腸20センチ×2で、40センチカットした。小腸のがんが一番進行しており、リンパには達していないが、血管の入口のところにがん細胞があった。がんは、血管とリンパ節を通して他へ転移する。小腸がんは第2期。普通学会では、第2期まで抗がん剤を使わないし、今のところ血液を通して転移はないが、予防のため、小腸の抗がん治療をした方がいい。

もし今回大腸がんが発見されなければ、小腸は手遅れだったろう。小腸は、口からも尻からも検査しにくく、普通ほとんどがんが発生しないため、稀に発生すると末期がんとなっていて、手遅れのことが多い。あなたは、ラッキーで運が良いとのこと。
●2月12日（木）。血液検査のための採血。この日から流動食に入る。朝食は、重湯、すりおろしたりんご、味噌汁。久しぶりで味噌汁がおいしかった。明日から三分粥になるとのこと。
思いがけずの3つ目のがんで、鉄格子に千切れない空や花壇のあるここ、大阪暮らしもゆっくりになりそうで、私にはラッキーでした。様々な励ましの便りの中に大学時代の旧友からのこんな都々逸もありました。

切られてもただでは起きぬしたたかさ
獲物二つを三つにするとは
やっぱりふうこは魔女だった

みんなへのお便り書ききれません。感謝ばかりです。

「重信さん」呼びかけられて昼寝より目覚めるごとく手術は終わりぬ　［2月12日］

大腸に新たな腫瘍が見つかった

［2016年2月〜4月］

●2016年2月10日　昨夜点呼後、「明日、大腸検査のためこの下剤を飲んでください」と言われました。いつもは、前日の夕食は摂らず、栄養ドリンクで腸を洗浄し易いようにするのですが、今回は下剤を飲みました。

そのため、少し遅れて2時過ぎから内視鏡検査。粘膜の下に、もりあがった腫瘍が去年発見されていて、それが大きくなったか……と気にしていたら、新たに腫瘍発見です。前にS状結腸の腫瘍をとったあたり、腸のヒダの裏側に隠れていたもの。1センチ位の大きさです。「ヒダの裏側を見落としていて、数年経っているかもしれません」と主治医。ぜん動運動で動くため見失ったりしながら、そこに目印のクリップを2本打ち込みました。

●2月15日　点呼間際に主治医からの診察の呼び出し。2月10日の検査で発見された腫瘍（いびつな型で、1・5センチの大きさ。SMがんという）これまでの経験から、がんとして内視鏡手術を行うとのこと。今回、がんが内視鏡でとり切れなければ、開腹手術をまた行うとのこと。ちょっと大きめで、とり切れない可能性、覚悟しています。そうなると4度目の開腹手術ですが……。

●2月28日　45年目の今日、「決然と」という感じだったと思いますが、日本を出発しベイルートへ向かいました。26日にはすでに奥平さんも無事に発っていました。遠山さんも見送ってくれて……。若い当時の人々の命懸けの「大志」をとても貴いものとして友人たちを思い返しています。

●3月2日　寒さ続きの八王子。午後主治医診察。主治医の内科担当から私の手術のため外科に手配して下さったのですが、外科執刀医よりがんの「確定診断」がなければ開腹手術はできないと言われたとのこと。そのため、また内視鏡でがんの生体を採る必要があると伝えられました。生体検査をしてがん細胞が見つかればOKだが、見つからない場合でも、がんがある場合もあると言われました。

●3月10日　今朝は8時から腸内洗浄で3リットルのムーベンという液体を飲んで昼頃までに準備はできました。13時半から14時半、手術室で内視鏡による生体採取。腸の襞の裏側の腫瘍は1・5〜

2・0センチ。7カ所から生体を採りました。「出血があるために今日は経口のジュースなどは止めて点滴に」と内視鏡検査の後に戻って診察室へ。そこでモニター画面で見ていた写真で7カ所の採取について説明されました。その後すぐ点滴は中止し、OS－1の補助水のみとなりました。「安静に」とのことで、ちょうど作業の校正なのですが、体調もしんどくて夜は休むことにしました。

●3月16日　先程主治医診察。「確定診断が出ました。高分化腺がんです」とのこと。主治医はそして私もがんであることは当然だと思っていました。主治医もがんなのに生体で採取できないということがないように、腫瘍の2センチからの7カ所をあちこち採取したので確定診断となりました。「あとは外科医の方に移ります。外科の方から今後のことは聞いて下さい」とのこと。CTの頭部、肺、腹など胆嚢を除いて異常なしと専門家の結論。胆嚢には胆石らしいものが写っています。「来週胆嚢のエコー検査をします」と主治医。診察を終えました。4月には外科手術です。

●3月17日　今日から外科手術の準備に入りました。朝、採血。10時から3つの検査。心電図と血液凝固具合のチェックで、耳たぶから採血。それに呼吸器の検査、年令と身長体重から2200以上の数値ならOKのところ、3000を超えているので肺活量は大丈夫でした。

その後、久しぶりのグラウンド運動に参加。建物を出ると、今日の陽気でタンポポが咲き、のげし、カタバミ、大イヌフグリ、ナズナが咲く道です。いつも毎年咲くはずの坂道で、ふきのとう一つ、つくしも何本も見つけました。でも行進中に横目で見るだけですが、嬉しくなりました。ウォーキングしているだけで身体が汗ばみます。もう春ですね。でも、房に戻ると分厚いコンクリートのせいか寒い……。午後はレントゲン撮影。また、呼吸器をきたえる「吸引ピンポン玉遊び」のようなトリフロという器材も届いて、暇をみてはトレーニング開始。これをやると、もうすぐ手術と実感します。

●3月24日　エコー検査を終えて、もう昼食という頃に姉の面会。体調悪く病院通いの姉の、予定外の面会に何事?と気にかかりながら面会室へ。姉と義姉は今日呼ばれて、医師面談だったと知り、びっくり。手術は4月4日予定していると姉たちから聞いて憤慨。何で?私に先に伝えてくれないのか?　外科医とはまだ会えてもいないのに、手術日もわからず、手紙も出せずにいたのに……。ちゃんと言わなくっちゃ!と私がムッとしていると「みんな貴女のために最善を尽くして下さっているのに、そんなこと言える立場じゃない」と姉にたしなめられました。それはそうですけれど……と「抗議や文句は言わないから大丈夫、心配しないで」と姉に話しましたが、もう30分の時間切れです。

夕方、夕食前に診察の呼び出し。外科医の初の診察でした。生体を採る内視鏡診察の時、医務部長と一緒に、モニターでチェックしておられた人が執刀医となる人でした。家族面接と前後してしまいましたが、と挨拶されました。そして、今回の手術は難しい手術であることを、腹部レントゲンと、CT写真を示しながら説明してくれました。

●3月28日　窓の外、塀の外の桜もずいぶん花が開き始めています。ベランダのすき間から覗くと、敷地内の桜の木も何本か咲き始めています。それでもまだ寒さはカイロに助けられている八王子です。午後、外科医診察。「先週に大切な点は話しましたが、質問や手術の決断など今日はまた話をします」とおっしゃった。私の方からはリスクはあまり自覚しきれていなかった点など、具体的に良くわかったこと、更に質問として人工肛門の可能性など知りたい点を話しました。開腹が初めてではなく4回目なのでその分リスクも高いことなども聞き、4月4日に手術することへの承諾書に署名押印しました。

●4月1日　窓の外に満開の桜が見えますが曇天。午後に看護師さんからのオリエンテーション。これから4月4日の手術までの計画についての確認です。流動食は日曜4月3日朝まで。あとは絶食で、水分のみ可。今日から下剤を、明日あさってと飲み、4月4日朝から浣腸（6時）で、9時半までに様々な準備を終えて、10時前に手術室着です。

●4月4日　10時10分頃手術室へ。入口で医務部長も手術参加の服装で迎えてくれて、気分的にホッとしました。彼が八王子での2回の開腹手術の執刀医だからです。「大分難しいと言われたでしょう??　大丈夫ですよ」とニコニコ。「あ、先生いらっしゃるなら私も安心！　よろしくお願いします」と答えました。もちろん新しい外科医も素直で信頼できるでしょう。でも経験は安心させます。

すぐ麻酔医の説明。前と同じ人で、今回は背中の真中と腰上のあたりの二カ所の脊髄に麻酔の痛み止めを打ち、全身麻酔の方は点滴で鎖骨下のCVポートから入れますと作業しながら説明を下さった。「これから点滴の方に麻酔入れますよ」と言うので、壁の時計を見ると10時半。すぐ意識不明に。「重信さん！」と呼ばれて目覚めました。「今何時ですか?」と尋ねると麻酔医が「2時半です。終わりましたよ」と教えてくれてまた眠りへ。

3時半ごろ（房に戻っていて）また名を呼ばれて目覚めると外科医「悪いところはとりました。人工肛門は必要なかった」とおっしゃったので「ありがとうございます。手術は成功しましたか?」と尋ねると「一週間経たないとわかりませんよ」とのこと。まだ眠い。血圧は100、体温は37・9度。夜アイスノンで頭を冷やしつつ眠りました。

●**4月5日**　気分は快調です。朝血圧は120台、熱は38度。外科医が診察。「順調にいっています。ベッドの上で寝返りを打ったり、身体を動かして下さい。座っても良いです」との診断。「ひもが多くて動きにくいですね」と私。その後鼻の酸素吸入と指の血中酸素と心拍チェックのものは取り除かれた。とにかく手術後は第一に何度も深呼吸を心掛けた。それが回復の力になると看護師のオリエンテーションで聴いていたので。

●**4月6日**　熱も平熱。でも何故か声が出ない。一生懸命話そうとすると、ぜいぜいと声のもれた裏声のかすれ声。朝の9時過ぎ、ひも（管）付のまま車椅子でレントゲン撮影。その後外科医診察。「もう少ししたらガスが出て楽になりますよ」とおっしゃって「胃液の管は取りましょう。それだけでも楽になる」と鼻の管を引き抜いて、腕静脈点滴用の針も「もういいでしょう」と取ってくれました。これで身体に残っている管は4本に減りました。ずいぶん楽です。声の出ない理由を尋ねると「少し様子を見てみましょう」とのこと。

●**4月7日**　朝麻酔が切れたようです。下腹部がかっと熱く痛む（鈍痛）ので、痛み止めの点滴を加えてもらったのですが、ちっとも効果がありません。それに声は昨日より更に出なくなってしまった！　他は良いのに……。10時前外科医が登場。「背中麻酔の威力がわかるでしょう。これが手術を革命的に変えたのですよ」とおっしゃって背中麻酔を補充してくれました。

●**4月11日**　今日はすでに痛みは薄らぎ、声も出ています。朝、採血とレントゲン撮影。その後外科医診察。まだ便は出ていないこと、声は戻ったことを伝えました。午後外科医再診察で「お腹の管を抜きましょう。普通1週間で抜くのですが、あなたは何度も開腹しているので慎重に、代わりに細い管で体液を外に流すようにガーゼに吸収させる方法をとっておきます」と処置して下さった。太い管とプラスチックパックの留めるものを抜き取りました。大きな脇腹当てに代えたので、これで管はCVポート1本で大分楽です。

●**4月13日** 今日、お腹の管を抜きました。ガーゼで体液が少し漏れるのをカバーしました。昼からお粥食になりました。外科医は「これから食べだすと腸閉塞とかが危険です。食べ過ぎないこと。全部食べるとロクなことはない。頑張って食べると考えないように」と言われました。もうすぐ全回復です。みんなの心遣い、励ましに、支援に心から感謝します。みんなの顔をうかべつつ早く元気になろう！と心が強くなります。窓の外に桜の残り花が風に舞って良い日です。感謝！

●**4月16日** 今日は父の命日。82年の6月、イスラエル侵略の年です。ちょうど旅先にいて、しきりに父が思われ、旅先の人々と父のことを語りました。「手紙を出そう」と思ったのですが、しばらくして若松監督経由、訃報が伝えられました。あの頃のとても多忙で飛び回っていた場所、人々が一緒に浮かびます。

●**4月18日** 今日は朝、中央棟まで往復250m〜300m歩いて、レントゲン撮影です。庭の八重桜が真盛り。枝葉桜もまだ見頃です。高い樹には白い花が咲き始めています。ベッドの上から遠めに見えた桜、今日はじっくりと見ながら往復しました。

●**4月25日** 週明け。今日は点滴スタンドから解放されるかと心待ちです。

午前中姉が面会に来てくれました。体調が悪いところ無理して来てくれて感謝です。こちらの元気な姿を見せることができました。がらがらと点滴スタンドを引っぱっての面会でしたが。

●４月26日　もう八王子も窓を開けて20～30分は平気です。ツツジの花がどんどん蕾を開きはじめています。今日は手術以来、初めてのベランダ運動です。ウォーキング１５００歩とラジオ体操でちょうど30分。晴れなのでうっすら汗ばむ一時でした。

●４月28日　４・28！　沖縄闘争の日だなあと窓辺に行くと雨。今日は一日雨模様です。親類の面会が午前、大谷弁護士の面会が午後の予定なのですが……、連休前で、金曜日の入浴が今日（木曜日）になっています。面会予定が入っているので、朝早めに入浴させてもらいました。ちょうど風呂上がりで、髪がまだ乾かないうちに親類の面会。手術後の様子を伝えました。「大丈夫あなたは死なないから」と励まされました。もしもの時にといろいろ書いて送っていたのですが。雨の中感謝！

房に戻って診察の呼び出し。主治医から「今日は私の方から生体検査の結果を知らせます」と、写真などを示しながら詳しく説明してくださいました。大腸を20～25センチ切り取ると外科医に事前に言われていましたが、10センチぐらいでした。その写真を示しながら、大阪で２００９年に細い金属で縫合した箇所を含みこんで、その上の方から切除したものと説明された。腫瘍は主治医自身が内視鏡による切除ＥＭＲ術を中途断念していたので（生理食塩水を腫瘍の下に注入しても腫瘍が浮かび上がらず、切除できず断念）。少し深部まで腫瘍が広がっているのでは……と、危惧されたそうですが、生体検査結果では「腺腫内がん」で、長径13ミリ、短径７ミリの腫瘍。粘膜層にまだ留まっており、下層には及んでいなかったし、すべてきれいに取りきれたと説明してくださった。これでこのがんの正体もわかり、安心です。

主治医は再発や腸の襞に隠れて見逃していることもあり得るので、半年後に（いつもは１年に１回のところ）内視鏡検査をしますとおっしゃっていました。診察でほっとしました。

●**4月30日**　手術準備から手術に明け暮れた4月が終わりました。考えれば、2月の検査以降、3月はEMR術の準備、手術を中断、4月は手術とその回復と、この3カ月近く腸は洗浄からかき回しから切除と非平常時でした。でも、人間の回復力はすごいです。手術した日から一日一日の微々たる回服力。その小さな変化は喜びです。「手術を乗り越えると、何か武勇伝のように自慢したくなる」と語っている人がいましたが、私もわかる気がします。獄中で四回もうまくいったから言えることです。もう明日から5月、パレスチナのナクバの5月、沖縄に「本土復帰」の名で基地が押し付けられた5月、リッダ闘争の5月。新しい気持ちで前へ！

約1年前から行われた出所への準備

【2021年7月～22年5月】

●**2021年7月7日**　今日初めて出所に向けた「教育プログラム」というのを受けました。教育のタイトルを尋ねたところ「被害者の視点を取り入れた教育」というもので、12回にわたって毎週1時間行われるそうです。次回から9回は外部の講師による教育です。今日は2人の女性教育官から、前回から何か考えたことは？　自らの事件に対する考え、被害者の対象は？　被害者という概念から何が頭に浮かぶか？　図式的に次々と示すマインドマップなどを記したりしました。私はこれまでも拘留理由開示法廷、公判で述べてきたことを中心に、自らの考えを表明しました。

●9月29日　今日は教育プログラムの受講日で、外部の講師の話の最終日です。出所後の助言を伺い、いくつもの示唆をいただきました。講師は、私の生きてきた経験を活かして、生命を大切にする生き方を次の世代に語ってほしい。当初は、世間には嫌な思いや非難もあると思うけど、真摯《しんし》な対話は良い結果をもたらすだろうと、助言してくださいました。この間、獄で初めて対話が成立するという稀《まれ》な経験の中で語る機会があったこと、更に出所後も自分の生き方——失敗も過ちも楽しかったことも——を語ることを勧めて下さったこと……とても有意義な時間を持つことができました。

●10月28日　大谷弁護士の久しぶりの面会。出所が近づいたせいか、先生の方にいろいろな要望が届いているようです。出版や取材など、今後検討していくことにしました。マスコミ関連は大谷弁護士に、公判時同様対応していただきたいとお願いしました。

●11月8日　今日は「逮捕記念日」です。長い道のりだった筈ですが、ふり返る21年間は、短く感じます。あの日から今日まで多くの人々に支えられながら命をつないで、来年は出所できそうです。支えて下さったみんなに感謝しています。あの日の被害を与えてしまった方たちや、その影響を受けた人たちに改めてお詫びします。そしてこの21年の間、支え励ましていただきながら再会の感謝もお詫びも伝えることが叶わないまま、数えると30人を超す人々を彼岸へ送ってしまいました。是非会って話したかった一人ひとりの顔が浮かびます。この日は自分をふり返ると共にそれらの方々を悼む日としています。

●11月30日　11月尽。ちょうど50年前、連合赤軍による雪山での共同訓練がこの頃から始まりました。団結を求めつつ、客観社会を喪失し、主観的な「団結」と「総括」によって、「個の強化」を求め、組織を個々に解体させて、死へと突き詰めて行った50年前のはじまりです。

そして新年には一つの新党を結成しました。この新党の処罰による「共産主義化」は、繰り返し死をもたらし、破産していきました。この過ちに満ちた中であったとはいえ、純粋・純情な革命精神は強いられた対権力への挑戦として、死力を尽くしてあさま山荘での闘いに至りました。真心を尽くして革命家であろうとした思い。何が何だかわからない「総括」の混迷の中で必死に革命を求め、権力と闘おうと対峙し続けた同時代の仲間たちを思うと、悼みと哀しみが湧きます。連合赤軍事件の犠牲が革命の財産になりきれていないことが、この哀しみの極みです。

●12月28日　仕事納め。朝、今年最後の手紙を発信しました。工場器材をチェックし、破れた布を廃棄したり、手袋や普段使わないものを洗ったりと昨日の大掃除の続きを終業前2時40分から3時まで。今日午前中は今年最後のベランダへ。寒い。霜も凍って北側のベランダは陽が射さず、今日の最低気温のマイナス2度位。手や耳がじんと痛みつつ、それでも30分の外気は気持ちが良い。

●22年1月元旦　２０２２年新年の挨拶を申し上げます。あれほど先の長かった満期出所の日がもう今年の5月28日に迫っています。友人たちの励ましや支援によって、今日まで生きてこれたとしみじみ感じています。友人・弁護士・家族にまずお礼申し上げます。

世界は様々な意味で、益々住み難くなっていると去年をふり返り、今年の国際政治の流れを見つめているところです。私は何よりも学ぶこと。社会復帰に向けていくつも助言や要請をすでに受けて学習中です。これまでの社会参加の欠如を学び補い、リハビリを第一にと考えています。能力体力・時間的に何もできることはありません。でもあるがままの自分で好奇心と共に一歩一歩学び、感謝し、謝罪し、友人たち、未知の人々とも出会いたいと思っています。

これからもみんなの助言・教示を大切に、まず出所を目指します。今日はみんなから午前、今夜8時とたくさんの賀状をいただき、励まし再会のお便りの言葉に、何か温かく嬉しい元旦を過していま す。快晴で明けた昭島の新年です。

●2月25日　新聞の一面には、「ロシア・ウクライナ侵攻」「主要都市・軍事施設を空爆」「米欧は非難・制裁強化へ」と戦争を伝えています。ロシアのプーチン大統領は、世界を敵にまわす覚悟で戦争を始めたので、かなり世界が変わるでしょう。（略）でも今回の決断は、プーチン政権の崩壊の始まりでは？　軍事的に勝っても長期的には崩壊へと向かうと考えられます。

●2月28日　今日は、あさま山荘の闘いが終わった日です。昨日の朝日新聞に、当時の検事で、青砥さんの取り調べを担当し、今は弁護士の古畑恒雄さんの話が載っていました。その中で、検察庁・法務省は、法律ではなく「内部通達」による運用で、無期刑を密かに終身刑化していることを批判しています。検察の「正義」の独占の姿を改めて思いました。

今日は、日本を発って私がアラブに向かった日。もう51年です。当時のいきいきとした社会の雰囲気が甦ります。

〝日本発ちて五十一年目の獄窓から壊れつつある世界を見つめる〟

と一首零れます。

昔の友人も逝去される方が、多くなりました。

※編集部注：「独居より」は出所当日5月28日以降5月31日まで続きました。

重信房子 Shigenobu Fusako

1945年東京世田谷生まれ。明治大学在学中に共産同赤軍派の結成に参加。1971年に日本を出国し、パレスチナ解放闘争を担う。2000年11月、日本国内で逮捕、懲役20年の刑を受け、2022年に出所。近著『戦士たちの記録』(幻冬舎)、『はたちの時代』(太田出版)、『歌集 暁の星』(皓星社)、『パレスチナ解放闘争史』(作品社)。

ただいまリハビリ中

ガザ虐殺を怒る日々

2024年12月10日初版第一刷発行

著者　重信房子

発行者　篠田博之

発行所　(有)創出版

〒160-0004 東京都新宿区四谷2-13-27 KC四谷ビル4F

[電話] 03-3225-1413

[FAX] 03-3225-0898

[H P] http://www.tsukuru.co.jp/

編集協力　(有)椎野企画(椎野礼仁/高橋あずさ)

装幀　井上則人

装画　しょうじさやか

印刷所　モリモト印刷(株)

ISBN : 978-4-904795-86-6